# 铁流百年

张春风
吴占刚
刘国栋
著

沈阳文化丛书

初国卿 主编

沈阳出版发行集团
沈阳出版社

图书在版编目（CIP）数据

铁流百年 / 张春风，吴占刚，刘国栋著 . -- 沈阳：
沈阳出版社，2024.4
（沈阳文化丛书 / 初国卿主编）
ISBN 978-7-5716-3803-0

Ⅰ . ①铁… Ⅱ . ①张… ②吴… ③刘… Ⅲ . ①散文集
– 中国 – 当代 Ⅳ . ① I267

中国国家版本馆 CIP 数据核字（2024）第 008437 号

出版发行：沈阳出版发行集团|沈阳出版社
（地址：沈阳市沈河区南翰林路10号 邮编：110011）
网 址：http：//www.sycbs.com
印 刷：辽宁泰阳广告彩色印刷有限公司
幅面尺寸：170mm × 240mm
印 张：19.25
字 数：250千字
出版时间：2024年4月第1版
印刷时间：2024年4月第1次印刷
选题策划：张 闯
出版统筹：张 闯 赵长伟
责任编辑：王 颖 籍 莉
封面设计：杨 雪
版式设计：润泽文化
封底篆刻：孙熙春
责任校对：邵彤彤
责任监印：杨 旭
法律顾问：张宝兰

书 号：ISBN 978-7-5716-3803-0
定 价：168.00元

联系电话：024-24112447
E - mail：sy24112447@163.com

## “沈阳文化丛书”编委会



## 编委会办公室

瀋陽文化叢書

# 总序

文化是一个国家、一个民族的灵魂。党的十八大以来，习近平总书记深刻把握新时代历史方位，以坚定的文化自觉、宏阔的历史视野、深远的战略考量，创造性提出了一系列新思想新观点新论断，形成了习近平文化思想。中共沈阳市委深入学习贯彻习近平文化思想，扎实推进文化强市建设，加快打造区域文化创意中心，沈阳市展现出独有的文化风貌和文化魅力。

沈阳是闻名遐迩的历史文化名城，拥有11万年的人类活动史，7200多年的人类生活史，2300余年的建城史，勤劳、勇敢、智慧的沈阳人民创造了璀璨夺目的历史文化，斯文在兹，底蕴深厚。沈阳是一座英雄城市，在中国共产党领导下，沈阳英雄儿女为了国家独立、民族解放、人民幸福不屈不挠、奋起抗争，谱写了可歌可泣的壮丽诗篇。新中国成立后，沈阳人民担当奉献、开拓创新，积极投身社会主义革命、建设和改革的宏伟事业，创造了共和国历史上数百个“第一”。沈阳作为辽宁“抗日战争起始地、解放战争转折地、新中国国歌素材地、抗美援朝出征地、共和国工业奠基地、雷锋精神发祥地”重要承载地而名载史册。新时代以来，在以习近平同志为核心的党中央坚强领导下，沈阳聚焦建设国家中心城市、在辽宁打造新时代“六地”中当好排头兵，顽强拼搏、砥砺前行，全面振兴其时已至、其势已成、其兴可待。

2022 年 9 月，中共沈阳市委决定编纂“沈阳文化丛书”（以下简称“丛书”），旨在探求历史源流，提炼文化精髓，彰显城市魅力，赓续城市文脉。沈阳市政协荣膺此任，市政协党组高度重视，组织编委会成员深入学习习近平文化思想，弘扬社会主义核心价值观，严把意识形态关，认真研究丛书内容、结构、体例等。参编人员辛勤工作，钩沉史料，斟酌推敲，精心打磨，倾力为读者提供内容翔实、鲜活生动的高质量文化丛书。

丛书共 10 卷，采取文化散文体例，撷取精粹，探幽穷赜，全方位、多角度描绘沈阳历史与现实、艺术与人文、民俗与风貌，深入挖掘丰富内涵和时代价值，彰显了沈阳海纳百川、开拓进取的城市品格。其中，《名城沧桑》萃取沈阳先人筚路蓝缕、上下求索的文化记忆，记录城市变迁，张扬人文风骨；《峥嵘岁月》以凝重的笔触书写烽火硝烟的年代和英勇抗争的传奇，为英雄立传，为信念放歌；《名家风流》记述沈阳历史上重要人物、重要事件，尽展名士风范，彰显爱国情怀；《铁流百年》实录沈阳百年工业文明的铿锵步履，赞美沈阳人民主人翁的秉性、勇立潮头的天性、精工细作的品性，弘扬劳模精神、工匠精神；《山水形胜》描绘沈阳山川多娇、钟灵毓秀，触摸山水灵性，品味城市意蕴；《沈水文韵》赏鉴地域文学史、艺术史之精品力作，汲取文本精华，滋养城市文心；《建筑风华》让历史吟咏凝固的音乐，展现多元气象，熔铸城市性情；《市列珠玑》敷陈沈阳都市商业史、市井民俗史，呈现生活场景，尽显城市繁华；《巷陌至味》氤氲人情味、烟火气，记述围炉煮酒的饮食文化，盛邀四季客来；《物华天宝》讲述名物藏珍和民族瑰宝的前世今生，展现雍容气度，见证文化辉煌。相信这部丛书能够更好地以文化人，以文育人，传承文化基因，坚定文化自信，给奔跑的沈阳以智慧和力量，奋力谱写中国式现代化沈阳新篇章。

丛书编纂得到了省委宣传部、省委党史研究室、市委宣传部和沈阳出版社等省市部门、单位的热情帮助和鼎力支持，丛书编委会表示衷心的感谢和诚挚的敬意！丛书的出版是沈阳文化建设的一件大事。我们要认真学习贯彻落实习近平文化思想，坚定文化自信，坚持守正创新，在新的历史起点上更好担负起新的文化使命，推进文化繁荣，建设文化强市，续写无愧于先贤、无愧于时代、无愧于后世的文化新篇。

文章千古事，得失寸心知。尽管编委会做出了很大努力，但由于时间和水平所限，丛书不免有缺点和不足，敬请指正。

沈阳市政协主席 

2024 年 4 月

# 引言

## 百年铁流的发展与脉动

沈阳是国家历史文化名城，是辽宁“共和国工业奠基地”的重要承载地。在国家工业化进程中，沈阳作出了突出贡献，被誉为“共和国工业长子”和“共和国工业摇篮”。察往知来、以史鉴今，洞悉沈阳工业发展历程和百年铁流的脉动过程，为新时代沈阳工业发展形成文化指引。

人类的生存发展与其他动物的区别是从制造工具开始的，人类制造使用工具大致经历：旧石器时代、新石器时代、青铜器时代、铁器时代、蒸汽时代、电气时代、信息化时代等。沈阳的先人在不同阶段都有不俗的表现。旧石器时代，人类以打制石器为主要方式得到生产工具，过着采集和狩猎的原始生活。沈阳农大后山发现出土了距今约 11 万年古人类加工和使用的打制石器，包括手镐、尖状器、雕刻器、砍砸器、刮削器、石核、石片等；新石器时代，距今 7200 年的新乐遗址出土了陶器、石器、骨器、玉器等，陶器中的深腹罐和高足钵，制作精细，纹饰独特，色彩艳丽，非常精美；青铜器时代，沈阳郑家洼子发现青铜短剑墓，出土众多青铜短剑“国之重器”。据专家推断，在春秋战国时期能制造出郑家洼子青铜短剑，是当时先进兵器制造的代表，其冶炼水平、工业水平已经相当高超。上述考古成果揭示了沈阳工业文化的滥觞，显示出沈阳先人不同阶段制造工具的能力和水平，为形成沈阳百年铁流提供了文化基因及源流。

清末与民国时期沈阳民族工业的发轫与肇兴，是在中国逐步沦为半殖民地半封建社会的特殊历史阶段，蕴含着为抗击外侮而自强不息的前提下形成的。从清末开始，1896 年建立奉天机器局，开创了沈阳近代民族工业之先河；1908 年建立的沈阳第一家电灯厂，使沈阳的工业文明发展进入新阶段；民国时期，1921 年建立奉天大亨铁工厂，是沈阳当时规模最大的民族工业；1923 年创办的肇新窑业公司，是中国第一家机器制造陶瓷的企业；东三省兵工厂是当时中国少有的近代兵器制造厂之一。追溯历史足迹，我们可以清晰看到沈阳民族工业起源于清末，发轫于民国。纵观沈阳工业发展的百年铁流，它曾踌躇满志寻求实业救国，也曾强遭掠夺全境沦陷，最终又经过顽强的斗争，迎来朝阳走进新中国。

沈阳百年铁流真正的喷发与涌动是从新中国成立后的“一五”“二五”时期开始的。沈阳工业在国家重点支持下，以建设独立完整的工业体系为指向，利用已有的工业基础快速发展起来，构筑起新中国装备制造业体系急需的架构，先后创造出几百项全国“第一”。铁流滚滚，为全国解放、抗美援朝、三线建设，为国家建立完整的工业体系，加速实现工业化、现代化作出历史性贡献，充分发挥了共和国装备部和工业长子的重要作用。

改革开放时期，以沈阳鼓风机、沈阳机床、沈阳输变电、东北制药、沈飞、黎明等为代表的国企深化改革，形成了一大批担当大国重器责任的龙头企业；以华晨宝马为代表的合资企业在沈阳扎根开花结出硕果，彰显出沈阳改革开放的成果；以沈阳远大为代表的骨干民营企业异军突起，成为沈阳经济发展重要组成部分；以沈阳东软、新松机器人、芯源微电子、拓荆科技等为代表的高新技术企业为沈阳装备制造提升了科技含量；高新区、经开区、国际软件园等承载企业发展的载体建设，工业区的东搬西建，为沈阳装备制造企业发展提供了重要发展空间和机遇。

进入新时代，沈阳作为东北地区重要的中心城市和先进装备制造业基地，肩负维护国家"五大安全"的战略使命，关乎国家发展大局。铁流凝变，从天空，到地上，至水下，歼击机、乙烯三机、深潜机器人、芯片装备、特高压输电设备、高端机床等无数大国重器由沈阳制造。沈阳还是国家深空深海深地技术的重要策源地！"嫦娥"探月、"祝融"探火、"蛟龙"入海——这些"中国骄傲"里屡见沈阳身影。

高端装备制造业是国家经济命脉所系，国家"十四五"规划纲要将"深入实施制造强国战略"单独成章，党的二十大报告提出"推动制造业高端化、智能化、绿色化发展"，国家聚焦制造强国建设，围绕建设现代化产业体系，做出全面战略部署，又使沈阳百年铁流形成了新的脉动。为落实沈阳肩负的国家产业安全和振兴发展责任，沈阳市制定了《"十四五"先进装备制造业发展规划》和《2035先进装备制造业远景发展规划》。聚焦做强高端装备制造业，打好"创新牌"，推进高水平科技自立自强；打好"改革牌"，做强高端制造业发展"四梁八柱"；打好"市场牌"，全面培育高端装备制造业产业集群。

"十四五"期间，沈阳装备制造业努力实现振兴新突破。正在做好改造升级"老字号"、深度开发"原字号"、培育壮大"新字号"的三篇大文章，为辽宁振兴发展做好“五个示范”。沈阳“老字号”众多，要以智赋能，聚焦数字化、高端化、服务化，用“新”的技术激活“老”的优势。沈阳“原字号”丰富，必须抻长链条，提升“原”的价值。抻长链条需聚集创新要素，让科技成为深耕“原字号”的“最大增量”。沈阳“新字号”爆发，厚植沃土，培育壮大“新”的力量。重点发展新能源汽车、机器人、集成电路、航空航天、医疗装备等具备先发优势产业，打造一批“新字号”领军企业和品牌产品，汇聚磅礴推动百年铁流再度喷涌的“新动能”。

编撰《铁流百年》一书，我们力求通过宏阔的视角，收集翔实的史料，梳理历史的脉络，挖掘生动的细节，展现沈阳百年铁流的源流和脉动，用文学艺术创作的丝线串珠成链，全面反映沈阳悠久、深厚的工业文化底蕴和推动中国工业现代化的贡献。向读者呈现百年铁流的脉动历程，揭示沈阳装备制造产业发展规律，传承工业文明，弘扬劳模精神、工匠精神、科学家精神，增强发展自信，激发百年铁流形成新的脉动，助力沈阳建立国家先进装备制造中心，为辽宁全面振兴、全方位振兴实现新突破，为建设中国式现代化作出沈阳新的贡献。

# 目录

# 大机器化生产开启沈阳工业大门

工业文化产生于传统农耕文明向近代工业文明过渡之后，它生成的原因就在于采用机器作为工业生产活动新要素的出现。120 多年前，正是盛京古城大东边门内原专供清军驻扎的旧营房里轰鸣的机器转动，开启了沈阳工业社会大门，使整个辽沈地区迈出了从传统农业社会走向现代工业社会的重要一步，并在百余年时间里积淀出厚重的沈阳特色工业文化。

19 世纪 50 年代到 60 年代初，太平天国运动和第二次鸦片战争后，清政府陷入内忧外患严重交困的局势中。清朝重臣李鸿章说："中国欲自强，则莫如学习外国利器；欲学习外国利器，则莫如觅制造之器""机器制造一事，为今御侮之资，自强之本"。一场引进西方军事装备、科学技术和机器生产的洋务运动席卷了中国，自然也波及我国东北和辽沈地区。

清政府在东北地区最先开办的近代兵器工业企业为吉林机器局（1881），并由其供应奉天和黑龙江省武器弹药。光绪二十一年（1895）八月，被誉为"虎将军"的依克唐阿，出任奉天最高军政长官盛京将军。他为进一步加强辽沈地区的军事防务，于光绪二十二年（1896）六月廿二日上奏清廷，请求在奉天本地设立"盛京机器局"进行军工生产。在同年八月初九，光绪皇帝采纳了依克唐阿和户部的意见，在奏折上御笔朱批了“依议”。这表明，成立奉天机器局得到了朝廷正式批准。这之后，朝廷就不再考虑由吉林机器局为奉天代造军火。

光绪二十四年（1898），奉天机器局开始动工兴建，厂址就选在奉天城大东边门里原驻奉清军的旧营房处（今沈阳造币厂），占地面积 50891 平方米。为开办奉天机器局，从天津德国礼和洋行购买了锅炉、蒸汽机和各种机器设备，而这正标志着沈阳取得了打开工业社会大门的钥匙。马克思在《资本论》中曾指出：“所有发达的机器都由三个本质上不同的部分组成：发动机，传动机构，工具机或工作机。……机器的这一部分——工具机，是十八世纪工业革命的起点。在今天，每当手工业或工场手工业生产过渡到机器生产时，工具机也还是起点。”由此可知，奉天机器局采用以蒸汽机为动力的机器生产，正是辽沈地区近代工业发展的起点，自然也带来了沈阳工业文化的发轫之始。

资金是兴办企业的必要前提。奉天机器局是完全由政府直接筹资兴建的，自然是官办军事工业企业。创办之初，朝廷就委派地方官员作为机器局经理层，委任副都统衔镶红旗满洲协领常庆任总办、花翎二品衔候补协领翼长文超和花翎候补协领防御连科任帮办，由直接受盛京将军节制的正二品武职外官担任机器局总经理。配置了如此高级别的地方大员作为负责人，足以表明这家军工企业在当时的地位。这种“政企一体”的经理层设置，对采用大机器生产的近代军工企业起步初期，显然具有一定的积极作用。

晚清时期，奉天地处甲午战争前线，除深受兵燹灾难外，还面临着日益严重的“钱荒”危机。尽管奉天是当时东北的政治经济中心，但是交易缺少银钱，只得互出凭帖，结果造成商贸萧条、物价飞涨，人民生活更陷入水深火热中。盛京将军依克唐阿为此专门向朝廷上奏折，明确请求朝廷准许“奉天设立机器制造局，先行铸造银圆”，并具体说明“因奉省制钱短绌，凭帖

| 奉天机器局造紫铜“光绪通宝”“当十”制钱原模 |

易于伪造，奏请购机设局，铸造大小银圆，以期便利”。

光绪二十五年（1899）农历六月初九，奉天机器局正式开工投产，开工之初主要是铸造银币。生产了1元、5角、2角、1角和半角等几种规格银币，投入到城乡市面成为流通货币。这不仅解决了民间货币短缺的困难，也带来了东北近代货币史上的一大进步。生产出的银币具有工艺先进、成色固定、重量一致、形制统一、便于携带和计算简便等优点，所以一经问世就颇受欢迎。此举不仅为整顿钱法、促进商品流通提供了条件，也为抵御外国银币入侵增添了新的手段，在一定程度上使民族经济独立发展得以强化。

到光绪二十六年（1900），奉天机器局经过扩建已经略具规模。当年，除银币外，又生产出机制“当十”的方孔“光绪通宝”铜币。铜币钱文楷书秀丽清逸，钱体圆润光洁，制作非常精致。生产这种铜元是奉天机铸铜元之始，自此取代了已流通两千多年的手工铸钱传统方式。

1900年5月，义和团运动爆发后，沙俄以维护在华“权益”为名，出动军队13.5万人对东三省实施多路进攻，并控制了各战略要地。奉天省城10月份被沙俄军队攻陷，奉天机器局也被焚毁。直到1902年，通过签订《中俄交收东三省条约》攫取到许多特权后，俄军才撤出东北。经盛京将军增祺同俄方交涉后，方收回奉天机器局。之后将机器局与造币厂分开，设立了“奉天制造银元总局”。经过对残损机器进行修复，在1903年7月又恢复生产，主要制造正规大清银元龙洋。1907年，徐世昌就任东三省总督后，将奉天制造银元总局与吉林银元局合并为“东三省制造银元总局”，主要生产双角小银元。

1908年，银元局总办舒鸿贻奉命创办电灯厂，开办经费由银元局的铜元余利项下垫拨。电灯厂在1909年10月开始发电，这是沈阳使用电灯照明的开端。电灯厂的创办，不仅为当时的奉天城带来了“光明”，改善了人们的生活，也维护了国家主权和民族利益，使日本人以输送电力向奉天省城渗透的企图遭受打击。

1910年，清廷决定将各地造币权收归国有。4月15日，宣布全国统一铸造银元，各省造币厂均归度支部辖下。作为全国货币制造中心的造币总厂设在天津，东三省制造银元总局改为奉天造币分厂，分工铸造双角小银元。

而打开大门走进工业社会，是从机器生产代替手工劳动开始的。奉天机器局的诞生，为沈阳带来了一次社会经济发生重大变革的开端。正因为有了这家官办工业企业首开先河，之后辽沈地区采用机器生产、兴办新型工业企业也就成了潮流。自1899年奉天机器局正式投产，到1929年对沈阳民族工业状况调查统计，30年间，沈阳的工业实现了从无到有、从有到大、从大到强。据《东北年鉴（民国二十年）》统计，沈阳市在1929年共有各类工厂574家（不包含军事工业和铁路交通），分属于17个民用工业类别，并列有总表。总表最后一栏统计的内容是“动力机关（马力）电力蒸汽”。这个统计表反映出各类工厂采用机器生产的情况是：缫织类 54 家（电力生产）；染色类 33 家（电力生产）；铁工类 25 家（电力生产）；车辆类 82 家（人力生产）；印刷类 25 家（电力、人力生产）；制油类 17 家（人力生产）；窑业类 56 家（电力、人力生产）；皮革类 65 家（电力、人力生产）；肥皂类 7 家（人力生产）；酿酒类 8 家（人力生产）；酱油类 26 家（人力生产）；烟草类 5 家（人力生产）；火柴类 1 家（人力生产）；精米类 39 家（电力生产）；木材厂 127 家（空格）；汽水类 3 家（电力生产）；牙粉类 1 家（人力生产）。仅以这些统计数据粗略计算，1929 年沈阳全市 574 家民族民用工业企业中，去掉无资料的 127 家木材加工企业，至少有 300 家企业是使用电力或蒸汽动力进行生产，就是说 30 年间就大约有 67% 的企业已经采用机器生产。如果再加上军事工业和铁路交通部门，这个比例可能会更可观。

沈阳迈进工业社会，意味着机器生产在辽沈地区整个工业生产活动中取得优势地位的发展过程。奉天机器局作为中国人自己最早在沈阳创办的机器生产企业，不仅为沈阳早期工业化埋置下了非同寻常意义的奠基石，更为沈阳工业文化的坚实稳健起步拉开了历史大幕。

# 奉天机器局首开沈阳工业制度文化先河

奉天机器局的创立，不仅开创了沈阳民族工业之先河，更是我国机制银元最早的企业之一。它第一次使用蒸汽机作为动力，是辽宁近代第一个采用机器进行工业生产活动的企业，同时还衍生出了比较完备的管理组织和制度章程。这表明近代工业的兴起，除采用机器这一先进手段外，也不可能离开管控制度的根基性、支撑性作用。在工业文化视域下来审视，工厂企业的管理制度是工业文化范畴的制度文化。百年前的奉天机器局，其实施管理行为的规范是具体可见的，它宣告了一种新的社会生产关系在辽沈大地诞生，也首开沈阳工业制度文化先河。

如今，我们考察的奉天机器局管理制度尽管缺乏初始文本，但仅从查到的晚清时期几年间制定的 3 份企业规范历史文件，就完全能够探寻出辽沈地区近代工厂制度的生成与演化脉络。从 1902 年发布的《奉天银元制造总局厂规》，到 1906 年公布的《银元局匠徒夫役改良条规》，再到 1908 年订立的《东三省银元局制造银元总规则及各厂处规则》，从现代企业管理角度来看，都是工业企业内部控制制度。

简单来说，内部控制制度就是一套内部管理机制。尽管当时奉天机器局

| 原奉天银元制造总局（今沈阳造币有限公司正门）|

已建立数年，但内部许多员工也包括领导层，依然还会受传统农耕文化思想影响。为在工业生产中切实建立起人们相互间的协同关系，减少工作各环节间的障碍和矛盾，以章法来保障生产有序性就成为必然要求。机器局除少数管理层和技工外，多是来自省城附近的手工业者和农民。他们对近代机器行业从生产管理流程、新式机器操作，到日常作息规律等，都要由生疏不适应到因常而做养成习惯。因此在机器局筹建之初，就不只着眼于采用先进机器生产，同时也注重新技术应用后的有序性工作保障，即制度化规范化管理。比如 1902 年厂规开列的 16 条事项，围绕员工工作时间、“三节”休假、入出厂办法、请假管理、工作纪律和秩序，以及班后休息等作出全面明确规定。厂规中还包含了若干违规惩罚措施，从罚薪、记过直至开除。

1906 年的“条规”标明为“改良条规”，顾名思义这是对以往厂规的改革与完善，使之更适合工厂现实管理要求。1908 年的“规则”较前两个制度更细，包括局和各厂处两大块规则，文本分为 11 个部分，总共 74 个条款，不能不说结构是复杂的。要协调近代工业企业生产活动，没有工厂制度的调节、整合，也是很难实现正常运转的。

奉天机器局初步完备的设局章程，也是一种由社会生产关系变化带来新型雇佣制度的标志。伴随着近代中国自给自足的自然经济基础瓦解，大量的农民及手工业者开始进入城市和工厂中去从事工业生产。在新型雇佣劳动关系下，受雇佣者一方面摆脱了封建制度下的人身依附关系，是自由人，能把自己的劳动力当作商品来出卖；另一方面受雇佣者没有别的商品可以出卖，自由得一无所有，没有任何可实现自己劳动力所必需的东西。奉天机器局（银元局）在晚清不同年份制定的 3 份企业管理制度，就充分表明了这样的资本主义生产关系开始在沈阳确立。

因着不断完善的制度规范和使用机制，奉天机器局为自己培养出沈阳第一代产业工人。

诞生后奉天机器局中员工的收入状况，是了解沈阳工业文化与近代沈阳社会经济史的重要课题之一。这 3 份企业管理制度表明，在民族工业兴起之初对企业内部人员的因素管理与激发就是制定章程所关注的中心，虽然如此做的终极目标在于企业价值的顺利实现。

1902 年的厂规就鲜明反映出资本主义雇佣关系的特征。当时奉天银元制造总局每天工作时间为上午 8—12 点、下午 1—5 点，每月初一、十五休假两天；员工的工资采用日工资制，需按工种区分，领取不同标准的日薪。银元局以货币形式支付员工报酬，明确构成劳动力买卖关系，即雇佣劳动对资本的隶属关系。1906 年的“改良条规”反映了银元局工资制度的改革与进化，规定每半个月当场发放一次薪酬；新进厂工人要经考核试用后按技术能力定工资；技术工种增设奖励工资、分红等其他部分的非工资收入；徒工入厂 3 个月内每月工资 4 元，之后按季考核依次递加，3 年满徒后每月工资不得超过 10 元。此外还对员工福利作出规定，病假、工伤可免费用药并带薪休假，假满未愈仍不能工作可延长假期，发给二分之一工资。1908 年的规则将每天的工作时间改为早晨 6 点 45 分上班、下午 4 点下班；因事可以请假，但不能超过 3 天。

通过机器局章程考察员工的工资报酬和福利待遇，可以看出机器局是初步具有近现代企业制度的新式工业企业。无论是从历史还是从逻辑上来认识，辽沈地区确立新型社会生产关系的起点就在于此。

奉天机器局筹建之前，辽沈地区并不具备现代工业文化萌发的条件。那么机器局的设局章程又是怎么拟定出来的呢？盛京将军依克唐阿在给朝廷的奏折中就明确说，“现派员分赴粤、鄂细查设局章程”。可以想见，到广东、湖北创办较早的工矿企业去实地考察，学习他们设局建厂的办法和经验，正是奉天建立机器局规章制度的终南捷径。

从作为引发沈阳近代工业起源与萌芽的奉天机器局一般发展历程来看，工业企业管理制度显然要先于工业文化产生，否则企业的生产经营活动就会陷入无序与混乱。事实表明，工业文化同企业管理制度的关系极为密切，两者互为表里。如果说企业管理制度是表面，那么工业文化就是内涵。但制定出企业管理制度，并不意味工业文化随即就能生成。因文化本身来自实践，先有实践行为，然后才有文化表现。工业文化仅是文化在特定社会和领域中的一种样式，单看它的系统也是比较复杂的。奉天机器局设局章程制定之初，还仅是一家工业企业的日常管理运行制度。它只有扩展到整个行业层面、全企业层面和辽沈地区层面，才算是工业制度文化落地辽宁。工业文化整体形成需要一个漫长的积累、积淀过程，它的生成一定要晚于管理制度的出现。所以可以得出这样的结论，即工业文化脱胎于工厂管理制度之中，管理制度是工业文化内涵的一种外化。

企业管理制度作为工业文化的重要组成部分，它的本质就是合格劳动者的意识与行为规范。所以，它是明文规定的约束属性与激励属性兼而有之的标准。从解析银元局规章制度文献就可以看出制定者初衷，即通过建立规范体系来加强员工对劳动组织的认同。奉天机器局虽为官办，但它的创办者也已经意识到，希望增强凝聚力就要将员工的人格融入机器局之中。当然，这种融合主要还是依靠约束与规范，把员工行为纳入同一模式之中。另外，规范实施离不开组织系统保证，制度化过程也是近代工厂组织机构建立和健全的过程。

文献承载百年史，工业文化赖传承。奉天机器局的工厂制度资料，实在是不可多得的沈阳工业制度文化文献。它客观地记录了从奉天机器局到奉天银元制造总局管理制度化的具体轨迹，以确凿无疑的内容生动证明，奉天机器局为沈阳工业制度文化首开先河。沈阳不会忘记、也不应该忘记：奉天机器局不仅促进了辽沈地区近代工厂制度生成，也为孕育沈阳工业文化创造出生产条件。

# 传统文化底色的股份制

股份制亦称“股份经济”，这似乎是一种由西方传入的新兴、未来的企业财产组织形式和工业制度文化。可历史却清楚地告诉我们事实绝非如此，而近代集股经营方式仅在沈阳工业文化史上就已经存在了一百余年之久。

股份制是社会化大生产和商品经济发展的产物。它不是一种独立存在的所有制形式，能适用于不同的社会制度。19 世纪后半期，股份制开始在西方各国广泛流行，而我国晋商实行股份制则要远早于西方。这种与商品货币经济的发达与市场的拓展紧密关联的股份制萌发于明代，大兴于清代。

晋商的股份制，其特征主要表现为“东伙合作”，核心是资本与人力的合作。这样的企业财产组织形式要求，股东只负责资本投入，而把企业的一切经营权、决策权全部都让给掌柜，即由有能力、有经验的职业经理人来掌控。这实质上就为一个企业或商业机构经营好、发展好，并使之盈利有前途提供了制度保证。同时，这种制度规定了经理人的双重身份，即经理人既是投资者又是享有“身股”身份的掌控者，让掌柜实现了“管理层持股”，可以享有企业很高比例的分红，这就把经理人的个人利益与企业的集体利益紧密地结合在一起。这种股份制赋予经营者代表——总经理很大权力，除拥有业务经营、人事聘用、财务管理和分店设置等权力外，还特别赋予了他们投资创办其他企业的自主权，因而在晋商中出现了不少企业集团，发展规模越来越大。关于股东与经理人各方的权利和义务，具体要通过订立合约，即共同遵守的条文来确立，比如从山西太谷县志诚信、平遥县蔚泰厚等企业留下的多份合约里都可见股份制端倪。晋商各家财东所聘用的掌柜们，基本都是极为优秀的人才，他们为自己掌管的企业贡献出一种稀缺资源——企业家才能。加上晋商文化对个人诚信和名誉十分看重，掌柜一旦被东家炒鱿鱼，别的企业则很难再聘。因而经理人会把自己的全部身心，乃至身家性命都投入企业中，自觉地进入“一荣俱荣、一损俱损”的经营境界。股份制的实施为晋商的发展注入活力，使其在明清时期纵横驰骋五百余年，成为当时雄居中华，饮誉欧亚的中国最大商帮和国际性商人，辉煌业绩中外瞩目。

晋商的历史可追溯到先秦，而股份制这种管理制度模式的出现不亚于一场生产关系的革命。它变革了一般作坊式企业中常见的所有权与经营权不分的弊端，把企业的全部经营决策权和部分所有权让给有真才实干的职业经理人，使企业的股东与打工者（包括经理人）之间形成了一种不同以往的新型生产关系，即从传统的资本雇佣劳动关系走向了劳资间的合伙经营关系，从而可极大发挥出职业经理人才能，并缩小劳资矛盾，使企业员工的积极性得到提高。晋商企业遍布全国各地，股份制这种中华本土的管理制度文化自然得到广泛传播。

在面临列强侵略的大环境下，中国近代工业化的发展历程极其艰辛。刚步入工业社会的近代沈阳，既缺乏资本原始积累，更缺少雄厚经济基础，因而开办企业的本钱就成为兴办民族工业的关键限制因素。由于投资主体的不同，就必然带来投资方向和资本运作的差异。沈阳早期工业化表明，地方政府资本往往投资到重工业，尤其是军事工业；民间私人资本一般是投资于资金少、周期短、见效快的轻工业，主要为民用工业。要把社会上分散的、属于不同人所有的资金集中起来转化为资本，采用富于中华传统文化的管理制度——股份制自然成为不二选择，许多具有近代资本主义色彩的“股份有限公司”在沈阳也就应时而生。

民族实业家杜重远集资创办肇新窑业公司的过程就极具代表性。肇新1923 年兴办之始并没有现成建厂资本，杜重远就采用股份制方式募集到股金 10 万元，开工运营。之后又增集新股， 连同旧股合奉大洋 20 万元。至1926 年又以每股 60 元招到股金 48 万元现大洋，把肇新扩建成了一家机器生产陶瓷与建材的大型企业。肇新作为一家以集股经营方式自愿组合的企业，它的出资人除了占多数的普通市民外，还吸纳了张作霖、张学良和郭松龄等东北地方军政名流。

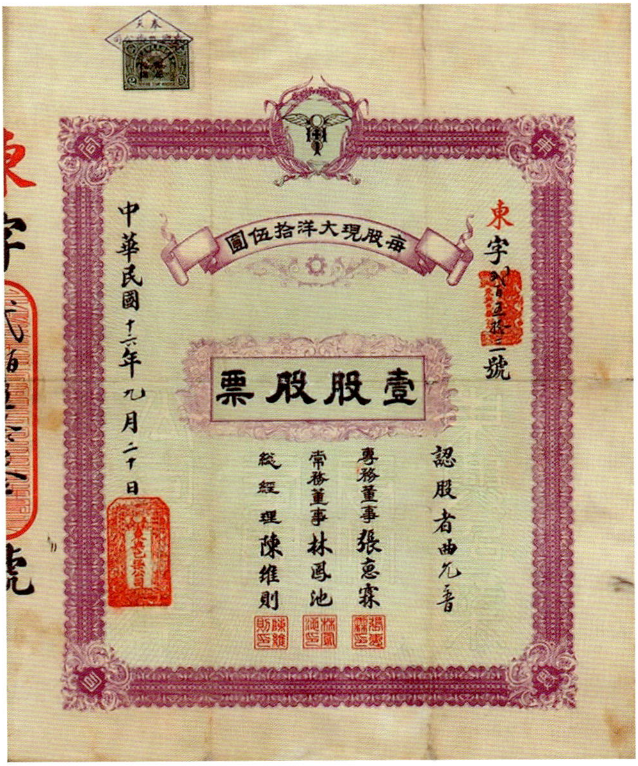


奉天东兴色染公司股票

在沈阳民族工业史上，不仅曾涌现出奉天肇新窑业公司、东兴色染纺织公司、奉天大亨公司铁工厂和八王寺啤酒汽水酱油公司等众多商办有限公司，还曾出现过奉海铁路公司这样的官商合资有限公司。东北地方当局为坚持自主发展民族铁路建设事业，于1925年5月成立奉海铁路有限公司。公司负责修筑、管辖由奉天省城至海龙县之铁路干支各线，以及经营沿线设立市场和其他附属事业。1928年2月召集股东大会，成立了董事会与监事会。公司副总经理由商股董事出任，代表商股股东直接管理公司业务。

股份制无疑是一种符合当时中国国情与近代沈阳实际的民族工业投资方式。现存的历史文献资料充分表明，沈阳近代民族工业在兴办企业公司过程中，无论在集资、组织经营管理、盈利以及分配等方式上，都已经是成熟而完备的近代资本主义股份制公司的基本制度。在集资方式上，均采用入股形式，即把资本分为若干份股份，面向社会招股集资。从肇新窑业公司发行的股票上，就可以了解到那个时期股票的基本特征。在经营管理上，以公司章程形式明确规定由股东会、董事会、监察人和总经理构成对公司进行管理和控制的体系。其中董事会和监察人经股东会选举产生；董事互选出董事长、副董事长；总经理由股东会推选产生。在公司章程中对总经理的任职条件还有明确规定，要求为“才望卓著、经验宏富，能发展本公司业务者”，职责是“综理公司用人、营业一切事务，对内负完全责任”。公司事务的具体管理和实施者为总经理和董事阶层，这表明所有权和经营权已实现分离。在盈利分配方面，实行按股付息分红，股票持有者凭证取息。而股票是股东唯一的取息凭证，一旦投资后就不可抽回，但股份可以自由转让。在留存至今的肇新股票上就有关于分配与剩余分配原则的明确规定：以盈利的十分之六作为股东之红利，十分之一作为公积金，十分之三作为红股花红及职员办事人酬劳金。综上可见，这种股份制经营与分配的方式还是比较科学和相对复杂的。

通观股份制公司的集股章程，同原始的合伙经营企业是有着本质区别的。股份制作为企业公司的一种资本组织形式，对其内部管理优化、吸纳核心人才、提高自身管理能力发挥着积极有效的促进作用，同时以此来保证企业资本运作效率提升和沈阳民族工业持续发展。

马克思主义政治经济学告诉我们，股份制是对资本主义的一种扬弃，是资本主义向社会主义的一个过渡点，它既可以为资本主义所用，同样也可以为社会主义所用。股份有限公司在近代沈阳独领风骚，不仅适应了资本社会化和生产社会化需要，更推动了沈阳近代经济社会的发展。在社会主义条件下股份制无疑仍具有实践意义，可以扩大公有制阵地，推动现代企业制度进一步建立与完善，促进沈阳经济与工业文明不断向前发展。

# 百年前以人为本的肇新窑业公司

奉天肇新窑业公司之所以在沈阳工业文化史上占有重要地位，并不单纯在于它是中国第一家采用机器生产砖瓦陶瓷制品的工厂企业，更因为它在管理方式上呈现着对人的尊重、对人潜力的激发和释放，以及对社会福利改进的浓重“现代化”色彩，即与现代管理学不谋而合的工业企业管理理念。

鸦片战争后，在我国封建经济解体和民族工业兴起的过程中，随着各近代工业企业对西方生产的各种机器的大量引进，同时似乎将西方发达国家的企业管理理念也一并引入我国。19 世纪末 20 世纪初，世界范围内的企业管理理念发展还处于古典管理理论阶段。美国工程师泰勒于 1911 年发表的《科学管理原理》，标志着现代管理理论的产生，书中所论述的科学管理原理，被世人称为“泰勒制”。工时研究是泰勒研究的基础，中心问题是提高劳动生产率。泰勒提出，科学管理就是要使工人掌握标准化的操作方法，使用标准化的工具、机器和材料，并使作业环境标准化。他认为只有每个工人的效率提高上来，才能为企业创造更多的价值。被誉为“科学管理之父”的泰勒的理论一时风行欧美，成为那个阶段全球范围内主导型的企业管理理念。其实，历史的真相并非完全如此。始建于 20 世纪 20 年代的肇新窑业公司，并

奉天肇新窑业公司
教授工徒情形

没有把自己的企业管理理念接到西方的轨道上，而是在企业管理实践中走出了自己的路。

企业管理理念是引导企业稳定成长、快速发展的灵魂思想，而这种在企业管理者头脑里起关键和主导作用的思想必然要反映到企业的日常运行和管理实践中。要了解肇新窑业公司的经营管理理念，最主要的还是要从肇新的管理模式与实践中去把握。

肇新窑业公司成立于1923年4月，在兴办之初就雇用工人百余名，随着企业的发展，最多时达到1200多人，并将职工每日工作时间长度规定为9小时。公司从窑业生产实际出发，非常注重基本工人的基础性培训，规定每天组织职工文化学习1小时。招收徒工时把具有高小毕业学历作为基本条件，进厂后不仅传授给他们生产技术，还由公司职员教他们普通科学常识，所学习的内容几乎与中学课程相同。徒工为半天学习半天工作， 公司除提供食宿外，每月还发给每人两元零用钱，一年半修业期满后正式进入技术生产岗位工作。为鼓励工人在生产中实现优质高产，如果超额完成了月生产计划，则集体改善生活，以摆设酒席来招待慰劳职工。公司在每年年终结账时，以工人参加企业分红作为对职工年度末的奖励。对于职工中的骨干，在退职时还要发给一笔慰劳金。

肇新公司为工人提供了一系列生活福利设施，如职工独身宿舍、家属住宅、职工食堂和职工浴池等。还设立了公司医务所，对本单位职工实行免费治疗，并开办了一所工人子弟小学校，校舍是在建厂之初就同时修建的。由于当时公司资金不足，学校还没有能力购置全部教学设备，总经理杜重远和公司领导就为子弟小学捐助款项，购买了桌椅教具后随即开学。学校按照当时的学制编为初小和高小两级，共有学生百余名。对本厂工人子弟免费招收入学，有剩余名额则面向附近居民中招生补足，对这类学生就要收取学杂费。此外，公司还在厂内为工人设有消费合作社，销售日常生活用品。合作社没有固定资金，由厂方借款进货， 然后再加上微薄的利润向厂内工人出售。为鼓励大家踊跃购买商品，避免合作社进货出现积压，防止资金被过多占用，合作社在扣除必要的经营开销外，盈余的利润就分配给购买过商品的职工，购物多者就多分成，买货少者就少分成。

为丰富职工精神文化生活，肇新公司大力提倡并组织工人开展文娱体育活动，公司总经理杜重远每天都亲自带领职工在厂内晨练。公司还经常举办各类职工运动会，为篮球、排球、足球、网球等球类各运动队安排固定训练时间，并在公司内部各厂间定期组织开展比赛，以增强职工参与体育活动兴趣。公司组建了厂球队，每当同外单位比赛较量实力时，都穿戴统一的运动服装，使厂队的阵容蔚为壮观。在文化娱乐方面，公司组建了职工业余剧团，并请专人指导排练准备公演的剧目及唱段。每周星期六晚间均举办厂内文艺晚会，除由本公司职工担任角色出场表演外，还经常外请戏剧、曲艺、相声、魔术、杂技等专业文艺团体来厂内演出。

仅从肇新公司这些企业管理举措就不难看出，肇新的管理者显然抓住了直接影响企业整体发展的首要因素和本质因素——社会人。因而表现出对

| 奉天肇新窑业公司举办的足球、篮球、排球、网球比赛情形 |

人性的相当尊重，他们把工人看作是具有意志、思想、情感的完整人格来对待，使职工全方位感受并意识到自己受重视的程度，从而更愿意将企业作为发挥自己主观能动性的平台。显然，企业只有做到真正尊重工人，并有针对性地解决人们从物质生活到精神生活的基本需求，职工才会日益生成“以企业为家”的责任感与奉献精神，才会成为企业未来发展的主力军。突出人的主体地位的肇新式管理充分表明，这种对雇佣劳动者的管理方式无疑是对人本管理生动鲜活的诠释。从以上关于肇新公司对雇佣工人具体管理的描述不难看出，公司经营管理中所秉持的这种理念和中华民族传统文化息息相关。中国人历来信奉“事在人为”，认为世间所有的事都是由人做出来的，所以大机器生产过程中也应该以人为主。而儒家的仁爱与修身思想对中国社会影响更为久远，表现在肇新式管理中就体现为充分考虑人情因素与人的生活需

求，并从提升职工个人的修身方面提升企业整体素质和综合能力。

在了解肇新式管理理念内涵之后，完全可以将其同盛行于当时企业管理领域的“泰勒制”进行一下对比。“泰勒制”是在科学名义下推出的企业管理理论，即科学分析人在劳动中的机械动作，省去多余的动作，制定最精确的工作方法，实行最完善的计算和监督制等。尽管这种理论研究没有脱离开人，但这只是“经济人”，其侧重点明显还是放在对物的研究和对效率的追求上，所以说“泰勒制”的学说从整体来看并没有突破物本管理的领域。而在肇新管理理念体系当中，始终是把人作为所有管理工作的重点，而且以更具体、更切实可行的管理举措传递着中国式的“人情味儿”。尽管是这样，肇新管理理念也并非是不注重对物的管理，并不是不重视对效率的追求，肇新式管理理念明显是主张通过人本管理来实现对物的管理和对效率的追求。两相比较，人本管理与物本管理二者的巨大差异立见。

在20世纪20年代半殖民地半封建的旧中国，肇新窑业公司这种尊重雇佣劳动者的人本管理理念出现在辽沈大地，不禁让人赞叹以杜重远为代表的一代民族工业家思想的前卫性、先进性，管理方式的人本化，管理手段的科学化，到今天依然是对人们特别是对企业经营者提出的重要课题。百年前的肇新式人本管理理念是历史的，也是未来的。因为只有用历史照亮未来，才能续写好沈阳的工业文化史。

# 近代沈阳形成的三大民族工业区

1840 年第一次鸦片战争以后，列强殖民主义与中国近代化的巨大矛盾以及民族主义思想的兴起，是贯穿于沈阳工业史和城市史的基本线索。探究沈阳工业文化，它的实践起点就是奉天机器局的建立。而奉天机器局设局的直接目的，即是挽救辽沈地区乃至整个中国的危亡。自此，救亡图存、兴办实业事实上就成为那个时代沈阳工业文化的主题。

沈阳民族工业区在近代中国处于内忧外患困境中逐步形成。这一时期，外部不仅受到西方文化和技术输入的强烈冲击，更遭到列强在军事上的疯狂侵略，其中以俄国尤其是日本为害最巨。1894 年，甲午战争之后，沙俄凭借着从清政府攫取的筑路权，于 1897 年修筑由其境内赤塔延伸经过我国东北到达海参崴的西伯利亚铁路，并从 1903 年开始运营。在中国境内的铁路分为：从东到西的满洲里—哈尔滨—绥芬河线；从北到南的哈尔滨—大连湾—旅顺口线。全长 1129 公里，初名东清铁路或中国东省铁路，之后改称为中东铁路。铁路由哈尔滨向南穿过沈阳，沙俄在奉天城西侧设火车站时，强取了周围 6 平方公里土地的经营权，作为所谓“铁路用地”。沙俄在日俄战争中战败后，被迫把我国辽东半岛包括旅大的租借权和长春、旅大间的铁路（后改称南满铁路）让予日本。日俄战争后清廷迫于日本与列强的压力，于 1907 年在奉天城和“满铁附属地”之间开设商埠地。在这个区域外商可享有与通商口岸一样的免税和治外法权,但仍在中国政府的管辖主权范围内。尽管商埠地成为欧美资本在沈阳扩充其势力的范围，但民族资本在这个区域也有所发展，比如作为东北棉纺业先驱的奉天纺纱厂就开设在这里。“自开”的商埠地不仅给在救亡图存中蹒跚起步的沈阳近代工业带来新机遇，也成为与“满铁附属地”进行经济竞争的中国人新市区，更给沈阳民族资本工业体系的布局带来了长远的深刻影响。

沈阳近代工业体系主要是在日本殖民侵略不断逼迫、民族危机日益加深的大背景下逐步成型的。大东工业区、西北工业区和奉海工业区这三大民族工业区，以奉天城为中心环绕布局，借助东北自建铁路为纽带，形成了新区和老城紧密衔接的城市空间关系。这些工业区都是民国时期东北地方政府在 20 世纪 20 年代自主规划建设的新兴城区。这个阶段不仅民族军事工业和自建铁路运输业有了快速发展，而且也带动了民用工业出现长足进步，使得沈阳地区形成了门类比较齐全、相对完整的，而且自主的现代民族工业体系雏形。在 1931 年九一八事变之前，沈阳的民族工业生产无论是在规模还是种类上均全面超过了日本在奉天的殖民企业。

大东工业区的形成主要在第一次直奉战争（1922）后，奉系军阀在大东边门外东塔农业试验场处建立东三省兵工厂。由于兵工厂规模庞大，人员众多，随着生活配套设施的不断完善逐渐形成了“南居北厂”的新城区格局，而成为大东工业区。大东工业区建设的肇始可追溯至1919年,当时命名为“奉天大东新市区”或“东市场”。工业区初期的面积约在 4 平方公里，范围西至奉天外城大东边门，东至东塔永光寺，南至今东塔机场边界，向北抵至奉海铁路。东西纵深约2.2公里,南北宽约1.8公里。大东新市区主要分为两部分，核心是由规模庞大的奉天兵工厂、大亨铁工厂和东三省航空处附属工厂及飞

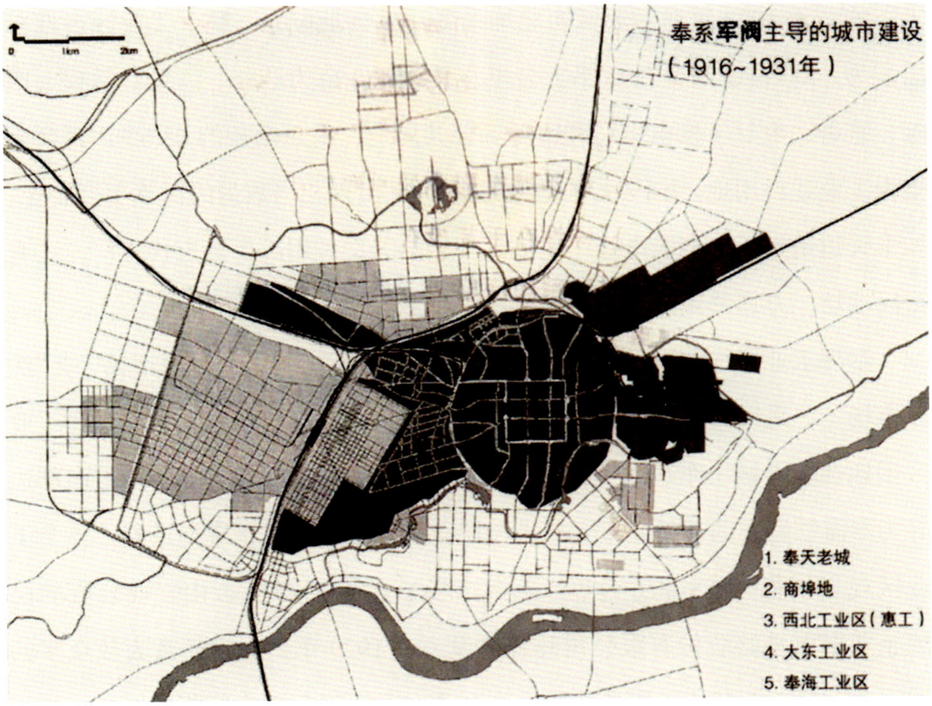


| 奉系军阀主导的自主城市建设示意图（摘自《近代沈阳城市形态研究》王鹤 吕海平著）|

机场等构成，这三座工厂连绵构成了横贯大东新市区的工厂区，占地面积约2.7平方公里，几乎达到整个工业区面积的2/3。大亨铁工厂位于兵工厂以西，以生产机车车辆、矿山机械为主。东三省航空处附属工厂及飞机场、机库等，位于兵工厂的东南，占地面积也相当庞大。奉天兵工厂以南为工人生活区，占地面积约1.3平方公里，与工厂占地面积之比约为1∶2。生活区包括工人住宅、公园、俱乐部、医院和小学等，生活服务设施比较完备，能够较好地满足兵工厂职工之需。随着奉天陆军被服厂、东三省航空处工厂、东三省兵工厂、奉天陆军粮秣厂和奉天迫击炮厂等工厂的相继问世，沈阳早期军工产业集群初步形成。

西北工业区，又称惠工工业区，是张作霖取“惠赐工业”之意而定名为“惠工”的，于1923年在奉天城西北练兵场一带选址设立。整个工业区占地总面积为1400亩，约合0.93平方公里，其中400亩为道路、广场、学校、医院、官署、电灯（发电）厂和市场等公共用地，占总面积的28.6%，其余土地为工业建设用地。至1931年，惠工工业区已出现相当数量的民族工商企业，如奉天迫击炮厂、奉天电灯（发电）厂、奉天文教用品厂等近代工厂，还有裕民油坊、万通酱园等民间作坊。

奉海工业区，初名为“奉海铁路奉天车站市场”，简称“奉海市场”或“沈海市场”，是以奉海车站为中心所进行的奉天东北部新城区规划。奉海工业区用地在奉天城小东边门外，沿奉海铁路向东北方向延伸3.6公里，南部边界为奉海铁路，西部抵至奉天外城城墙，东部与北部止于规划道路，整个工业区规划面积约3.8平方公里。奉海市场始建于1925年，由官商合资的民族企业奉海铁路股份有限公司开发建设。到1929年，就已经有为数众多的纺织业、轻工业和娱乐服务业的民族企业在奉海工业区建厂落户。

沈阳近代工业规划布局的形成，在很大程度上并不是城市化正常发展的结果，而是基本表现为同帝国主义列强尤其是与日本殖民侵略相抗争而迫不得已的选择。这种选择以其明确的民族自主性质和主权意识，反映在近代沈阳城市建设规划和相应政策中，并对城市空间结构变化产生着相当重要的影响。

1931年九一八事变前，沈阳的城市空间结构扩张已呈现为六大板块形态。即以奉天古城为中心的核心板块；以商埠地为区域的商埠地板块；以东三省兵工厂为核心的大东工业区板块；规划和建设中的以“惠工”命名的西北工业区板块；规划和建设中的以奉海火车站为中心的奉海工业区板块；以“满铁附属地”为范围的殖民地板块。1912年至1921年，正值欧洲第一次世界大战列强无暇东顾期间，也为沈阳民族工业带来了发展契机。1921年至1931年，是东北地方政府大力发展地区民族工商业的十年，这时期沈阳已经发展成为中国近代东北地区的工商业中心城市。

1923年，奉天市政公所成立，在时任市长曾有冀主持下，城市发展进一步得到规划，进行街道改建扩建，区域环境治理，推动了民族工商业和文教卫生事业发展。尤其是民族工业的发展，坚持以建立民族工业区为依托搞规划布局,充分反映出抵制西方列强特别是日本殖民侵略的需要和国家蒙辱、人民蒙难、文明蒙尘的半殖民地半封建时代特点。按照沈阳近代工业规划布局实施的主体，大东、惠工和奉海三个工业区无疑是中国人自主规划的三大城市板块。开辟三大工业区的目的，就在于补充奉天城和商埠地内工业建设用地的不足。这不仅体现为传统城市向近代城市发展中的城市规模扩张，更以实施规划的方式体现国家主权，并以此在经济上与“满铁附属地”相竞争。在西方列强和日本殖民主义同沈阳近代化的巨大矛盾主导下,抵制殖民侵略、维护国家主权必然成为九一八事变之前沈阳工业文化的主要特征。

半殖民地半封建的社会环境造成的沈阳民族工业先天不足、后天失调，必然导致其发展历程的缓慢。而1931年世界资本主义经济危机波及我国，列强将危机损失转嫁中国，使民族工业发展又陷入新的困境。更为严重的是九一八事变的爆发，东北沦陷，在日伪殖民统治下，沈阳民族工业遭逢空前浩劫，不仅遭到战火破坏，更受到日本侵略者的恣意掠夺。至此，沈阳形成的三大民族工业区也消亡于历史烟云之中。

# “实业救国”梦

自鸦片战争以来，尤其是甲午战争之后，帝国主义列强依恃在坚船利炮下与清政府签订的不平等条约，通过大肆增加工业投资迅速扩张外资企业，并在当时许多工业部门占据了垄断地位。面对遭受这样疯狂经济侵略的危机，越来越多具有远见卓识的爱国志士在工业、商业、科教等各领域打起救国大旗，并产生出一股强劲的实业救国思潮。这股思潮在清末民初也漫延到辽沈大地，沈阳一些爱国之士也一反农耕时代传统观念，以实业救国、发展民族工商业来抵抗外来侵略，希冀实现富国、强国的梦想。

纵览我国近代史，最先使用“实业”一词的人应当是清末爱国主义者、维新改良启蒙思想家郑观应。他在 1893 年《致金苕仁观察书》中就说：“富强之国首在振兴实业、改良制造、多设工艺厂，殚亿兆人之智力，阐造化之灵机，奋志经营，日臻富强，以雄宇宙。”之后随着民族危亡的加深，“实业”就作为一个使用频率日益增高的词出现在各种报刊中，反映实业救国的主张和社会要求。对“实业”解释最全面的则是“状元大实业家”张謇，他认为“实业者，西人赅农、工、商之名”。此后，实业所指多为农、工、商，再加上交通运输等经济活动中各项具体的行业，指代的是不同于自然经济的崭新经济成分。在不同阶级、阶层利益指向下，实业救国的内容或会有些许差异，但在国家蒙辱、人民蒙难、文明蒙尘的时代主题下，救亡的要求却几乎是一致的。

近代中国实业救国思潮是伴随着我国民族工业的出现、发展逐步萌生、形成和兴起的，其思想源头实际则发端于林则徐、魏源等人的“师夷长技以制夷”思想。但实业救国思潮在沈阳地区的涌动起伏，由于受地理区位和政治历史等条件制约，同关内和东南沿海地区相比，不仅起步略显迟滞，而且表现出的差异也较大，具体可以分为以下几个阶段。

兴办实业的萌发期（1860—1894）。清朝末年，中国经历两次鸦片战争后，由于洋务运动、戊戌变法的推动，民族工业在我国初步产生。盛京（沈阳）地方当局也作出修铁路、开矿山、办学堂、建工厂的努力，早期的工业实业萌芽开始陆续出现。1862 年，以生产畜力交通工具大车为主的永源工厂建立；1875 年，以压榨麻子油、豆油为主要产品的兴隆园成立；1889 年，以制造铁器工具为主的德顺成铁工厂创立……到 1894 年，随着甲午战败清政府放开民间设厂限制，沈阳民营工业企业的开办开始出现较为宽松环境。这一时期的民族资本大多规模小，社会投资方向多在生产消费资料的轻工行业。

倡办实业的初始期（1895—1911）。甲午战争后，图存思潮高涨，清政府在维新变法中倡办实业、鼓励私人开办工矿企业，同时成立铁路矿务总局和农工商总局，并颁布奖励发明创造以振兴工商业的《振兴工艺给奖章程》，把发展实业作为抵御外国经济侵略的重要手段。1896 年，清政府批准盛京将军依克唐阿的奏请，官办的奉天机器局建立，铺垫了沈阳近代民族工业基石。这一时期，由于清政府的倡导与鼓励，特别是徐世昌主政东北以后，与清廷推行“新政”相结合，力倡实业，奖励工商，使得沈阳兴办实业逐渐蔚然成风：1900 年，属制油工业的汇泉长设立；1901 年，属纺织工业的天增利和至诚永织布厂开办；1904 年，属印刷工业的太古山房成立；1906 年，属铁工业的万顺铁工厂建立；1907 年，官办奉天电灯厂即发电厂创立；1909 年，官商合营的综合性轻工企业奉天惠工有限公司建立……这个阶段的民族工业企业已开始摆脱传统手工操作，以蒸汽或电力作为动力使用机器生产。但这一时期的工业企业规模都不大，还无力同帝国主义列强的资本输出与商品倾销相抗衡。

实业救国的兴起期（1912—1915）。中华民国成立初年，沈阳的实业发展尚不尽如人意，但在北洋政府陆续出台的一些裁厘免税的规定支持下，民间投资设厂的热度不减，倒是有力地推动了沈阳民族资本主义的发展。像沈阳染色工业的东升长、天聚增，制油工业的利盛兴，曾在“巴拿马赛会”获奖的饮和汽水公司等民营工业企业，都是在这一时期设厂开办的。

实业救国的高潮期（1916—1931）。自 1916 年张作霖任奉天督军兼省长始，至 1931 年九一八事变爆发前，由于列强忙于第一次世界大战而对我国经济侵略有所放松，再加上东北地方当局实行“保境安民”和整理内部等政策带来的相对安定社会环境，使东北地区的实业振兴在客观上得到了较快发展的机遇。在这个时期，发展最快、投资最多、规模最大的应属军事工业

奉天肇新窑业公司生产的印有“提倡国货”瓷盘图样

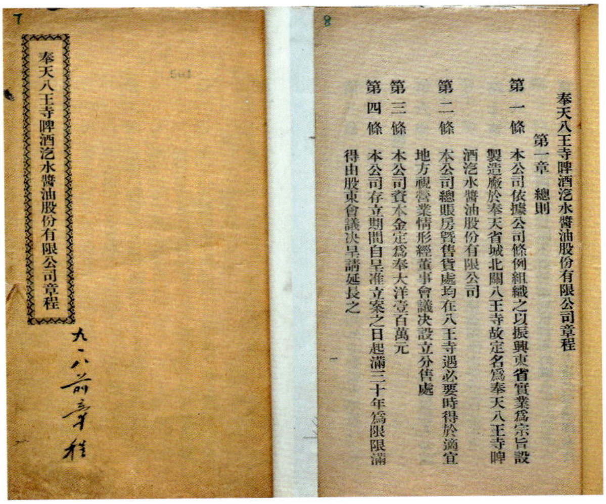
奉天八王寺啤酒汽水醬油股份有限公司章程

奉天八王寺啤酒汽水醬油股份有限公司章程

第一章 總則

第一條 本公司依據公司條例組織之以振興東省實業爲宗旨設製造廠於奉天省城北關八王寺故定名爲奉天八王寺啤酒汽水醬油股份有限公司

第二條 本公司總賬房暨售貨處均在八王寺遇必要時得於適宜地方視營業情形經董事會議決設立分售處

第三條 本公司資本金定爲奉大洋壹百萬元

第四條 本公司存立期間自呈准立案之日起滿三十年爲限限滿得由股東會議決呈請延長之

奉天八王寺啤酒汽水酱油股份有限公司章程（第一条明确指出“以振兴东省实业为宗旨”）

和铁路交通，成为辽沈地区近代民族工业的主体。1917 年，沈阳最早的军需工厂奉天陆军被服厂建立；1921 年，可称为当时国内军工之最的东三省兵工厂建立；1922 年，专供军需的奉天陆军粮秣厂建立；1926 年，军事重工业企业奉天迫击炮厂成立。这在当时可以说，完整的军事工业体系已大致形成。迫击炮厂附设的民生工厂，在 1931 年 6 月成功试制出中国第一辆汽车——民生牌载重汽车。在这时期的铁路交通建设上，奉海铁路于 1927 年 12 月正式通车。这条从沈阳东站起始、到海龙终点的铁路，是一条完全利用中国自有资金、自己建设和自己管理，并完全属于国有的铁路。在这一阶段，沈阳的民用工业也有很大发展。比如：1918 年，生产纯丝及花素绸并出口的纯益缫织公司创办；1922 年，具有现代工业意义的民族棉纺企业奉天纺纱厂建立；同年，还有惠临火柴公司、八王寺汽水公司、东亚皮厂等专业型民用工业企业建立；1923 年，著名实业家杜重远筹资创建的肇新窑业公司成立；1924 年，居沈阳染色行业之冠的东兴色染纺织公司成立；同年，以制造各种机械设备而驰名于省内外的大亨铁工厂创办。据东北文化社年鉴编印处 1931 年印行的《东北年鉴》统计，截止到 1929 年，沈阳共有民族民用工业企业574家，资本总金额为843万余元。

近代的沈阳之所以能够出现实业救国思潮的高潮期，而且能够持续涌动十几年之久，这显然同东北地方政府的号召和支持是分不开的。“兴办实业”在当时并不仅是当局的口号，政府在振兴实业中“或示布告劝勉之，或设学校提倡之，或立工厂引诱之，庶几可望臻至耳”以推动实业深入开展。为对实业工作进行具体指导，各县成立实业局，各省成立实业厅；为造就实业上有用的人才，批量选派官费留学生出国学习实业；针对当时工业发展困境，通过免税、提供贷款等方式，支持和保护实业部门和实业者；地方当局顺应实业救国思潮和区域经济社会需要专办官报，并采取宽松和支持态度对待社会创办报刊，以激发地区民众的实业救国意识……从一定意义上说，东北地方政府的各种举措也映射出彼时民族经济实力的单薄，外力的挤压与实业救国道路的艰难。然而1931年日本帝国主义发动了九一八事变，这不仅使东北大好河山迅速沦入敌手，也使实业救国思潮在沈阳戛然而止，成为绝响。

显然，在积贫积弱的半殖民地半封建的近代中国，单纯靠“实业”尽管难以取得“救国”的全面成功，但在某个时段、某个领域依然能够取得显著成效。虽然这种成效表现出来可能是局部的、暂时的，但它所体现出的为国家谋富强、振兴民族经济的奋斗精神却是永恒的。像肇新窑业公司打破日瓷对东北市场的垄断、惠临火柴公司击败日商并战胜瑞典火柴经济入侵等民族工业崛起的事例将永远载入史册。

回望沈阳工业文化的来路，尽管“实业救国”思潮早已消散，但以一己之力为国家富强、民族自立而奋斗的实业精神却早已融入沈阳工业精神的灵魂与血液。一代代志士仁人在那个特殊的年代为“振兴实业”“中华崛起”的梦想而拼搏。梦虽未圆，魂却长存。

# 一切为了“挽回国家利权”

在沈阳民族工业档案文献原始记录中，时常可分散地见到“利权外溢”“漏卮实大”和“挽回利权”等词语，尽管有时仅表现为寥寥数语的固化信息，但是它们却清晰地留下了从 19 世纪末到 20 世纪 20 年代，辽沈地区社会各阶层奋起抵制列强夺取东北利权的历史真相。

利权，在我国古代主要关涉钱币铸造、田赋征收、盐课茶税等经济事务管控，属内政范畴。在我国近代，利权主要指经济上的权利以及一系列与之相关的权益。利权一般都是相对国家而言，即国家的经济权利与权益，在某种程度上也涉及国家的主权。1894 年爆发的中日甲午战争，以我国战败而结束，清王朝被迫签订了《马关条约》，不仅向日本支付 2 亿两白银的巨额战争赔款，并割让台湾全岛，增开商埠，而且允许日本人在通商口岸自由开设工厂，“从事各项工艺制造”，将产品销售中国各地。这更为帝国主义列强对华资本输出洞开方便之门，使它们近乎疯狂地掠取我国各项利权。中国突显出前所未有的严重民族危机，不仅引起社会各界对利权问题的高度重视，更引发了清末持续数年之久的具有鲜明反帝爱国性质的收回利权运动。这场运动经历高潮之后实际上并没有消逝，即使进入了民国时期，收回利权的思想与行动仍在长期延续，在辽沈地区也仍然一直是社会所关注的事关家国重大利益的话题之一。

近代中国很多利权被西方列强攫取，国家不仅处处受制于人，而且国内资源外流持续加剧，外债不断叠加，国势日益衰微破败。据申报馆 1923 年 2 月编辑出版的《最近之五十年》统计，从清光绪二年（1876）到中华民国九年（1920），这 45 年间的对外贸易逆差，竟累计高达 32.07 亿海关两白银之巨，而晚清时期全国的财政收入每年仅为 8000 万两左右。只需看我国连年对外贸易赤字一项,就可体会到近代中国的利权丧失足以令人触目惊心。利权的不断丧失，导致列强环伺下的近代中国日益走向积贫积弱。事实上，挽回利权的抗争，无论就其斗争目标还是就其结果而言，它表达着时人要扭转利权丧失殆尽危局、恢复国家经济独立的诉求。这种抗争所体现的并非是某一社会阶级、阶层（包括东北地方当局）的利益和意愿，而是全民族面对国家主权、人民生存权丧失殆尽而奋起救亡的民族斗争。

从保存下来的沈阳民族工业档案中，可以看到在挽回利权抗争中起中坚作用的应当是沈阳第一代实业家。这些爱国的民族工商业者一方面源于思想上对严重的民族危机的深切关心，另一方面出于现实中自身生存发展的迫切需求，为表达维护利权的强烈要求，明确把“挽回利权”“振兴实业”作为创办公司企业的目的。沈阳民国时期开办的许多公司企业都保留有“公司章程”，从中均可发现这种颇具民族情感与时代特征的以爱国为内核的内容。比如:《奉天肇新窑业股份有限公司章程》的第一章第一条明确说明公司“以振兴东（三）省窑业为宗旨”；《奉天大亨公司简章》第一条申明“本公司以开发实业与兴办各种工厂为宗旨”，因维护利权还特别强调“本公司专招华人股份”；《八王寺啤酒汽水股份有限公司章程》开宗明义，规定本公司“以振兴东省实业为宗旨”，为防止利权外溢则明确要求持股人“以中华民国国民为限，不许转让或抵押于外国人”。

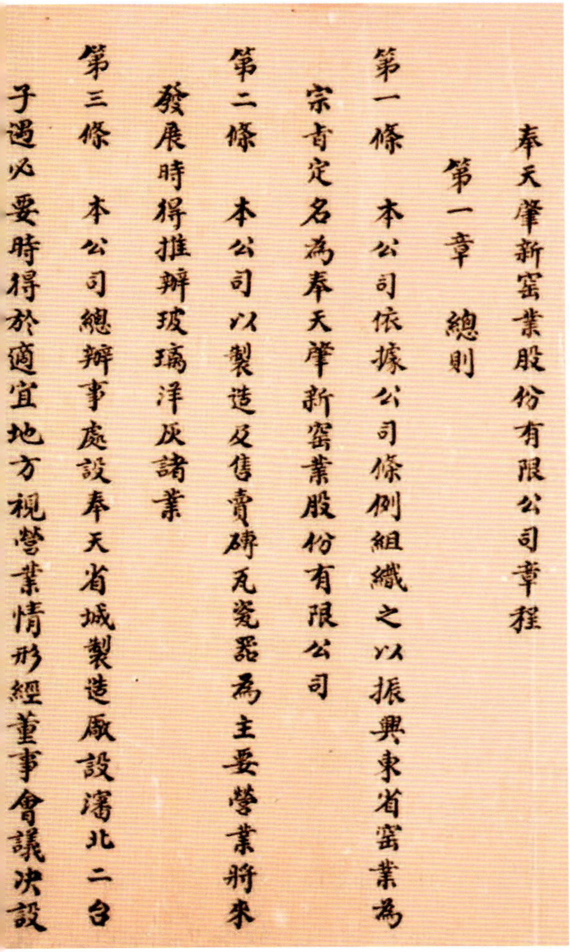
奉天肇新窯業股份有限公司章程
第一章　總則
第一條　本公司依據公司條例組織之以振興東省窯業為
宗旨定名為奉天肇新窯業股份有限公司
第二條　本公司以製造及售賣磚瓦瓷器為主要營業將來
發展時得推辦玻璃洋灰諸業
第三條　本公司總辦事處設奉天省城製造廠設瀋北二台
子遇必要時得於適宜地方視營業情形經董事會議決設

《奉天肇新窑业股份有限公司章程》第一章总则第一条中明确指出，以“振兴东省窑业为宗旨”

作为规定公司组织和活动基本准则的公司章程毕竟还只是条款式文件，而更能反映爱国工商业者为民族危机发出愤激忧患之情的则是当年他们向政府提交的呈文。肇新窑业公司总经理杜重远的多篇呈文，应当是这类文件中最具代表性的历史文献。他以沉重的心情向地方当局陈述出集股创办窑业的原委：“窃查欧战而还，东西列强政治侵略政策，一变而为经济侵略，阴谋愈辣，受祸愈深。金贵银贱之现象遂于本年骤然爆发，影响所及，全国商农几濒破产之环境。穷源溯本，无非因国内工业不振，日用必需品辄须购自外人。一经金价提高，一般生活势必感受异常痛苦。即如瓷器一项，乃为人生必需用品，亦须购自外人。如以东省三千万人民计算，每人每年需碗一件，按每件五分核算，尚需一百五十万元。但实际上尚不止此。看似细微，漏卮实大。”此处用了“漏卮”一词，原意是有漏洞的盛酒器具，在这里比喻造成国家利益外溢的漏洞。杜重远还深刻揭示，近年来日本的窑业工厂竟然有一百几十家，其产品大多销往我国，而其中唯独东三省购买使用最多。日本人还利用东北丰富的原料在大连开设规模宏大的大华工厂，经济侵略的用心更为深远。他进而强调："东省瓷器全为外人垄断，普通所用饮食器具悉属外货，利权坐弃，漏卮莫塞。故决筹抵制之方。"因而杜重远以投资建厂、生产国货作为同日商争夺利权的手段和策略，于 1928 年采用机器制造陶瓷新技术生产瓷器和砖瓦制品，不仅打破了日本陶瓷产品垄断局面并将其挤出了东北市场，也实现了"振兴东省窑业"以"挽回利权"的誓言。时任奉天省省长翟文选就曾经在杜重远呈文的批文中赞扬肇新窑业公司，称"该公司创办瓷器，既系为挽回利权起见，颇堪嘉尚"。以杜重远为代表的沈阳民族企业家，将眼光从一己之身家财产移注于国家和民族的存亡，显然是一代无愧于历史、无愧于后人的爱国志士仁人。

国家利权外溢的严重危害不仅促使民间人士爱国救亡热情急剧高涨，而且也给地方当局主政者带来了强烈刺激，迫使其不得不思有所作为，寻求抵制抗争之策。在挽回利权的抗争中，民国东北地方政府颁布了一系列振兴实业的章程法规，包括《公司条例》《商会简明章程》等，实施鼓励民营商办工业发展的政策，尤其是"挽回利权"的号召，在一定程度上也是在维护国家主权、挽救民族危亡的指导思想下进行的，这对沈阳近代民族工业的兴起和发展也无疑起到很大的促进作用。因此，民国东北地方政府在挽回国家利权抗争中，产生的积极作用与影响不可忽视。

鉴于利权丧失带来的诸多危害，20 世纪初到九一八事变前，沈阳甚至东北三省的各种报刊几乎无一例外地登载过大量呼吁挽回利权的言论，形成了一种具有相当影响的社会舆论，从而对挽回利权的抗争能够有广泛的社会参与性发挥了不可忽略的引导与号召作用。

19 世纪末 20 世纪初帝国主义列强对我国利权的疯狂掠夺，不仅引起社会各界对利权问题的高度重视，也随之激起了人们出于家国情怀的全民族挽回利权的抗争。尽管“挽回利权”这样一个历史情境早已历经百年发展变迁，但它彰显的人文追求和社会责任不仅是沈阳工业文化的重要组成部分，也依然是助力当代沈阳人感知、体验和涵养新时代家国情怀的最可宝贵资源与财富。

# 时代强音："抵制外货"

近代以来，在长达百余年的历史进程中，日、俄等帝国主义列强用经济和战争的手段，不断对辽沈地区进行侵占、掠夺、控制，甚至包括统治。在各国列强中，入侵时间最长、破坏力最大、对沈阳人民危害与影响最深的，当属日本。面对日本帝国主义长期的不断侵略和欺凌，不屈不挠的广大沈阳民众不断奋起抗争，屡次掀起抵制日货运动。

随着清政府在1894年爆发的中日甲午战争中战败，沈阳成为列强对东北进行经济侵略的主要目标。日本尤其是在为争夺朝鲜半岛和我国东北而进行的日俄战争中取胜后，更有恃无恐地煽动起对东三省大肆经济掠夺的"满洲淘金热"。在日俄战争时跟日军进驻沈阳的首先是日本三井财团，他们随即成立了"三井物产奉天出张所"，开始了纺织品、肥料、煤油、砂糖、火柴、皮革、武器、军需品和杂货等商品输入。1906年，大批洋行在奉天开业，包括松隆、松茂、怡信、佐伯、扇利、关东、前田、千贺等日本商号。同年，日本东亚烟草会社奉天分社和奉天满洲制粉会社也相继在沈阳成立。据当年统计，在奉天的日本工商业户已增加到468户，从事的产业涵盖建筑、煤炭、粮谷、药品、印制、杂货、钟表、料理、饮食、玻璃、肥皂等行业部门，而且门类日趋完备，渗透速度迅猛。同时日本金融业也接踵而至，如正金银行、朝鲜银行、东洋拓殖株式会社等金融机构均在奉天开业。1920年，在日本纺织业颇具声望的“日纺”和“东纺”也都先后打进奉天。而在奉天最大的日本企业则是“南满洲铁道株式会社”，它不但经营着南满铁路，而且它的附属企业也数量繁多，如日本人自诩为铁西工业区的三大支柱工厂，包括1916年成立的南满制糖株式会社、1918年成立的满蒙毛织株式会社和1919年成立的满蒙纤维工业株式会社，以及后来在这个区域陆续建起来的诸多日资工厂，均由“满铁”经管。甲午战争后的中国巨额战争赔款为日本带来经济高速增长，也使日本加速对中国进行经济扩张。日本的工商企业开始大量涌入东北，日货更是充斥辽沈市场，这直接冲击着沈阳的民族工商业。

面对帝国主义列强步步紧逼的侵略行径，人们从当时民族危难和个人体验中深刻认识到，针对它们的经济侵略活动也必须予以经济手段的抵抗。一方面试图以兴办与振兴实业来“挽回利权”，另一方面则以倡导“抵制洋货，提倡国货”的行动进行抗争。而每逢西方列强加剧侵略造成历史事件之日，必然是激起中国广大民众的反抗斗争之时，同时也会引发出大规模的群众性抵制外货运动。当年发生在沈阳的群众性抵制日货运动也给我们留下许多历史记忆，当时的沈阳人民以实际行动发出了反对日本侵略的时代强音。

早在1909年，因清政府屈服于巨大压力不得不接受日本改建安奉铁路的强硬要求，由此引发沈阳早期的抵制日货运动，到1915年日本帝国主义向袁世凯提出妄图灭亡中国的“二十一条”，全国爆发了大规模的爱国运动，抵制日货运动也在沈阳再掀高潮。奉天总商会作为东北近代一个极其重要的社会自治团体，就积极响应并组织各商号参加反对袁世凯签订卖国条约和抵制日货运动。尽管奉天巡按使公署曾于1915年6月发布文件，禁止散发抵制日货传单，但抵制日货、提倡国货的檄文在辽沈地区乃至整个东北四处飞传。买日本货、戴日本帽、吸日本烟等行为，在当时均被国民视为不爱国的

| 民国街头抵制外货的标语 |

表现。之后，群众性的抵制洋货斗争日益频繁，基本上都是与提倡国货的爱国运动相伴而生的。1919 年 5 月，奉天总商会秘密转发了北京总商会《关于抵制日货的通知》，并要求将奉天生产的国货品类、商标上报总商会，以便统一购销，真正做到提倡国货。五四运动爆发后，奉天总商会发出通电声援发动五四运动的北京学生。1920 年，奉天总商会提出“国货中的各种物品符合社会上冬季需要的甚多，急须提倡，以广销路，召集各董事分天然、制造二项讨论销路办法”，组织商号提倡国货、抵制外货。1921 年 7 月 8 日，奉天总商会为抵制日本货币扰乱金融，向全省各地商会发出反对日本经济侵略的通电，并声明：“（1）今后中日商人为买卖金票发生纠纷，商会不负调解责任；（2）今后中日商人之买卖行为一律使用奉票或大洋票；（3）今后东三省之一切输出品，均须经由营口输出（不使用日本控制的大连港），以上请东北各地一致施行。”总商会的声明进一步激发了东北地区人民的反

帝爱国热情，在一定程度上打击了日本的经济势力。1925年6月，震惊中外的五卅惨案发生，奉天总商会与沈阳各界人士一起发起反帝示威游行，市内各商号也继续开展提倡国货、抵制日货活动，并为支援上海人民反帝斗争进行了募捐。7月9日，奉天商工总会散发传单，再次要求抵制日本金票。1926年，为抗议日本在安东（今丹东）枪杀中国工人，奉天商工总会与省议会等联合组织数万人示威游行，抗议日本侵略者的暴行。1927年，日本擅自在临江设领事分馆，激起社会各界人士的愤慨。5月16日，奉天商工总会向时任奉天省长莫德惠提交公函："请饬交涉署与东边道，速与日侧严重交涉，迫令将领事馆立予撤退，用保主权，而平民愤""各团体等愿以国诚热血，做交涉后盾""期在保我主权，戢彼野心，誓不达到将临江设领取消不止"。公函以慷慨激昂的语言，表达了沈阳人民维护国家主权的拳拳爱国之心。8月7日，奉天商工总会发动全市商民开展抵制日货运动，商会下令拒绝购买日货，一律停止与日商交易。8月16日，奉天商工总会召开会员大会，由代委员长杜重远就日本侵华政策发表演说，他大声疾呼："日本想要吞并东三省，要将这里变成第二个朝鲜，我等快快猛醒！"杜重远除了号召商号与社会各界参与罢工游行外，还倡议各商号进行捐献，援助争取外交主权的活动。会后，在杜重远的指挥下，全市25000人举行反日大示威。经过一场官民同仇敌忾、共同抗拒日本在临江设领的斗争，最终迫使日本放弃了在临江强行设立领事分馆的企图，并唤起了东北民众的民族意识和爱国热忱。1928年，奉天商工总会为反对日本殖民者的苛捐杂税，杜重远等爱国志士又组织商号举行罢市和示威游行，并在一些地区筹设国货陈列所，以推广国货。商号个体及商号组织通过大力提倡国货，积极抵制日货，表达了沈阳人民反抗日本侵略东北的坚强意志和强烈的民族情怀。

沧桑辽沈，百年浮沉。由于旧中国国力衰弱，无力在政治、经济、外交和战场上实现维护国家权益的诉求，因而在中国近代史上会几度爆发抵制外货的民间运动。沈阳近代以来的抵制日货、发展国货运动，无疑是一场已进入历史的全民族爱国主义运动。回望这场始于百年前的群众性运动，我们不仅怀念先驱者们可贵的爱国主义精神，更深切地认识到当年沈阳近代民族工业生存发展路途的险峻与艰辛。正因为有了广大人民群众对抵制日货、提倡国货运动的积极投入，才给沈阳民族工业争得了东北乃至国内外的商品市场，这也应该是推动沈阳近代民族工业迎来短暂的高潮期的一个重要原因。

# 电灯：光绪年的沈城通明

电力是工业文明的动力支撑，它的发展及民众用电的普及程度反映着一个地区工业化的进程。作为晚清时期的东北政治中心的沈阳，尽管有电的历史与我国有电的历史大体同步，但还是要晚于上海、天津等沿海城市。沈阳在城内点亮第一盏电灯时，是清光绪三十四年（1908）九月。然而，陷溺于半殖民地半封建社会的近代沈阳，其电力工业发展同整个民族工业的发展一样艰难曲折。百年回首，望断来路，烟云漫漫，灯光依稀。

沈阳城有电，始于银元局。光绪三十四年（1908）四月，因清廷调整币制，东三省银元总局奉令停止铸造铜元。在东三省总督徐世昌的支持下，银元总局总办舒鸿贻兴办起奉天电灯厂。开办之初是以当年造出的铜元和盈利两项资金垫付，用来作为建厂投资的。其时，日本帝国主义正在谋求对东北电业的垄断。奉天建电灯厂前不久，日本“南满洲铁道株式会社”就在同年6月份，把原沙俄安装在旅顺的120千瓦发电机移至沈阳，在租界地西塔大街建立一个临时发电所，开始给附近范围及“满铁”所辖地区供电。就此而言，电灯厂的开办显然并不只是为解决银元总局转产问题，实际也是对日本殖民者侵害我国主权和经济利权的一种抗争与止损行动。

奉天电灯厂诞生之初即为官营企业，全称为官有营业奉天电灯厂。厂址设在东三省银元总局，即原奉天银元局院内。厂房就建在院内锅炉房南侧空地，面积大约 180 平方米。而锅炉房和办公用房等设施都是借用银元总局的。厂房内安装了两部发电机组：一部是 160 千瓦的美国奇异发电机；另一部为 300 千瓦的德国西门子发电机。在当时技术条件下电能还无法大规模储存，因此小功率发电机为白天发电使用,大功率发电机则专供晚间照明发电使用。宣统元年（1909）八月，奉天电灯厂正式供电，主要供应小河沿、城内商埠区和附近兵工厂用电。九月，城内主要街道设置的路灯开始照明，结束了沈阳人在城里提灯笼走夜路的历史。电灯厂出资安装了这批最早的市政路灯，耗电费用由沿街受益的商户承担，缴费由警察分驻所统一代收。1910 年 8 月，电灯厂更名为奉天省电灯厂，划归省署直接管辖。

辛亥革命之后，奉天电灯厂不断发展，供电营业区域经过几次扩展，使

| 民国初年奉天（今沈阳）城内街道已架设了电线安装了电灯 |

沈阳民族电力工业逐渐形成规模。1915 年 4 月，奉天电灯厂向兴业银行贷款小洋 6 万元，从其所在地大东边门开始，先后在奉天城大小东关、南关、西关各街巷共装设路灯 1182 盏。10 月底全部竣工送电。这笔贷款是以新设路灯收入作为债务偿还条件，由省财政厅充当担保人办理的。之后，电灯厂按这种方式又从兴业银行贷款小洋 7200 元，在大小北关街巷及城内各个胡同装设了路灯。至此，奉天城内的路灯安装基本完成。随着当时沈阳的城市建设和发展，照明和市政用电量急剧增加，原有的两台发电机组很快就已经不能满足供电需求了。尤其是在夜间，时而出现电力供应超负荷运行的情况。因亟须扩大发电设备装机容量，电灯厂又在 1915 年末通过慎昌洋行添置了两台美国产的发电机组。到 1919 年，电灯厂资本总额达到 52 万大洋，发电量为 1000 千瓦，安装电灯 5 万盏，营业区域达 40 平方公里。电灯厂在前期的几次扩大再生产过程中，主要都是同兴业银行、东三省银行和东三省官银号发生的借贷业务。1924 年 7 月，这三家金融机构统一归并为东三省官银号后，电灯厂也就只需向官银号支付借款利息和偿还本金了。

1923 年，奉天市政公所市长曾有翼兼任奉天电灯厂厂长，电灯厂自此

| 奉天电灯厂用发电机 |

进入了它的发展黄金时代。由于沈阳的城市用电量增长十分迅速，电灯厂又在 1924 年 1 月新购进了美国通用电气生产的 2500 千瓦发电机组，运行之后的电灯厂发电总功率已经达到建厂初期的 8 倍。当时的奉天省电灯厂仍地处大东边门内，对城内外附近的地段提供电力尚且方便，但对于离厂稍远的商埠地及皇姑屯、东北大学、北大营等处供电相对较难。而且南北市场商业也日益兴隆，西北工业区又开始兴办，整个城市需用的电力在与日俱增。因而，选择新厂址在沈阳增建新的发电厂已势在必行。1924 年 9 月，经奉天省公署批准，在小北边门外西北工业区拨地 20 亩，开始发电新厂建设。新厂装设 5000 千瓦发电机一部，被命名为第一发电所，老厂为第二发电所，电灯厂的规模又上升到一个新的台阶。不过因为局势动荡，连年征战，东北百姓生活日益窘迫，1924 年开建的第一发电所直到 1929 年才开始发电。1909 年成立的奉天电灯厂，经数次扩大生产规模到九一八事变前已达到相当规模，发电装机最大容量为 9660 千瓦。1929 年，其更名为辽宁省电灯厂。

在“经营满洲”殖民思想的驱使下，日本对我国东北电业权益的争夺也是由来已久。1907 年“满铁”正式开业后，日本在东北的电业就以“满铁”经营为主，通过直接投资、合营、控股等手段，陆续掌握了一批电灯公司与发电厂的控制权。为进一步扩大在东北电业领域的影响，整合已控制的电力企业以完成垄断，由“满铁”全额出资于 1926 年成立“南满洲电气株式会社”。到 1930 年，“南满电”下辖的本店、支店、办事处及关系会社共有 17 处，发、受电总容量为 52769 千瓦，拥有电灯 506955 盏，投资总额达 2372 万日元。非常明显，“南满电”在东北大肆扩张严重阻碍着我国民族电业的发展，日本谋求对东北电业的垄断更直接侵害了我国主权和经济利权。

1931 年九一八事变后，日本侵占了东北三省，辽宁省电灯厂也被日本侵略者强行接管，沦为了日军掠夺辽沈地区乃至东三省财富和资源的工具。被强占的电灯厂自此归属奉天市政公署管辖，并改名为奉天电灯厂。1932 年伪满洲国政府成立后，日本关东军特务部与伪满政府订立电气事业合同，准备合并东北地区电气事业，成立了满洲电气委员会。1932 年 7 月，奉天电灯厂与南满洲电气株式会社各出资 50%，对已停止发电的安东电灯厂进行改组，成立安东电业股份有限公司。1934 年 11 月，在日本关东军特务部主持下，又将奉天电灯厂与南满洲电气株式会社奉天支店合并，成立了满洲电业株式会社，原奉天电灯厂厂长和各课长的职务均由日本人担任。“满电”的资本为 9000 万日元，后增加到 3.2 亿日元，统一经营东北地区电气事业。之后“满电”逐步改用抚顺的电源，原有的发电机就被日伪撤移到别处使用。1935 年 3 月，满洲电业株式会社奉天电业局又改称为奉天支店，经营沈阳市内的发电、供电业务。

1945 年日本无条件投降后，中共特派员何纯渤负责接收了沈阳的满洲电业株式会社奉天电业局，并开始恢复供电。1949 年沈阳电业局成立，从此由奉天电灯厂开启的沈阳民族电力事业翻开了新的篇章，开始谱写新的辉煌。

回首沈阳往事，深化城市记忆。从某种意义而言，一部沈阳近代工业发展史，也可以说是一部电力照明区域由一隅之地到整个城市的历史。建厂于光绪末年的奉天电灯厂，在当时还算不上独立的现代意义的电厂，但正是它以熠熠的电灯之光照亮了沈水之滨的电力工业之端，书写出了沈阳这座历史文化名城电力发展的开篇之作。

# 『善弈者谋势』的奉海铁路

铁路是近代工业文明的产物和标志之一，又反过来影响并推动了近代工业文明的发展。可是，近代东北铁路的修建不仅没能起到维护民族经济促进地方工业文明发展的作用，反而成为列强对我国东三省进行殖民侵略的一个重要工具。而在 20 世纪 20 年代，东北地方当局制定实施自建贯通东北全境铁路干线计划，与日本攫取东三省的野心针锋相对，是“实业救国”的一种重要手段。奉海铁路建成通车打破了日俄对东北铁路垄断，是在挽回民族交通利权的策略性博弈中取得一定成功的鲜明标志，无论在沈阳工业史或东北铁路史都应留下浓墨重彩的一笔。

19 世纪末，帝国主义列强加紧了对中国的瓜分。沙俄为掠夺和侵略我国东北、谋取远东地区利益，通过与清政府签订《中俄密约》，攫取了在我国东北修筑和经营中东铁路的特权。中东铁路是作为沙俄西伯利亚铁路的一个区段而修建，于 1898 年开始修筑，1903 年完工。这条铁路分为两段：向东路段由满洲里到绥芬河；向南路段由哈尔滨到大连，贯通整个东三省。铁路竣工后沙俄在东北设立中东铁路局，同时派遣护路军，将中东铁路附近广大区域划为其势力范围。日俄战争后，日本从沙俄手中获得中东铁路支线长春至大连约1100公里长的路段及附属地，改称“南满铁路”。并于1906年设立“南满洲铁道株式会社”，作为日本政府推行大陆侵略扩张政策的代理机构，管理日本资本在我国东北的殖民经营。总括而言，20世纪初的东北铁路干线，主要由日俄掌控：俄国占领中东铁路，日本控制南满铁路。尤其是南满铁路，运输全部被“满铁”控制，即使是中国军队使用铁路，除要当即交付运费外，还要经日本驻奉天总领事和关东军司令部批准，并在关东军和铁路守备队监督下，临时解除一切武装另行托运后，这才能够乘车；中国军队的军用物资运输也必须得到关东军司令部批准，而日方还可以随时拒绝。列强利用不平等的铁路条约不仅剥夺了中国运输军队权，实际连同铁路沿线区域的矿山采掘权、工商业经营权、货物税权，乃至行政司法权等与中国主权相关的权力，均被窃取。

面对“北宁本借英款，中东有俄股，南满则为日所独占，当是时也，东北铁路殆非我有，交通之权为外人操纵”的局面，东北地方当局从政治及军事上的需要出发，一直在做突破困境的苦心经营。直至1922年，制定出了于南满铁路两侧修筑东西两大铁路干线而纵贯东三省全境的宏大计划，即绕开南满铁路束缚，另外开辟出一番民族铁路运输新天地。这个大气魄的计划主要是，修建由打虎山起，经通辽、洮南、白城子，再到齐齐哈尔，构成连接奉黑两省的西干线；修建由奉天起，经海龙、吉林，再到呼兰，形成连接奉吉黑三省的东干线；东、西两大干线系统且与关内各干线衔接。有了如此主权在我的东北铁路干线交通，对于摆脱列强对东三省铁路交通运输控制的重大意义毋庸置疑。

修建铁路是一项极其复杂的系统工程，而自办铁路困难尤多，从规划、资金、技术、管理等各方面都要有统一的筹划和领导。奉天省长公署于1924年秋天做出自筑东干线南段的决定，这一路段由奉天省城大北边门外毛钩屯起东至海龙县，全长234.5公里，定名为奉海铁路，为省有官商合办。

由于自建铁路在很大程度上就是针对日本的殖民侵略，所以始终受到它们干扰破坏已属必然。奉海铁路筹备之初，日本就凭借中日间的不平等加以阻挠。为了收回这条铁路修筑权，同日方交涉谈判就达两年之久。最后还是奉天省用向日方借款修建洮昂铁路作为妥协条件，日方才同意中国铺设奉海铁路。之后日本的捣乱作梗也没有停止，只是奉天当局对其提出的无理抗议不予理睬。

奉海铁路于 1925 年 7 月开工。投入资金为奉大洋 2000 万元，官商各投资一半。商股不足额或整个投资不足部分，由省财政厅随时垫支，从而保证了筑路资金来源。作为省自建铁路的奉海铁路，修筑之初因工程浩繁，耗资巨大，而且筹款困难，节省建设资金和加快进度自然就成为要着重考虑的问题，不得不把“先求其通，次求其备”作为修建原则。施工时，在保证铁路能够通车运营的前提下，适当降低了一些建设标准，等资金充盈后再逐步完善。在技术方面，省长公署从其他路局调来大批工程技术人员，从设计到施工的一切技术问题都由中国工程师负责，奉海铁路全部用中国自己的技术力量修建。这条铁路的钢轨采用的是 65 磅轻型轨，轨距为 1.435 米普通轨。铁路干线所经之处，除了草市至海龙一段地表形态较平坦外，其他地段都是山岭回环，地势极为险峻。铁路干线中途要经过浑河环绕地带，选测路线时也没有办法绕过去。工程任务艰巨，难度要成倍超出平常工程。在铁路全线总体设计中，将大部分桥梁设计为木桥，站场设施也是能省则省，有的车站甚至没设计站房。整个工程总共建筑了大小木桥 178 座，水沟涵洞 101 孔，混凝土拱桥、平桥共 50 座。还在沿线修筑机车房 4 处。施工中，最艰巨的项目当属老虎岭及西岭山的两个隧道，总共长度约 490 米。奉海铁路干线在 1927 年 8 月完工，并正式通车。1928 年 8 月又将线路从海龙延长到朝阳镇，虽名义上是支线，可实际已经被看成是等同于干线的终点站了。1927 年 5 月至 12 月，还从梅河口的沙河口站修了一条支线到西安县城（今辽源），

1928 年又延长到煤矿，共计长 73.6 公里，叫作梅西支线。

奉海铁路建成后，对当地交通的改善和经济的发展都起到重要的推动作用。这条铁路北连吉海铁路，南接北宁铁路、南满铁路，以其为枢纽实行各段铁路干支线之间联合运输，无疑是一种迅速、简便、经济的运输方式。而东北当局从 1929 年 11 月到 1931 年 9 月先后组织了东三省中国铁路地方干支联运，事实上与南满铁路展开了货物运价消减和货运业务争夺的斗争，同时还运用征税等行政手段来围困满铁。中方铁路实行联合运输令满铁客货运输总收入锐减，迫使其不得不实行裁员减薪并采取紧缩政策，这在东北铁路史上实在是破天荒的事情。

| 奉海铁路客运车厢 |

1929 年 4 月，奉海铁路因随省城更名沈阳而改称沈海铁路。九一八事变后，沈海铁路等东北地区的全部国有铁路都落入日寇手中，这条铁路又改称为奉海铁路。直至 1945 年 8 月 15 日日本宣告投降后，奉海铁路才又回到中国人民自己手里，并将名称再次改为沈海铁路。

“善弈者谋势，善治者谋全局”。通俗讲，孙子这句话的意思就是，善于下棋的人与善于治理的人，凡事要筹划全盘、考虑全局。纵观沈阳工业史尤其是奉海铁路兴办史，可以得出这样的启示：在帝国主义列强的外交压力和军事威胁之下发展民族工业，只要敢于并善于同列强展开博弈，做到谋划

| 奉海铁路奉天站（今沈阳东站）|

全局、攻守有度、进退得宜，也可以稳操胜券。当年沈阳人民在自建铁路中表现出的救赎国家、救赎民族，乃至救赎自我的高度热忱，应该永远留存在我们的记忆里，长存在白山黑水间。

# “东方第一”的东三省兵工厂

近代兵器工业是构成沈阳民族工业不可分割的重要组成部分，作为生产常规兵器的特殊行业与民用工业相比确实具有很大特殊性。东三省兵工厂正是在中国近代半殖民地半封建的社会条件下，伴随着社会生产力的提高和战争形态的演变而发展起来的军工企业典型。这家大型的综合性军工企业崛起于 20 世纪 20 年代的沈阳，规模宏大，设备精良，产品齐全，不仅蔚为全国之冠，而且是亚洲一流的兵工厂。客观地说，它也为沈阳日后成为中国的工业重镇奠定了一部分坚实的基础。

东三省兵工厂的前身为奉天军械厂，创办于 1916 年。军械厂原坐落在沈阳大东门外的奉天银元局院内，有工人 400 余人，职员 100 人。当时场地狭小，设备简陋，只能修理枪械、制造枪弹。1918 年开始筹备枪械制造，同时开展小规模的机械修理。由于厂区所在地的限制，扩大军械厂规模已没有余地，只能另寻厂址重新建厂。1919 年春天，勘踏选址到大东边门外东塔农业试验场，面积 2700 余亩，很适合建立大型兵工厂。不久就停办了农业试验场，将东塔以西约 1800 亩土地作为兵工厂建设用地。兵工厂具体占地范围东到东塔，西至大西边门，南到新开河，北至大马路。路南则划归市政管理处，作为筹建宿舍、住宅、公园、俱乐部、兵工医院和学校等设施的用地。

1919 年秋，开始建厂筹备，并成立了工程处主持具体工作。军械生产所需的机器设备、厂房建筑均由丹麦文德（Winther）公司承办。先建成了无烟药厂、枪弹厂和枪厂三厂厂房及办公处所，同时铺设铁路、修建站台，火车直达厂内，并多方招收工人和技术人员。到 1921 年生产设备安装完毕，正式将新厂定名为“东三省兵工厂”。1922 年 2 月，参照北洋政府陆军部制定的《陆军兵工厂编制条例》，开始建立厂内管理机构，之后又几经完善。兵工厂实行总办制，设总办一员，总揽全厂一切事务。不久又改总办为督办，增设会办 1 人。同时按兵工厂管理的综合范围和广度，建立了专属的组织架构，包括总务、工务、材料和审检四个处和文牍、统计、会计、庶务、采办 5 个科。1922 年兵工厂增建新枪弹厂，1923 年增建炮弹厂，同年在新枪弹

| 东三省兵工厂正门 |

厂内增设1个7.9毫米口径枪弹厂。同年还建立了机器厂，专门制造厂内所需的普通机床和生产工具，比如车床、刨床、铣床、钻床、钳台等，无须外购。1924年，增建炼钢厂，装备3座3吨电炉，自炼炮管钢、高速钢、工具钢等，供本厂使用。后来炼钢厂又改为铸造厂。1926年到1928年期间，东三省兵工厂进行了大规模的改扩建，枪厂、炮厂规模扩大了7至8倍，还增设了火工、硝酸、炸药等厂，并建有自备的发电厂，安装了3台机组，发电能力达1万千瓦以上。此时整个厂区长达2.5公里，宽约1.3公里。这期间兵工厂进入创建以来最兴旺的时期。

到1928年时，东三省兵工厂全厂已拥有机器8000多部，还拥有国内仅有的兵工专用精密检测仪器装备，这些兵器工业专用设备大部分由丹麦、日本、德国、美国、奥地利等国购进。建厂初期，全厂职工为4050人，随着兵工厂的发展，职工最多时有20000余人。另外还聘有日、俄、奥、德、英、法等国顾问和技师，最多时曾有30多人，其中日本人居多，其次是俄国人。兵工厂的产品设计工作长期被外籍技术人员垄断，中国技术人员只能任副技师、技士，或只从事一般使用机械设备的工作。但兵工厂的确也培育出不少中国高级技师，完全可以顶替外籍人员上岗作业。兵工厂建厂初期以仿造日式轻武器为主，随着时间推移，产品种类、产量和生产技术逐年提升，后期可仿制各类机枪及冲锋枪，并能够自行研制步枪、自动步枪，生产各种火炮。一般可年产各式步枪6万多支，轻重机枪1000余挺，野炮、山炮、重炮合计可达150门，枪弹1亿至1.8亿发，各式炮弹20余万发，以及大量的炸药等。东三省兵工厂还在1925年成立了兵工学校，建立炮兵射击试验场等。

东三省兵工厂自建厂以来不断发展，到九一八事变前已成为“蔚为全国之冠”的最大综合性兵工厂，甚至连日本人都说中国“在奉天建造了号称‘东方第一’的造兵厂”。

1931年9月18日，日本关东军悍然发动武装侵略，袭击沈阳城，并于当天晚上炮轰了东三省兵工厂。第二天上午10时占据了这座兵工厂，大肆掠夺厂内库存物资和军火武器。经之后统计损失有：各式步枪95000多支，各式机枪2571挺，各型号手枪2600多支，各种大炮642门，各式枪弹18亿多发，炮弹50万多发，还有大批火药、地雷以及各种器材、半成品等。辽宁迫击炮厂也在当晚12时被日军侵占，厂房被毁，损失各种迫击炮、车辆、机械、炮弹等大量军械，价值8933699元。东三省兵工厂被更名为关东军野战兵器厂，1932年伪满洲国成立后又改称为奉天造兵所株式会社，成为日本侵略者在中国的武器生产基地之一。

1945年8月，日本侵略者投降后，奉天造兵所先是被苏联红军接管，并拆卸运走了工厂中比较优良的设备2400余台。苏军撤离后，东北民主联军军工部门曾一度进驻接收，退却时运出100余部机器及工具、材料等少数物资，服务于解放战争。1946年3月，国民党政府兵工署成立东北区接收委员会，接管了沈阳地区的兵工厂。于1946年11月将东北国民党占据区域的兵工厂，包括奉天造兵所等合组为第九十兵工厂，下辖7个制造所，派著名兵工专家陈修和担任总厂长。1948年3月，国民党军队在东北接连失败，打算将该厂重要设备和5000多名技术员工撤到台湾，建立沈阳兵工厂台湾分厂，陈修和明确表示反对。当人民解放军兵临城下时，国民党又下令对兵工厂予以破坏，而陈修和拒不执行。此时，中共地下党组织了一支300多人的护厂队伍，防止国民党军队特务炸毁工厂。1948年11月沈阳解放，这座大型综合性兵工厂被完整无损地保护下来，并更名为东北军区军工部沈阳兵工总厂，不久又改称为五一兵工厂。陈修和则被东北军区任命为沈阳兵工总厂厂长。1949年新年期间，陈修和收到堂弟陈毅的来信，信中说："此间同仁对你保护机器、爱惜工业的热忱，至为钦佩，认为这是对国家、人民的极大贡献。"

1950年10月，由于朝鲜战争的战火烧到鸭绿江畔，国家为保证一些重

| 中华人民共和国成立后兵工厂厂徽，由左至右逐渐演变，中间为沈阳拼音首字母“SY” |

要的机械制造和军工企业安全生产，决定“南厂北迁”。五一兵工厂被一分为三：枪厂迁至黑龙江北安；炮厂搬到黑龙江齐齐哈尔；弹药厂迁入齐齐哈尔碾子山区。20 世纪 50 年代初期，在沈阳五一工厂原址又建起了一个新的工厂，这就是新中国第一个现代化航空发动机制造厂四一〇厂，即沈阳黎明航空发动机制造厂。

追溯沈阳工业发展的脉络与源流，由中国人创办的使用机器生产的民族工业，显然是军事工业与民用工业相伴一路走来。而从工业整体的发展进程看，前者同后者相比发展明显超前。尽管这是在西方列强侵略冲击下的一种迫不得已的选择，可是这种选择为民用工业发展提供的带动与示范作用却不容小觑和否定。遗憾的是原本为保卫东北而提供武器后勤保障的东三省兵工厂，在日本侵略者统治的 14 年间却陷落敌手。然而它一经回到沈阳人民手中，依然为中华民族的独立和解放、为新中国国防建设作出了历史性贡献，这也将永远留在沈阳人民的记忆深处。

# 棉纺工业先驱

## ——奉天纺纱厂

《诗经·豳风·七月》中有这样诗句：“无衣无褐，何以卒岁？”就是说，没有粗布衣裳，可怎样度过这年关啊？这是2500多年前我国先民对无衣御寒的咏叹。显然，人们在先秦时期就早已把衣着看作是人类赖以生存的基本要素了。到了近现代，我们更认清了纺织工业在国民经济中的重要地位，因为它承载着民生之本的重任。然而，沈阳纺织工业在民国时期就曾受外资垄断威胁，民生血脉与经济利权一度完全被日本殖民者操控。直到具有现代工业意义的奉天纺纱厂创办，才使沈阳棉纺工业突破了日本殖民势力重围的局面，为辽沈地区纺织工业发展带来了一抹晨曦。

在清末民初的沈阳，纺织业还主要以家庭作坊为单位，可生产纱、布、染料等众多产品。人民在日常生活中所用大多是手工织布机织出的棉布，通常叫“家机布”或“家织布”。在这个时期，中国手工制品与现代工业品之间已呈现出激烈的竞争关系。史料表明，丝绸制品、棉布、毛织物以及陶瓷器等还是东北这时期的重要输出品，虽不知它们的最终消费地，但说明中国制品依然有强势销路。同时也不容忽视的是，这时新的生活方式也正在影响着奉天人以及受到奉天影响的周边地区人们，比如对于卷烟、洋酒、洋布等新颖商品的大量消费，说明以奉天为代表的东北人也开始追求现代时尚商品，而对现代生活的追随则给机器生产的现代工业品带来了大量消费者。到20世纪初，作为舶来品的洋布就已基本占领了东北市场，传统的家织布受到了强烈冲击，逐步退出市场。

1858年，第二次鸦片战争迫使清政府签订《天津条约》后，西方现代纺织业生产的洋布也随着东北开埠进入东三省市场，但此时日本人在奉天的发展还非常有限。而直至日俄战争（1904—1905）后，日本人根据中日《会议东三省事宜正约》将奉天推上南满铁道网络中央枢纽的地位，由此把殖民活动逐步渗透到东北腹地，其国内的纺织工业品抑或其他工业制造品源源不断被销往东三省各个城镇。1923年3月，日商看准时机，斥资500万日元在辽阳南满铁路附属地创办了满洲纺织株式会社，大有趁此侵吞东北纺织市场之势。

其实，国人试图建立使用电机为动力的近代纺织厂以发展沈阳民族棉纺工业的意愿由来已久。早在1919年，奉天省议会就议决出筹设纺纱厂提案，并提交奉天省长公署。省议会提出建议的理由非常充足，让人触目惊心："外货输入，以纱布为大宗。以熟货换我现洋，其势滔滔，莫之能御"，"以奉省金融之绌，由于利权外溢，长此以往，民穷财竭日甚，及今急起直追，提倡实业，亡羊补牢，尚未为晚。"并且提出了筹定资本、预筹原料、遴选人才等11条关于创办纺纱厂的具体办法。奉天地方当局对此亦深感忧虑："棉纱一项为民生必需物品，数十年来仰给外人，利权外溢"，"兹若不积极图谋设厂纺制，任彼生出熟入，不惟漏卮堪虞，而民间服用日增，外货价格日涨，瞻言前途，何堪设想？"因而几次给实业厅、财政厅等部门发出训令，指出"设厂纺纱实难再缓"，希望"设法筹备，早日观成"。尽管当时奉天省"财政困难，省库无力筹拨股本"，建厂计划几经延缓，但奉天纺纱厂终于在1923年7月正式成立。

| 奉天纺纱厂 |

在这个特殊历史节点应运而生的奉天纺纱厂，为奉天省官商合办大型企业之一。资本额定为奉大洋 450 万元，总共划分成 4.5 万股，即每一股的金额为奉大洋 100 元；其中官股资金为 200 万元，商股资金为 250 万元。并经商议决定“将来将官股抽取，为一纯粹之商办工厂”。尽管省财政厅预先支出了 250 万元，但按照奉天当局“赶速分劝募收，多多益善”的要求招募商股，依然遇到很大困难。因为股份认购人很少，就不得不由奉天省总商会和各县将股份按照一定分派方法分配给认购人。到 1924 年 12 月初，认购的商股还不足 2 万股。其中，东三省官银号、中国银行、交通银行和奉天储蓄会就占商股总数的 30%；其余大部分商股为东北地方当局高级政要所持有；真正的民间商股不多且较为分散。

奉天纺纱厂厂址选在商埠地北市场的西面，与皇姑屯火车站和京奉铁路奉天总站（北站）的距离都不超过两华里。厂内还修有支线与京奉铁路衔接，货物运输非常便捷。纺纱厂占地面积280余亩，建有厂房车间等生产用房600余间。厂内按生产功能分为纺纱、织造两厂：纺纱厂又分为网丝、并条、粗纱、细纱、摇纱、打包、染色各部；织厂也分为整理、合股、卷纱、浆纱、机织、针织、打包各部。另外奉天纺纱厂还建有职工宿舍、家属住宅、职工俱乐部、职业学校等。建厂初期全厂有工人1300余名，到1930年5月已增加到1862人，成为当时奉天省城人数最多的工厂之一。

奉天纺纱厂主要采用电力作为生产动力，配备有1000千瓦发电机1部。另外还有2台锅炉作为蒸汽动力装置，能够产生600马力机械能。纺织机械设备主要有美国纺机2万锭、织机200台，此外还有织袜机5台、染色机1台。产品基本可分为棉纱、棉布、染色纱和棉袜四大类。所用商标：棉纱、棉袜主要为双福牌，布匹以双鹤、大星、双星等为品牌。商标寓意吉祥，颇受群众喜爱。纺纱厂的年生产能力：可纺纱1.5万包（每包重420磅）；出染色纱480包；产棉布15万匹；产棉袜11.5万双。销售商仅省城就有50余家，产品除遍

奉天纺纱厂“双福”牌商标

布东三省外，在关内也有很大市场，而且还有部分出口。由于实行现代化管理，纺纱厂的经营成果颇为可观。1923年正式投产，当年即获纯利奉大洋30万元，每股分红为2.25元。之后利润和分红逐年提升，到1929年获纯利高达奉大洋5261万元，每股分红竟有470元之多。

经过短短几年发展，奉天纺纱厂已颇具规模，这与奉天当局的扶持也是分不开的。纺纱厂地处省城商埠地繁华区块，土地租金较高。但当局准许按下等地段价格核算收取费用，仅为正常租金的一半。纺纱厂主要的原材料就是棉花，而当时省内各县出产棉花较少，还无法完全满足纺纱厂生产需求。时任奉天省长的王永江就提出禁止东三省棉花对外输出，而全部由纺纱厂收购，并且免除采购净棉厂关税、原料出产税及产品销售税。为保证棉花生产还筹集150万元资金，派专人分赴各地传授棉农栽种技术，发放低息专项贷款。1923年秋季，纺纱厂收购棉花资金不足，奉天省当局则安排东三省官银号提供100万元低利息贷款。正是得到了这样的助力，奉天纺纱厂才能够在短时间内迅速崛起。

1928年底张学良毅然易帜后，东三省统一于南京国民政府，奉天纺纱厂更名为辽宁纺纱厂。1930年4月，国民政府工商部给予辽宁纺纱厂产品重新注册，并颁发新照。1931年1月，纺纱厂产品荣获民国政府工商部国货展览会金质奖章、特等奖章。九一八事变爆发后，辽宁纺纱厂作为东北重要的纺织龙头企业也无法幸免，全部资产均被日本侵略者劫掠，抗战胜利后又被国民党政府接管。直到1948年11月沈阳解放，经东北人民政府接收后改称东北第八纺织厂，从此回到了人民的怀抱。1955年正式更名为沈阳纺织厂，之后又几经改变隶属。在党和人民政府领导下，这家纺织企业在支援全国解放、抗美援朝以及社会主义建设中，都曾发挥过重要作用。

作为沈阳纺织工业先驱的奉天纺纱厂，如今的它已走进历史，且渐行渐远，但我们对为沈阳民族纺织工业前行开路的先行者却永远不该忘记。奉天纺纱厂在风雨如磐的旧中国，凭一己之力不但打破了日本殖民者妄图垄断东北纺织市场的幻想，更为整个东北民族纺织业和棉花种植业步入工业时代带来了希望之光。传承奉天纺纱厂在迎头阻击日本侵略、维护国家利权中所反映出的民族精神，必然会为新时代沈阳全面振兴行动增添重要的能量。

# 老龙口酒见证沈阳数百年酿造工业史

作为历史文化名城，沈阳的历史堪称悠久，而在辽沈大地使用粮食酿酒，并成为人们自觉而有意识的生产行为，其历史同样久远。360余年未曾间断生产的老龙口酒厂，经过传承演变，不仅形成了我国关东地区独特的酿酒工艺，更见证了具有数千年历史渊源的沈阳酿酒工业史，同时也为沈阳工业文化贡献了极为丰富的内容。

“老龙口”酒酿造技艺源自号称“中国白酒的始祖”汾酒的产地山西。对沈阳老龙口酒之创始者的最早记述，可以追溯到清朝初期。顺治末年，有个叫孟子敬的人在山西太古开了一座小型烧锅，他经营得法，生意原本也不错。可后来当地一连两年遭遇旱灾，他的造酒作坊也就萧条下来。孟子敬只好把酿酒用的器具杂物全都折卖了，拿着银两携带家眷东走山海关外，来奉天府投奔开酱菜园的表兄张乐山。到盛京城后，在表兄及朋友帮助下，孟子敬下决心在关东重操酿酒旧业。他在小东门外教军场临大街的地方买下一块空地，投资兴建起了酿酒作坊，初名为“义隆泉烧锅”，在康熙元年（1662）春季开业。因这里在陪都皇城也就是龙城的东口，所以又叫“老龙口”。在烧锅的院里有一眼深井，水源持久不干，水质清澈透明，绵甜甘洌，入口爽净，特别适于酿酒，古来就有“龙潭水”的美誉。义隆泉烧锅就凭借着精湛的酿酒技术和甘甜的深井水，酿出了醇香柔和、醇厚怡人的白酒，格外受人赞誉。孟子敬祈盼自己生意永远兴隆、产出美酒有如泉涌，之后又将店名改为“万隆泉烧锅”。万隆泉白酒在清代大多供奉皇室，曾作为康熙、乾隆、嘉庆、道光四帝十次东巡盛京的御用贡酒，有“宫廷贡酒”之称。万隆泉的白酒在当时还曾远销到南洋一带，在国外享有一定声誉。

酿酒是利用微生物发酵生产含一定浓度酒精饮料的复杂过程，其程序、工艺都是经过人们长期观察总结的结果。白酒是我国一种世代相传的特殊饮料，而“老龙口”酒的酿造技艺与山西生产出的“最早国酒”汾酒一脉相承。自义隆泉烧锅开办以来，老龙口的制酒工就都是从山西太古雇用来的技艺高超的匠人。而积年累月，万隆泉全都是非山西人不用，并世代因循积淀成了一条铺规店法。就是代代传承的酿造工艺也通过口传心领、师徒相延的方式一以贯之地保持着。尽管三百多年间万隆泉烧锅数次更名、屡易其主，然而一直都由山西太谷籍的人经营，从而使悠久的老龙口酿造传统得到

酒海，万隆泉烧锅采用东北红松木制贮存酒的容器，它是东北特有的贮存酒的容器，在陈酿过程中能够形成悠久独特的烈柔相容一体的风格

了继承和发扬。

通常所说的“八天窖九天烧”，是数百年来酿制老龙口酒采用的基本流程。老龙口酒主要原料是产自辽、吉、黑东北三省辖区内的优质红高粱，加入的酒曲是以优质小麦为原料经踩制而成。传统工艺就是，先将红高粱用“龙泉古井”之水蒸熟，入窖发酵 8 天之后取出，用曲拌匀，再入甑蒸馏、酿造 10 天左右，即可成为佳酿。然后还要经多日“困放”，最后才能装入容器出厂。因此，陈酿头曲历来以酒体丰满、窖香浓郁、甘甜爽口、回味悠长著称于世，成为国内优秀的大曲酒之一。

20 世纪初，万隆泉烧锅仍驰名关内外，它设有 4 个支店，产品主要销售到辽南各地。据 1907 年的《奉天商务总会卷宗》记述，“万隆泉，住小东门老龙口，执事单星垣。原有三个甑筒，养糟池五十四只，近三年每日三班造酒，每班出酒四百五十斤，每年共造酒三十万斤，踏曲十二万块。”可

“老龙口”酒广告

见其当年的生产规模。

然而，在日、俄帝国主义为争夺东北进行战争的动荡岁月中，东北人民的生命财产蒙受巨大损失，老龙口酒厂也难逃厄运。《奉天商务总会卷宗》里就有一份事关万隆泉的“禀呈”，这是1906年万隆泉执事人高大有向奉天农工商务总局提交的。其主要内容是，日本军队因设立营房，向万隆泉强借了21间房屋，而并非是租用关系；同时日军还占据了深井以南部分庭院，并在深井汲取用水。高大有为避免日后惹出麻烦，专门立案以备查考。万隆泉烧锅“因遭变乱之害”，显然已不可能正常生产。这个《卷宗》里还保留了另一份与万隆泉相关的呈文，呈报时间为光绪三十三年（1907）六月十六日。内容是恳请光绪皇帝恩准酌减酒捐，由奉天全省所辖14个县城的烧锅行业代表联合具名，而万隆泉就名列行业代表之首。

1931年九一八事变爆发，东北沦陷，在日伪殖民统治下，万隆泉在民族蒙难中艰难生存。伪满时期，万隆泉仍保持四个支店，分别是设在大北关的万隆合，设在大西关的万隆德和设在小东关的万隆泉，另外在营口还有一处支店。沈阳及奉海铁路沿线各地是万隆泉的主要区域，辽南也可销售到营口、辽阳、海城、盖平、大连等地。年销售金额为伪满币73万元左右。1940年以后，万隆泉雇用的工人还有40到60人。每天分三班生产，每班白酒产量700斤上下，按每天生产2100斤计算，年产量一般可达75万斤左右。到伪满后期，日伪实行配给供应，白酒销售也在控制之列。万隆泉的产品由伪满白酒配给组合管理经销，而烧锅本身却无权自行出售。万隆泉厂址因与株式会社满洲工厂接近，满洲工厂为了扩大占地范围，在1944年把万隆泉的厂房和建筑物强行拆除了三分之二，迫使酒厂进入停工状态。

可知，帝国主义列强的侵略不仅对沈阳早期民族酿造工业发展带来阻滞，也给当时的社会经济造成了严重破坏。

1945年日本投降后，万隆泉的原有股东又集资对酒厂重新补充修建，恢复了老龙口酒的生产，但经营状况并不景气。全厂只有 30 多名职工，除 2 台电动立磨和 1 台电动平磨外，其余生产完全为手工操作。由于生产原料受国民党当局控制，苛捐杂税还不断增加，酿造工艺又墨守成规，这使万隆泉酿造水平停滞不前，企业景象十分萧条。

沈阳解放后，政府实施了烟酒专卖制度。到 1949 年 3 月，沈阳特别市政府以 3 亿元的东北银行地方流通券，购买下万隆泉全部资产。由东北专卖总局接管后，定名为市专卖局老龙口制酒厂，当年又更名为“老龙口制酒厂”，成为国有企业。此后酒厂又经历数次易名，直到 2000 年 10 月同新加坡 T&C 公司合资，注册成立了“沈阳天江老龙口酿造有限公司”，率先引进国际资本进入我国传统白酒行业，开创了白酒行业中外合资的先河。

历经三百多年的传承和演变，老龙口白酒的工艺特点可归纳为“水好、曲精、发酵、蒸馏、贮存、勾调”十二个字。除去独特的工艺外，最可宝贵的还在于“古井”和“窖池”。首先，老龙口酒厂拥有“龙潭水”之称的古井，井水中含有的矿物质及微量元素成分非常高，特别适合酿造美酒。而从万隆泉烧锅到今天的老龙口酒厂，它们的产品一直都是原址原水酿造，可谓是得天独厚。第二，老龙口酒厂具有 300 多年历史的窖池，从木制演变成泥窖，一直都使用着而从未间断，在全国都属罕见。而从清朝初年始建窖池至今，始终都是百年窖池发酵，可说是东北独有。2020 年末，老龙口酒厂被选入第四批国家工业遗产名录，汇入国家保护管理、推动工业文化传承和发展的新时代洪流中。

龙吐天浆传万里，酒香不怕巷子深。老龙口作为文化的象征，不但辐射国内各地，更走出国门走向世界。可以说，在任何接受中华酒文化的地方，总会找到老龙口酒的影子。而今，这个历史悠久的老品牌正焕发着前所未有的勃勃生机，不断为沈阳工业文化的发展续写着新时代的新篇章。

# 八王寺汽水以家国情怀商标警醒世人

20 世纪初期，辽沈大地兴起了一股创办实业的春潮，直到九一八事变之前，沈阳民族工业发展的势头仍持续不减。那个时期遗存的民族工业企业商标不仅是珍贵的史料，更是中华民族反抗帝国主义列强经济侵略的历史见证。而八王寺汽水的老商标给人印象尤为深刻，它把当年那场没有硝烟的战争，以厚重的家国情怀反映在自己企业的标识之中。

彼时，奉天正在东北地区通货膨胀加剧中挣扎，地方财政匮乏，市场物价飞涨；同时，洋货也加紧向中国市场倾销，致使东北民族工业企业受到双重的严重冲击。特别是在大陆政策驱动下的日本资本，纷纷涌进东北在各个经济领域投资兴业，连日本饮料也随着经济侵略步伐的加快要逐渐占据东北市场。在这种乌云压城的颓势下，著名民族实业家张惠霖等人发出“振兴东省实业”的呐喊，创立了奉天八王寺啤酒汽水酱油股份有限公司，他们高举中国民族饮料的旗帜，以物美价廉的饮料产品、销量巨大的战果，有力地回击了日本饮料行业的入侵，为挽回国家在食品工业领域的利权作出了显著贡献。

八王寺公司旧址在当今的沈阳市大东区小北八王寺街 90 号。当年在这里兴建饮料生产工厂，不仅因为厂址临近八王寺，更因为是以八王寺清泉水为原料，所以厂名就以八王寺来定名。据《沈阳县志》记载，八王寺东南50米处有一清泉，筑井取水，清冽香甜，号称“关东第一甘泉”。乾隆皇帝东巡盛京时（1778），亦饮用此井之水，从此八王寺清泉井便声名大噪。八王寺公司创办于1922年3月，到1925年3月在中华民国农商部注册，由农商部颁发营业执照，宏观上接受中央官署直接管理，当时已经成为能够适应饮料工业大生产的国内大型饮料生产企业。八王寺公司在发展过程中受到奉天当局大力扶持，因此得以迅速发展壮大。从1926年到1927年，公司连续两年获得奉天省财政厅特准，分别免纳营业税3年和5年。此时八王寺公司的建筑面积约7000平方米，其中，啤酒酿造车间是1座楼房，其余为平房。配备的生产设备有，汽水机2部、啤酒机1部、酱油机1部，从汽水、啤酒到酱油全部由机器生产，按产品专业生产流程形成4条生产线。全公司职工共200余人，年生产能力为：汽水10余万箱（每箱48瓶）；啤酒10万箱（每箱48瓶）；酱油150万斤。因为八王寺公司生产技术先进，其产品在历次商品博览会上多次获奖，“八王寺”的品牌也名扬天下。

在八王寺公司创建之初，就彰显着创办者们对国家强盛、民族自立和人民安乐的价值取向和追求。他们强调“以振兴东省实业为宗旨”，明确公司股票持有者“以中华民国国民为限，不许转让或抵押于外国人”，坚决维护民族产权。20世纪初，碳酸饮料生产还属于新兴产业，尚需要聘用外籍技师来指导生产。为避免在与日资企业竞争中被暗中掣肘，因“德人在奉并无制卖啤酒、汽水者”，股东会议就决定聘用德国人而不用日本人。在饮料制造机器的采购选择上，也同样不向日商购买，而在天津北洋工厂订制。天津北洋的产品价格便宜，并能来公司现场制作组装，这样不但能够省去关税、减少运费，还支持了我国的民族工业。

清末民初，我国在经济发展领域曾经有很多立法与制度的探索，而在20世纪20年代“商标法”已趋于成熟，有了相对完备的关于商标注册和管

| 伪满时期沿用的奉天八王寺啤酒汽水酱油股份有限公司的“金铎”商标 |

理的规定。八王寺公司不但有浓厚的商标权益意识，而且非常重视为自己所生产的产品商标取名。他们把 “金铎”作为汽水商标，以“金星”及“八王寺古迹”作为啤酒的商标，并通过公司股东会形成决议案后申请注册。这两个商标都可以说是“国风”劲吹，充满了中华传统文化要素，无不隐含着 “发展实业”“提倡国货”“唤起民众”等意味，以及对“国富民强”的向往。金星，我国古代称之为太白星，于日出前出现在东方地平线上，这颗“晨星”特别明亮，人们就叫它“启明星”。以“金星”作为啤酒的商标，显然是对国家、民族前途的理想和希望的一个寄托。而采用“金铎”作为汽水的商标，寓意就更为深刻了。铎，是我国古代用以警众的一种响器。据古籍记载，打仗时则抖动金铎发出号令，军将以下闻之即击鼓，鼓声大震，军心鼓

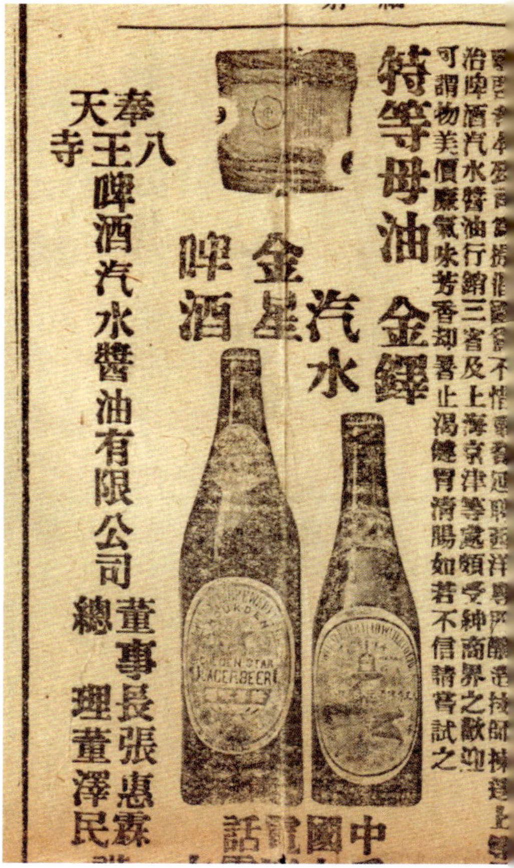


奉天八王寺啤酒汽水酱油股份有限公司广告

荡，故有“以金铎通鼓”的说法。从当时的社会背景来认识“金铎”这个商标，不仅有唤起民众警惕帝国主义侵略我故土，要奋起反抗的内涵；还有时刻不忘列强的经济渗透，要振兴民族经济以奋起直追世界先进工业之意。“金铎”发出振聋发聩的时代号令，其政治含义实在颇为深远。

八王寺公司特别看重品牌营销，可以说是沈阳较早在报刊上打广告的企业之一。为扩大影响，使社会和民众形成对八王寺品牌和产品的深刻认知，在当年奉天发行较好的《东三省民报》和《盛京时报》等报刊上经常发布广告，“关外第一酒厂，东省无二甘泉”“君欲购清洁适口之啤酒汽水酱油乎？请用八王寺啤酒汽水酱油公司出品”等广告词时常出现在上述报刊中。而这些颇具功力的广告用语，就是出自八王寺公司董事长张惠霖之手。

在国家积弱、外货充斥的不利条件下，八王寺公司能够快速打开销路，抢占市场，在与日本饮料的竞争中取胜，这当然与其前卫的经营模式、完善的管理制度和先进的生产方式也是分不开的。八王寺公司在沈阳是较早实行股份制经营的企业。公司采取入股方法筹集资金，创建之初股本定为 1 万股，每股奉大洋 100 元，就这样迅速聚集起大量资本，使公司快速成长。股份制经营也使公司形成完善的企业经营机制，股东会是最高权力机构，对公司重要事项有决策权；经股东会选出董事会，作为最高权力机构的常设机构；选出总（经）理主持日常的生产经营活动；推选出监察人二人，负责监督公司章程执行与日常经营管理。公司采用各类适合大量生产饮料的机械加工设备，实现高度的机器化生产，带来的是产品质量提高和成本降低，其经济效益显而易见。

由于八王寺公司信誉卓著，制品精良，早就遭到日本人的妒忌，八王寺产品在“满铁附属地”就被列为禁止销售的商品。九一八事变沈阳沦陷后，公私企业全部处于日伪“统制”之下，八王寺公司也无法幸免。日伪以辽宁储蓄总会是公司大股东的名义进行“清算”，强行将6000余股份划归成日伪控制的商工银行股权。之后，八王寺公司董事长的职位便被日本人窃据，公司不断遭受劫掠与变卖。光复后，八王寺公司又被国民党政府视为敌伪产业而受到接收。1947年公司产业移交给原股东，1948年更名为“奉天八王寺民生工业股份有限公司”。

1948年11月沈阳解放，八王寺公司由军代表接管。1949年4月，经折冲核算全部资产兑予政府经营，5月份更名为“沈阳市八王寺汽水厂”。之后，又几经改变隶属和变更厂名，如今成了“沈阳八王寺饮料公司”。

当下，虽然“金铎”商标已不在，而“八王寺”品牌正当时。沈阳八王寺饮料公司把“打造中国饮料民族第一品牌”作为战略目标，以当年八王寺公司创建者同样厚重的家国情怀，努力将具有百年历史的八王寺汽水品牌推向新时代、铸就新辉煌。

# 首辆国产汽车的沉重记忆

汽车这种装备轻便动力、自行推进的轮式道路车辆，被人们誉为“现代工业技术的集大成者”。可见，汽车的生产不仅作为交通工具为人们出行带来了便捷，更代表了一个国家或地区的现代工业文明发展程度。翻开近代史去了解我国制造出第一辆汽车是何时，显然要远比知晓何时引入了第一辆汽车更重要。我国生产的第一辆汽车就诞生在 20 世纪 30 年代初的沈阳，这应该属于沈阳工业史上无数个“第一”之中重量级的一个。这个“第一”背后的艰辛与荣耀尽管被历史尘封了 90 余年，但它也成为沈阳人民永远难以抹去的沉重历史记忆。

甲午战争、日俄战争以来，日本在我国东北攫取了大量“特殊权益”，不仅取得了日本资本占据东北经济的强势地位，还将旅顺、大连变为了直接管理的“关东州”，并有关东军分布驻扎在东北各地。到 20 世纪 20 年代末，日本推行殖民及独占东北的既定大陆政策步伐加快。1928 年 6 月 4 日，日本关东军在张作霖专列经过沈阳皇姑屯以东的三洞桥时，引爆了预埋的炸药，张作霖被炸身亡，是为皇姑屯事件。皇姑屯事件后，张学良主政东北，赶在 1929 年来临之前的 1928 年 12 月 29 日，毅然实施“东北易帜”。张学良在这天通电全国，宣布遵守三民主义，服从南京国民政府领导，并将北洋政府的五色旗更换为南京政府的青天白日满地红旗。

东北易帜，标志着北伐战争的结束、南京国民政府完成全国南北形式上的统一，客观上给东北也带来了相对和平稳定的环境。张学良认为东北“无须作战预备，故军额必须大削减”，主张和平建设为根本，并提出“东北新建设”的宏大计划。在他的倡导下，1929 年军火生产实行缩减，将削减的军工经费转为民用生产。在化兵为工过程中，辽宁迫击炮厂计划将三分之二的军品生产能力转向民品生产，在厂内成立了民用工业制造处（后改称民生工厂），转型制造民生用具，生产汽车内饰和加工各种皮革等。

1928 年 8 月，张学良召集相关人员和专家开始探讨研究自造汽车事宜。迫击炮厂厂长李宜春提出，“应国内需要，宜首先制造载重汽车”的建议。这个建议立刻得到张学良的大力支持，并当即予以批准。为促进汽车研发，

| 民生牌汽车生产车间 |

张学良将迫击炮厂结余款4万余元转拨给民生工厂，随后直接拨款70万元，作为研制汽车试验和生产的专项经费。并且专门聘用多名国内外大学和专科毕业生作为研制汽车的技术骨干，聘请美籍技师迈尔斯为总工程师，建立起了汽车研发的专业队伍。毕竟汽车设计牵扯到的技术面非常广，而且当时国内还没有人能够独立完成汽车整车设计。他们从仿制入手，引进一辆美国“瑞雷号”汽车作为样车，进行装配试验和自行研制。然后结合国内道路状况和实际需求，除发动机、后轴、电器装置和轮胎等车件外，对其他所有零部件都另行设计制造。经过认真摸索与实践，共设计出两种型号载货汽车：一是载重量3吨，适合在山区、乡村等较差路况下使用的100型载重汽车；二是载重量2吨，适合在城镇等较好路况下使用的55型载重汽车。之后又经过两种方案的综合，重新设计出载重量为1.82吨的75型载重汽车。

经过两年多的刻苦攻关，第一辆国产汽车终于在1931年5月31日正式下线，产品以民生工厂厂名命名。载重量1.82吨的75型“民生”牌载货汽车为长头、棕色，采用65马力6缸水冷汽油发动机，前后轮距4.7米，四轮均为单胎，最高车速每小时40公里。值得一提的是，在全车666种零件中，自制部件464种，国产化率高达70%，完全按照中国道路状况量身定做。自行设计的缓冲式后轴也有自己的特点，使汽车减震功能得到极大提升；而四部分割式水箱的设计更增强了实用性，即使水箱出现部分损坏，汽车仍能照常行驶。这全都有别于当时国外同类汽车，尤显“民生”品牌立足本土服务民众的殷切之情。在当时的中国制造汽车，无论民族企业还是外资企业还都未曾尝试。在庆祝第一辆国产汽车问世之时，厂长李宜春在庆祝大会上亲自开动了这辆汽车，赢得了奉天省城内一片祝贺与欢呼。

首辆国产汽车的问世，当时在国内也引起很大反响。1931年9月12日，“民生”牌汽车开进了大上海，参加第一次中华全国路市展览大会。它被摆放在展厅中央，前保险杠上用中英两种文字写着“载重后行驶粗劣之路能力

上海举办的第一次全国路市展览会上的民生牌载重汽车（前保险杠上用中英两种文字写着“载重后行驶粗劣之路能力极强，驶平坦之途速率增大”）

极强，驶平坦之途速率增大”。会上还同时展出了主要零部件设计图及自制与外购零部件一览表。而作为生产出中国第一辆汽车的组织者与制造者的代表张学良、李宜春，二人的大幅照片被隆重地悬挂在展厅上方。当时的上海市长张群、外交部长王正廷、实业部长孔祥熙都亲自到会祝贺。

国内各媒体也纷纷报道展览大会的盛况。上海《申报》在 1931 年 9 月 26 日刊发的《全国路市会议专号》发表评论：“我国现有汽车 2700 余辆，完全购自国外。此次，路市展览会上居然有一辆国产运货车，为国人一吐其气，可喜也。”9 月 30 日再次报道：“国人都认为汽车自制是不可能的，因为工业落后的国家和发达的国家竞争自然是以卵击石，绝不可能。从路市展览中观到一辆民生厂汽车后，便可使一般人的错误观念移转过来。”作为首辆国产汽车，民生汽车极大地振奋了民族精神。

然而，这次展览开幕的第 6 天，日本关东军策划的九一八事变爆发。中国第一个汽车制造厂被日本侵略者窃取。民生工厂即将完成的首批 40 辆汽车及零部件，全部被日军掠走。民生厂向美国订购并已运到营口的 46 台汽油发动机，只得转运往天津。日军的炮火使得“我国唯一之汽车厂如昙花一现”，刚刚破土而出的民族汽车制造工业萌芽就这样被扼杀了。

噩耗传来，群情激奋。全国道路协会致电张学良将军：“以民生之自制汽车为展会增光，迫击炮厂虽被日军强占中途停顿，望本革命精神牺牲……对日反抗，恢复工厂加工制造，以应时需。”9 月 20 日大会举行了汽车大游行，300 辆汽车组成浩浩荡荡的游行队伍，“民生”汽车作为先导行进在队伍的最前面，辽宁代表在车头上用灯拼写出“国产汽车”四个大字，并蒙上黑纱，用以表达痛失家园的哀痛和对日军侵略行径的抗议。这辆“民生”牌汽车因为参展得以幸免于难，但却陷入了流亡沪上、有家难回的凄惨境地。之后，它就被上海祥泰汽车制造厂改装成游览车，就此湮没在历史长河中。

沧桑历尽，换了人间。直到 17 年后沈阳回到了人民手中，原东三省兵工厂枪弹分厂迁至辽宁迫击炮厂旧址，后改名为五三工厂。1998 年 1 月，五三工厂又与东北机器制造总厂兼并重组。按照历史沿革来探寻民生工厂的历史踪迹，这个重组的大型兵工企业应该算是它的承继者吧。当然，这标志着沈阳工业史掀开了新的一页，然而这却是在“民生”汽车为沈阳留下的沉重历史记忆中掀开的。

# 东三省航空处为东北航空工业史开篇

航空事业是一个国家或地区军事实力的重要体现，同时也是工业发展水平和生产能力的显著标志。东北同国内其他地区相比，近代航空事业起步略晚。在 20 世纪 20 年代初，北京南苑航空学校航空工厂的全部维修设备运回奉天，标志着沈阳航空工业正式发端。穿过那段尘封百年的历史，当年的一切，渐次清晰……

近代，清政府的腐败落后，使得帝国主义在中国长驱直入，并给中国带来了较长时期国家分裂与军阀争战的状态。在 1920 年 7 月发生的直皖战争中，直奉联军打败皖系夺取了北京政权。奉军因支持直系取得直皖战争胜利，作为战利品分得了北京南苑航空学校部分飞机，以及南苑航空学校航空工厂的全部维修设备。迁回到奉天后，东北当局成立了东三省航空筹备处，正式开始兴办东北航空事业。

1920 年夏天，东北当局将东塔附近的原农业试验场 1200 亩田地经清表和场地平整后，建起了长 500 米土质跑道的机场，1040 平方米的综合楼以及长 240 米、宽 24 米的飞机库和飞机维修厂房等配套设施。因机场临近盛京古塔——东塔，故取名东塔机场。这样，东三省建立航空工厂、开展航空

| 东三省航空处大门 |

器维修业务，已具备了基本条件。1921 年 4 月 1 日，东三省航空处正式成立。当时“招募机械人员百余人，但各种设备多不完善，仅能作简单之修理”，由铁科工长和木科工长“分负整备及管理之责”。这标志着东三省以飞机产品修理为开端的航空工业开始萌发。

1922 年 4 月，第一次直奉战争奉军战败退回关外。奉军航空队发生的伤残飞机需要修理，可是检修设备简陋，维修人员稀缺，而能够完成维护修理的效率很低。东北当局意识到建一所能全面培养飞行人员和维修人员的综合性航空学校已势在必行。航校除开设飞行员培训班外，还专门开办了培养机务人员的机械训练班。1928 年，还把航空工厂及各航空队的技兵集中起来，组建成机械兵教导队，业务训练期为半年。到 1931 年，招收了 131 名高小毕业生，作为航空机务技兵专门培养。东三省陆军航空学校培养出了一大批航空机械人才，仅在航空工厂工作的技术人员就有 100 多人，为发展东北航空工业作出了不可磨灭的贡献。

1923 年，东三省航空处改组为东北航空处，并在 9 月份从国外购进一批飞机维修设备。随后，又为航空工厂修建了包括试制飞机车间的新厂房。于是，东北航空工厂在 1924 年冬天正式成立。工厂下设两科，第一科负责修造飞机；第二科负责飞机保管。随着东北航空工厂初具规模，工厂的维修和制造能力也日渐进步。航空工厂在维修工作实践中，技术能力日臻成熟，但对飞机发动机、仪表等装置的维修能力还显薄弱。为此，东北航空处在 1925 年 10 月特别选派了 5 名人员进入法国里昂航空机械学校学习，1927 年 1 月学成回国后就在东北航空工厂任职。

1925 年 10 月东北航空司令部成立，编有飞龙、飞虎、飞鹰、飞豹、飞鹏 5 支航空队，装备了各种飞机 30 余架。这期间，为适应随地面部队作战，使受损飞机能得到及时修理，航空工厂专门建立野战修理厂，进行飞机战地维护修理。

| 东北军飞机 |

1926 年 2 月，航空工厂添置了新设备，维修能力又有所增强，除了能够修造一般零部件外，还能自己制造飞机螺旋桨等。但航空处机库在 5 月 23 日下午 2 点突发火灾，大火连续燃烧 3 个小时，直到 5 点才扑灭。这场火灾烧毁各型飞机共 15 架，成为因失火造成的一次严重地面事故。航空工厂则全力以赴投入火灾事故后的恢复生产工作中，使受到损伤的飞机得到了尽快修复。

1928 年 8 月，东北航空处撤销，成立东北航空大队，航空工厂归东北航空大队统辖。此时工厂编制进一步扩大，将原有两科改为三个股：第一股为修造股，负责修理制造；第二股为考工股，负责监督指导；第三股为庶务股，负责杂项事务。东北易帜后，东北航空大队又于 1930 年春改编为东北边防军航空司令部，航空工厂就归并到航空司令部统辖。

到九一八事变前，东北航空工厂已达到相当规模，工厂占地总面积大约为 8847 平方米，建有各种车间 30 多个，拥有各种维修设施和备用器材，不但拥有对各类型飞机的维护修理能力，后来还逐渐升级到可以组装飞机。东北航空工厂能够制造的飞机部件及设备主要有：飞机发动机零部件、试验架、机身、机翼、尾舵、螺旋桨、冷气机、起动机、冷气起动机、电力起动机、冷气灭火机、飞机架尾车、飞机铁平车、通信旗、信号枪、放烟筒、机关枪转盘、炸弹装药器、炸弹挂弹机、炸弹投放器、机关枪连动机、航空仪表、航空照相机零件、航空无线电零件等。

张学良主政东北前后，一直认为买飞机不如自己造飞机。于是在 1931 年 4 月与荷兰福克公司代表达成协议，签订了合办股份有限公司合同。先决条件是，中方要购买福克公司设备，以及轻轰炸机和战斗机各 30 架。福克公司则转让单座战斗机、双座战斗机和双座侦察 / 轰炸机 3 种飞机的制造专利技术。双方合资后在沈阳开办工厂，生产以上 3 种飞机。8 年合同期满后中方可收回自办。然而，这座大型飞机制造厂正在筹建之际，却突遭九一八事变，使整个建设计划归为了泡影。

不仅如此，在九一八事变第二天上午，日本多门师团第16联队占领了东北航空工厂。厂内全部生产设备连同260余架飞机，以及450余台发动机和仪表盘、机载武器系统等，尽数被日本侵略者掠取。之后，日军将工厂改组整合，成为满洲航空株式会社附属工厂，1938年改称满洲飞行机制造株式会社。1945年日本投降后，“满飞”被国民党政府接收，并将其改名为空军第三十八厂。

1948年11月2日沈阳解放。沈阳军事管制委员会接管了国民党空军三十八厂和东塔机场，合编为空军东北修理总厂第三厂。此时第三厂以机械加工为主，同时修理飞机和制造配件。第三厂则先后依次更名为国营一一一厂、四一〇厂第五分厂（新光机械厂）、国营第一一一厂（沈阳新光动力机械公司）、沈阳航天新光集团有限公司等。

历史风云，催人深思。东三省航空处工厂创办在百年前国家积贫积弱的年代，“航空救国”理念理所当然成为其问世的重要思想基础之一。经过东北地方当局的不懈努力，仅用十余年时间，不但开启了沈阳航空工业与东北航空事业，而且一度成为全国翘楚。之所以能够取得如此非凡成就，正如《东北年鉴》所言，张学良是“提倡航空最早而最力者”。尽管张学良的航空梦想后来被九一八事变炮火击碎，但他深厚的爱国之情却没有因之消失在历史深处。值得庆幸的是，作为东三省航空处工厂“传承者”的新光集团公司，不仅赓续着航空处工厂的历史沿革，更传承了张学良先生的爱国精神。如今，它正以“致力航天、发展新光”为己任，朝着“有规模、有名牌、有效益”的经营目标，不断把企业做大做强，在建设航天大国与强国的征途中创造新的历史，不断书写出新的篇章。

# 逐梦『工业救国』的冯庸大学

在 19 世纪末 20 世纪初日趋严重的民族危机的刺激下，“实业救国”成为近代中国最能激动人心的口号。不仅众多爱国仁人志士积极投身于实业成为卓有成效的实业家，更有富有远见卓识的先进知识分子把振兴工业看作富国强民、挽救危亡的“当务之急”，并以高度工业文化自觉把教育作为发展民族工业的基础。冯庸就是辽沈地区的杰出代表，他拿出几乎全部家产创办了东北三省第一所以工科为主的私立高等院校——冯庸大学。

冯庸大学的创办人冯庸（1901—1981），是沈阳近代史上一位“为做大事而散尽家财的奇人”。他坚信发展工业可以救国，而发展工业基础在于教育。他以强烈的爱国精神和独特的视角，立志毁家兴学，积极探索实践，从教育方面承担起了挽救民族国家于危难的救国重任。冯庸是清末民初东北军事集团著名将领冯德麟的长子，曾与张学良结拜为兄弟。1919 年，冯庸入北京中央陆军第二讲武堂，毕业后在东北军任职，后任东北空军少将司令官。1927 年创办冯庸大学，任校长。九一八事变后，他拒绝日本关东军威逼利诱，后组织义勇军参加一·二八淞沪抗战和长城抗战。全面抗日战争期间，又任军官训练团中将处长、第九战区中将处长等职。1949 年，冯庸去往台湾，

|《北洋画报》刊登的冯庸大学礼堂|

1981 年 2 月在台北病逝。

冯庸大学是在大冶工科学校基础上兴办的。1923 年，为弥补东三省兵工厂产能不足，冯庸与张学良在沈阳小东门合办了奉天大冶铁工厂，主要生产飞机零部件、炸弹和手榴弹等产品。第二年，又在厂内建立了直属于铁工厂的大冶工科学校。奉天大冶铁工厂的厂长和大冶工科学校的校长均由冯庸担任。1927 年春，正式兴建冯庸大学，校址选在奉天铁西艳粉屯，即现今铁西区滑翔小区一带。自破土动工开始，“昼夜加工，经之营之”，仅用四个多月的时间，一所实施高等教育的私立大学就在沈阳拔地而起。为创办这所大学，冯庸捐出了 310 万银元的巨额资金和丰厚家产。建成后的冯庸大学布局独特，主体建筑以命名的“中庸楼”为中心，北边大楼命名为“忠楼”，南边大楼命名为“仁楼”，三座构筑物用廊道相连接。校内共有教室、办公室、图书馆、宿舍等 200 余间，并建有大学工厂、原动力厂、材料强弱试验厂、电器试验厂、机械试验厂和理化试验室等学生实习场所。1927 年 8 月 8 日，冯庸将大冶工科学校正式改为冯庸大学，自任校长兼训练总监。学校创立之初，设有大学部与附属中学（高中）部和小学（初中）部，学制均为三年。之后学校陆续发展，又从专业教育角度划分为工学、法学和教育学 3 大学院，之下按学科分为机械、土木、法律、教育、体育、文学等 9 个系，学生总数最高时有 700 余人。

冯庸从当时特殊的历史背景和时代特征出发，认为“洞烛国家制胜之先机在于兵器，而制造兵器必须振兴工业，要想振兴工业必先植根于教育，当为当务之急”。他非常清楚地认识到，内忧外患频仍、国势日趋衰微的偌大中国，主要根源在于工业落后，要想改造这个国家而夺得制胜先机，就得发展兵器工业，而振兴工业的当务之急，就是要立足教育基础为民族工业培养大量人才。冯庸曾公开表明自己的办学的初心和本意：“我并不是富于教育经验的。因为社会的混乱，欲以挽狂澜于既倒，所以破产兴学。以改造社会，造成新中国的青年。”他明确把“造成新中国的青年”作为办学宗旨，即培养出新思想与传统道德兼有、同时又具有卫国与建国能力的中国新青年。冯庸的教育思想主要包括三个方面：一是“八德八正”。“八德”即孝、悌、忠、信、礼、义、廉、耻；“八正”即正行、正业、正思、正言、正视、正听、正德、正容。旨在应用“八正”的实践方法，凝聚中国青年养成蕴含“八德”的中华传统道德观念，以此来挽救国家民族危亡。二是“教育机会均等”。通过公益性办学让穷苦人家子弟也能得到接受高等教育机会，为国家培养人才。三是“工业救国”。以工科为主，注重培养学生的实践能力，造就民族工业人才，走工业救国之路。冯庸的教育思想与办学方针，在冯大的校旗上和校歌中都有系统展示与体现。其校旗为正方形，中间是一颗大八角星，象征八德；大星每角的顶端都对着一颗小五角星，象征八正；更醒目的是大八

| 冯庸大学校旗 |

角星的中心，是个在圆形白地上衬出的红色工字，象征工业救国，表示学校主要以培养工科人才为教育目的。冯大校歌的歌词就这样写道：“兴安岭南辽水东……大学化春风……八德八正务钦崇，教育均等……谨记学行实践，救国以工。”告诫学生要认真习得救国建国实际本领，切实承担起“拯济孤寒”“强国福民”的重任。

为保证冯大教学质量，组建起一支实力雄厚的高水平师资队伍，冯庸不惜重资从平津聘请名教授来校教学，同时还聘请东北大学教授兼课。此外，冯大十分重视军事体育教育，以增强学生体魄，培养他们吃苦耐劳的精神。因为冯庸清楚地认识到，在民族危机面前，军事卫国与工业救国同等重要，务必要让青年学生“了解国际间之情势，邻邦之军备，国境之情形，国防之重要，国军之概况。促成学校军事化、军事科学化，共达救国卫家之目的”。冯大建校伊始就修建了颇具规模的体育场，场内不仅有400米跑道，还设有田径和球类练习场地及各种体育设施。学生既可以在体育场上上室外体育课，还可以在这里进行军事训练。另外冯大还在校内修建了飞机场，铺设了小型飞机跑道，并拥有 3 架在当时属于世界先进型号的飞机。飞机场还可以开展骑马、射击等军体活动。

1931 年九一八事变后，沈阳沦陷，冯庸大学被日本侵略者强占，校长冯庸也遭到日军逮捕监禁，学校不仅停课而且被迫流亡到关内。冯大师生到达北平后，由张学良集中安排到西直门崇元观五号前陆军大学校舍。10 月 28 日，几经磨难的冯庸回到北平，主持流亡中的冯大校务，并筹备复校工作。1932 年 10 月 1 日，冯大师生在北平前陆军大学原址正式复校，张学良参加了开学典礼。到 1933 年 6 月，因冯庸的私产基本耗尽已无力再经营学校，经张学良同意将冯大并入流亡中的东北大学。作为追逐工业救国之梦的冯庸大学，从建立到归并总共历经了六年沧桑，为国家和社会输送出了三批毕业生，这个东北第一所私立大学从此也就定格在了沈阳的近代史之中。

冯庸无疑是一位“工业救国”论的积极倡导者和坚定践行者，他不惜投入巨额资金创办冯庸大学，正反映着他的强烈爱国主义情怀。冯庸在中华民族蒙难之际还高瞻远瞩地提倡工科教育，致力于为社会发展、工业化推进打下坚实的人才基础。尤其是十四年抗战爆发后，冯庸率领一支由 126 人组成的冯大抗日义勇军亲临前线阻击敌寇，更表现出他矢志救国的拳拳赤子之心，实在让人钦佩。尽管在半殖民地半封建社会条件下单靠振兴工业来救国的意图难以实现，但是冯庸始终不惜财帛、不畏艰险，义无反顾地践行自己的救国理念，包括他所倡导的冯庸大学精神，都是值得每个沈阳人永久珍藏的宝贵历史文化财富。

# 惠临火柴点燃反侵略星星之火

我们祖先掌握火的能力是人类文明进化的一个重要转折，这种转折过程主要表现为取火器具朝着简便快捷趋势的不断变化，而火柴这个能够摩擦发火的现代取火工具则是工业社会的产物。据北宋陶谷所著笔记《清异录》记载，在公元950年，民间百姓中非常流行使用一种涂上硫磺的杉木条引火，称为“引光奴”，在市场售卖叫“火寸”，这是原始的火柴或火柴的前身。然而，这种火柴在我国农耕时代并没能够大规模生产和广泛使用，而应用更多的是火镰、火折子这类取火器具。19世纪60年代中期，早期的现代火柴作为舶来品开始进入中国，习惯上被称为“洋火”“洋取灯儿”等。此后，进口火柴大量涌入，“洋火”一度充斥我国市场。这虽然在一定程度上为人们的日常生活带来便利，但也给发展民族火柴工业造成了窒息性的冲击，更使国家经济权益流入国外的状况日趋严重。

中国近代的衰落历史，对沈阳近代民族工业从生成到发展构成严重制约。作为沈阳早期民族工业重要组成部分的火柴工业，从它诞生那天起就一直遭受着西方资本强力挤压，其中受日本为害最巨。在当时内忧外患交加的不利环境下，沈阳火柴工业克服资金少、规模小、技术力量薄弱等劣势，依靠中华民族自身顽强努力形成星火燎原的局面，在反抗西方火柴工业企业经济侵略斗争中取得艰辛发展，为沈阳工业文化史留下了浓墨重彩的一笔。

1895年，清政府在中日甲午战争中战败，签订《马关条约》后，日本取得了在中国设厂特权。而日本因在日俄战争中惨胜，在我国东北势力进一步扩大，更使日产商品大量涌入，与民生密切相关的火柴也行销东北。据《满洲地方志》记载：清光绪三十四年（1908），奉天省进口日本火柴达5万箱（每箱240包）。按奉天当年人口计算，人均可达12包。日商还在沈阳开办了东亚燐寸会社，并通过产品倾销的方式垄断整个沈阳火柴市场，形成一家独大的局面。仅从上述这一条史料就可以想见，当年的沈阳乃至整个东北受到西方列强的经济侵略程度之深。

民族经济被严重摧残的残酷现实，引起无数的爱国志士仁人的极大忧愤。许多人决心走出一条实业救国之路，以实际行动反抗列强与日本的经济侵略。而创办“惠临火柴股份有限公司”的张志良，就是其中的佼佼者。张志良，字惠霖，别号惠临。1878年5月出生于沈阳虎石台乡大古城子村。早年开始进入奉天及东三省政界，并曾先后担任过奉天储蓄总会会长、奉天总商会会长、东北三省联合会会长、全国商会联合会会长、奉海铁路公司总办等职。尽管张志良也是政界要员，可他始终坚守“实业救国”的理想。除牵头合资创办惠临火柴公司外，他还创办了八王寺汽水公司，四先海外贸易公司、宝兴估衣庄和四恒当铺等工商企业。而且他还积极帮扶成长中的其他民族企业，比如注资杜重远创办的肇新窑业公司、陈楚才创办的东兴色染纺织公司，并出任公司董事长，在一定程度上促进了这些民族企业的发展。九一八事变后，张志良不愿为日本侵略者和伪满政权所用，托病辞去一切政、商界职务，隐居于大连市郊外黑石礁屯14年，体现出他在特定历史条件下的民族气节。1945年日本投降后，张志良返回沈阳养老，两年后病故。

1922年，张志良联合几名志趣相投的同道，组织筹办火柴公司，而且明确把“提倡实业，挽回利权”作为公司宗旨。公司计划招募股本总额为奉大洋 60 万元，分成 6000 份股份，并强调“认股者以纯粹华商为限”。租地建厂地点就在小西边门外皇寺后身。当股金已实收到奉大洋 18 万元时，就于同年 12 月 10 日宣布奉天惠临火柴有限公司正式成立，张志良任公司总董事。自此，惠临火柴作为星星之火出现在辽沈大地，惠临公司以发展沈阳民族火柴工业为阵地，针对西方与日本的经济侵略开始了坚决的回击。

| 惠临火柴“双鹤”“麒麟”商标 |

惠临公司建厂后生产的火柴主要有两种，分别以中国传说中的辟邪神兽“麒麟”和象征吉祥长寿的“仙鹤”作为商标。同时在麒麟牌火柴盒上印有“奉天省城，无毒火柴，卫生有益，纯粹国货”的字样；在双鹤牌火柴盒上印上了“挽回利权，请用国货”的宣传语。麒麟牌为硫化磷火柴，因发火灵敏极易引起火灾，后期被淘汰；双鹤牌为安全火柴，这类火柴至今仍在流通应用。惠临火柴作为物美价廉的国货，一经问世就得到市场热销，第一年就收回了成本。随着惠临公司生产规模逐步扩大，惠临火柴产量也在日益攀升，并且迅速占领了东北火柴市场。

惠临火柴公司的崛起，致使东北的日本火柴进口量由 1921 年的 48564 箱锐减到 1925 年的 945 箱，彻底打破了日商独霸东北火柴市场的局面。1924 年 7 月，曾一度垄断沈阳火柴市场的奉天燐寸株式会社因难以经营濒临倒闭，最终由惠临公司出资将其收购。被兼并后的奉天燐寸株式会社大西关工厂改为惠临公司总厂，皇寺后身的工厂改为分厂。至此惠临公司的生产机械装备更加完善，厂内共有夹轴机 33 架、卸轴机 20 架、油锅 3 具、药锅 3 具。每天可生产百余箱，合 24 万余盒火柴。公司为节约成本还附设了火柴梗片厂，配有切梗机 6 架、旋片机 8 架，每天可生产梗片 6000 余斤。惠临公司成功击败日本在沈阳的火柴生产商，不仅燃起了人们兴办民族工业的热情，而且促进了整个东北火柴工业发展的燎原之势。在当时的历史条件下，取得如此战绩是极其难能可贵的。

世界火柴工业巨头瑞典瑞中洋行，觊觎东亚火柴市场已久。其曾在短短几年内抢占我国上海、厦门等地火柴市场，并妄图趁日本火柴垄断东三省日渐式微之机大肆进军东北火柴业。瑞中洋行在东北已取得日本火柴企业商股十分之四，日商吉林燐寸株式会社也被他们收购，并将火柴以相当于生产成本一半的价格向东北地区大肆倾销。为有效抗衡瑞典火柴的入侵，惠临公司于 1925 年首先会同营口的关东、三明、甡甡等三家民族资本火柴厂，成立了奉天火柴同业联合会，会址就选在惠临公司总厂。之后又联合吉林、长春、齐齐哈尔等地火柴厂，并利用日本与瑞典在火柴竞争上的矛盾，吸收日资企业参加，组织成立了东北火柴同业会。统一价格，联合销售，共同抵抗瑞典资本。民族资本的奋起斗争得到东北当局的关注和支持，颁布了《东北火柴专卖条例》，设立东北火柴公卖总局及奉天、吉林、黑龙江和热河四省公卖分局，并委托东北火柴同业会负责办理火柴经营业务，统一定价销售。专卖条例规定，为避免火柴供过于求，严控工厂数量，不许设立新厂，不准进口火柴，并对民族火柴工业企业在税收方面实行优惠政策。通过东北当局的支持与干预，以惠临火柴公司为代表的民族火柴工业，不但成功抵御了瑞典火柴低价倾销和吞并火柴企业的侵略行径，维护了民族火柴工业生存和发展，更极大地鼓舞了特定历史条件下民族工业发愤图强的斗志。

九一八事变后，东北民族工业遭到毁灭性的打击，惠临火柴公司自然也难以幸免。抗战胜利后虽逐渐恢复生产，但也只能是断断续续难以为继。直到沈阳解放，惠临火柴公司在人民政府领导下才获得新生。1953 年，惠临火柴股份有限公司更名为惠临火柴厂。1956 年 9 月，在全国火柴工业大调整背景下，沈阳市惠临火柴厂迁往营口，与营口火柴厂合并。惠临火柴公司虽然自此淡出沈阳，可是历史的烟云却永远难以遮蔽惠临火柴熠熠生辉的星星之火。它在顽强抵抗西方列强经济侵略斗争中所焕发出的光彩，早已汇入厚重的沈阳工业文化，构成了铸就沈阳工业精神的重要底色。

# 沈阳日化工业新纪元随『老火车』启程

当今，牙粉作为日常口腔清洁用品似乎已逐渐淡出人们的视野。可是老沈阳人一提起老品牌国货或中华老字号，自然就会想到“老火车”牌牙粉与“同昌行”。因为“同昌行”研发出的“老火车”牌牙粉，不仅开创了中华民族日用化学工业新纪元，更以伟大的民族精神谱写出一曲血与火的沈阳工业史壮歌，永远留在了沈阳记忆中，时时能够让人深受震撼。

“老火车”牌牙粉与“同昌行”的创始人是刘凯平，他是一位发展沈阳民族工业的先行者，坚持身体力行以实业救国，应属国产牙粉第一人。

1890年，刘凯平出生在辽宁义县高台子镇北砖城子村的一个普通农民家庭。刘凯平早年仅在邻村读过4年私塾就辍学了，但是他聪颖好学，兴趣广泛，善于琢磨，并有很强的动手能力。1905年，刘凯平在家乡义县的一家杂货铺当学徒，他不但学到这个行业的经验技能，而且正式走向社会。1907年，刘凯平又到锦州一个学堂当杂役。在干完各种差事后，刘凯平有空就在学堂找地方听课，老师见他好学上进，就主动为他补习缺失的知识。他的学问见识在这期间大有长进。

1909年，在亲友帮助下，刘凯平到省城奉天进一家工厂学技术，有一次日本技师说“你们支那人真的不行，连牙粉都得买外国的。”这种对中国人的嘲笑和蔑视使他深受刺激。刘凯平所经历的青少年时代，正是帝国主义列强疯狂入侵，并瓜分中国的年代。1904 年至 1905 年，日本与沙俄为了争夺我国辽东半岛和朝鲜半岛的控制权，在我国东北土地上进行了一场帝国主义列强之间的战争。日俄战争不仅粗暴践踏了我国领土主权，也使东北人民在战争中蒙受了空前浩劫。日俄两军不但在战争中相互厮杀血战，还对中国东北民众奸淫烧杀，掠夺财物，无恶不作，使两万多中国人死于战火，损失财产折合白银 6900 万两。日本在日俄战争中惨胜后，攫取了“关东州”商租权及“满铁”经营权，以南满丁字形铁道网络为依仗，将它的殖民魔爪逐步伸向我国东北腹地，并变本加厉地在这片黑土地上强占民田、掠夺资源、搜刮财富、制造惨案……日本人对自己家乡故土的践踏蹂躏，使刘凯平在成长过程中形成了强烈的民族情结和家国情怀。他对日本在我国东北的侵犯感到“如骨在喉，吞吐维艰”，遂用“刘鲠如”作为自己的别名。而目睹日本殖民者日益蚕食辽沈市场并大量倾销日货的状况，更时时让刘凯平的内心忧愤难平。

刘凯平在省城忙于生计的同时并没让求知欲消减，他经常到教会办的青年会阅读书报。1914 年春的一天，刘凯平偶然看到上海杂志刊登的一篇关于牙粉生产技术的文章，突然想起日本技师借牙粉侮辱中国人的话语，强烈的民族自尊心驱使他决心造出中国牙粉，用民族产品来战胜日本人。他一面按照刊物介绍的方法摸索试制，一面验证自己的产品能否达到预期质量和效果。当时，奉天市场销售的牙粉基本都是日本货，日本产的“苦林”“狮子”等品牌牙粉在辽沈地区销量很大，每年达 10 万打之多。可是日本牙粉价格不菲，平民百姓一般消费不起，多数人只能以盐水刷牙。刘凯平几经钻研，终于试制成功。他将样品送到警察厅，经化验合格后，取得了生产许可。他意识到，这是中国人自己研发的牙粉，而生产牙粉是兴办实业、为民谋利的重要途径，也是抵制日货的有效之举。于是，就向舅父借了200元奉票作为资本，开起了一家小规模的牙粉制造工厂。刘凯平为自己创办的企业起名为“同昌行”。同昌曾是他家乡一个历史名称，在金代（1151），义县属义州，同昌是其下辖三县之一。刘凯平将自己研发的牙粉命名为“地球”牌，这不仅是在表达产品的品质形象，更体现了他发展民族日化工业的雄心壮志。这种牙粉一经面世，很快打开市场。

随着生产规模扩大，1921年春，同昌行又在东升染房胡同新租了6间房，把牙粉厂搬迁到这里，定名“同昌行牙粉工厂”。在刘凯平精心研制下，牙粉配方和工艺均有改进，又有一款新品牌牙粉面世。刘凯平将其命名为“老火车”牌牙粉，以当时刚出现不久的新事物——铁路列车作为商标，寓示中国要像飞速行驶的火车一样日进千里。“老火车”牌牙粉选料考究、加工精细，除了原有的碳酸钙、薄荷脑等用料之外，还增加了香料。刘凯平在包装上也下足了功夫，不只运用原有大、小纸袋包装，还增加了铁盒包装，并在外包装正面都加印上“提倡国货”这四个彰显爱国情怀的鲜红大字。同时，“老火车”牌牙粉还在销售价格上同日本牙粉展开了竞争。日本铁盒牙粉每盒售价为0.5元，袋装牙粉每袋为0.23元；而包装与规格相同的“老火车”牌牙粉，售价则分别为0.21元和0.1元。在激烈的竞争中，日本牙粉很快就败下阵来，“苦林”“狮子”和“司毛卡”等日本品牌牙粉再无人问津。“老火

“老火车”牙粉铁盒包装

车”牌牙粉仅在投放市场的当年，就创下了营业额 20000 元、利润 3000 元的佳绩。作为国产牙粉第一品牌的“老火车”牌牙粉，上市不久就因其物美价廉而广受民众欢迎，并迅速风行于白山黑水，畅销到长城内外，开创了我国民族日化工业的新纪元。

“老火车”牌牙粉在顽强抗争中的成功，给日商以沉重的打击。因而日本殖民者对它的研发者刘凯平恨之入骨，并千方百计地想置同昌行于死地。先是试图用重金收买“老火车”牌牙粉专利，随后企图借合股经营名义吞并同昌行，均遭刘凯平严词拒绝。黔驴技穷后，又由日本关东军经济课出面，多次到同昌行所谓调查，诬陷“老火车”牌牙粉对人体有害。由于相关化验证明文件齐全，日方的阴谋诡计再次破产。九一八事变发生后，心怀民族大义的刘凯平一面继续经营“老火车”牌牙粉的产销，一面秘密加入东北国民义勇军担任高等顾问，参与抗日活动。1932 年 2 月日本宪兵逮捕了刘凯平，并向他提出条件：取消“老火车”牌牙粉包装上“提倡国货”字样和火车头图案，卖专利权给日本人，即可获释。但他受尽了各种酷刑折磨，仍宁死不肯妥协。当年 6 月 6 日，日本宪兵队以“反满抗日国事犯”罪名将刘凯平秘密处决，就义时他年仅 42 岁。刘凯平英勇殉国后，同昌行与“老火车”牙粉品牌并没有随之消亡。沈阳的同昌行牙粉工厂由其二弟刘兴治经营。他的大弟刘自新在天津、成都等地创办了天津同昌行和四川同昌行。天津同昌行直至 1956 年实行公私合营，它就是今天著名的蓝天集团股份有限公司的前身。

斯人虽已殁，千载有余情。同昌行与“老火车”牌牙粉的缔造者刘凯平，1987 年 6 月被国家民政部门追认为革命烈士。刘凯平不但是实业救国的先驱，还是牺牲在东北抗日烽火中的先烈。沈阳工业文化史昭示，写就这部史册的不只是笔与墨，更不能缺少的是血与火。我们只有把民族的品牌和先烈的英名一并记录下来，才会形成完整的沈阳记忆。

# 天安门城楼第一枚金属国徽

北京天安门城楼重檐中心高悬的中华人民共和国国徽，是中华人民共和国主权的象征和标志。1950 年 10 月 1 日是新中国成立后的第一个国庆日，天安门城楼悬挂上了举世瞩目的国徽。但鲜有人知这枚国徽是为应急而制作的，所以在方法上选用了便于操作的木刻。因国庆一周年纪念日已临近，受建国初期的物质和技术条件所限，要在国庆前制作一枚巨大金属国徽显然并非易事，所以当时悬挂的国徽为木制。之后，制作金属国徽这个光荣而艰巨的任务就历史地落在了沈阳第一机器厂（今沈阳机床股份有限公司）的肩上。

1949 年 6 月举行新政治协商会议筹备会第一次全体会议，选举出筹备会常务委员会。其中，第六小组的任务是拟定国旗、国徽和国歌方案。7 月 4 日第六小组第一次会议决定，公开征求国旗、国徽图案和国歌词谱。截至 8 月 20 日，虽然共收到海内外应征国徽稿件多达 112 件，图案 900 多幅，但是经评选委员会专家审阅，都有不足之处，均未被采纳。因此，中国人民政治协商会议第一届全体会议只确定了国旗和国歌，开国大典时天安门城楼上没有悬挂国徽，这是一大憾事。直到 1950 年 9 月 20 日，中央人民政府主席毛泽东签署了向全国公布国徽的命令，国徽才首次面向公众展示。

正当此时朝鲜内战爆发，美国政府立即作出武装干涉朝鲜的决定，并派遣第七舰队侵入台湾海峡，公然干涉中国内政。10月初，美军无视中国政府一再警告，悍然越过三八线，把战火烧到中朝边境，直接威胁新中国的国家安全。在抗美援朝战争中，作为战争大后方的沈阳开展了火热的爱国主义劳动竞赛，大力发展生产、厉行节约，有力地支援了朝鲜前线。就是在这样的特殊历史背景下，国家向沈阳第一机器厂下达了为天安门城楼铸造一枚金属国徽的任务，并且要求在1951年五一劳动节之前务必按期完成。接到任务后，全厂职工上下格外振奋，不仅有能为刚成立一年多的新中国做出如此极具历史意义大事的骄傲自豪，更有将抗美援朝保家卫国坚定信念铸造在金属国徽之中的壮志激情。

尽管新中国成立之初的工业基础还非常薄弱，但沈阳作为全国重工业基地的中心城市还具有相当实力，沈阳第一机器厂更是当时全国机器制造行业中的佼佼者。

沈阳第一机器厂是一家有着较长历史的企业。它的前身是在伪满洲国时期（1935年）建厂的满洲三菱机器株式会社，主要生产矿山设备机械、化工机械和火车用弹簧等产品。抗战胜利后苏联红军进驻该厂，各种机器与原材料被运走160多火车皮，生产设备损失90%以上。1946年4月中旬，国民党政府经济部东北特派员沈阳办公处接收该厂，更名为沈阳机器厂一分厂，开始生产弹簧。到沈阳解放前夕，工厂停工，工人大多被解雇，留用人员靠变卖库存材料维持开支。一些厂房被国民党军队占用，有的甚至成了马厩，工厂再次遭到破坏。沈阳解放后，沈阳特别市军事管制委员会经济处接管了沈阳机器厂。这时工厂已经破烂不堪，到处杂草丛生犹如荒野，人畜粪便随处可见。除弹簧厂外，已没有一台完整的设备。在党的领导和组织动员下，厂内职工积极修复厂房和机器设备，踊跃参加工厂复工建设。1949年6月1日，第一分厂独立，正式更名为沈阳第一机器厂。这家企业虽然历经磨难，但技术水平与生产能力已形成较深积淀，重获新生后元气和实力逐步恢复，这些都是受命铸造天安门城楼金属国徽的必要条件。

1953 年 8 月，沈阳第一机器厂厂名又改为沈阳第一机床厂。“一五”期间，国家加大了对机床产业的扶持力度，成功打造一批骨干企业，培育出了赫赫有名的国产机床“十八罗汉”。所谓“十八罗汉”，就是建国初期发展起来的十八家机床企业，它们为我国发展成为门类比较齐全、有相当生产规模和一定成套技术水平的机械工业体系立下了汗马功劳。沈阳第一机床厂于 1955 年末完成改建，成为中国第一家现代机床制造厂，具有先进的生产技术和多数品种大批量生产的工艺技术。而它的综合实力当之无愧地位列“十八罗汉”之首，正因如此沈阳又被誉为“中国机床之乡”。

庄严肃穆的金属国徽悬挂天安门城楼令万众瞩目，而凝聚其中的设计者与铸造者的心血却并非每个人都能够知晓。在建国初期的有限的设备和技术条件下，要铸造出直径达到 200 厘米的大型国徽，从模具制作到浇铸成型都有相当的难度。尤其是要保证铸造出的国徽平整光滑、纹理清晰、凹凸有序，更是难上加难。可按工期高质量地完成金属国徽的铸造任务却容不得半点有失，承担这样的重任无疑是对沈阳第一机器厂一次巨大的考验。

1950 年国庆节前夕，沈阳第一机器厂 19 号铸造车间铸造班班长焦百顺接到了铸造国徽的任务。面对当时还处于恢复生产阶段的困难，工厂组建了以焦百顺为组长的“专门任务小组”，由这个团队专攻国徽铸造难题。

铸造国徽的第一道工序是制作砂型。砂型铸造工艺是以砂为主要造型材料，制备铸型的一种铸造方法。由于不受器件形状、大小限制，砂型铸造是铸造生产中应用最广泛的方法，尤其适合生产像国徽这样单件或小批量的铸件。砂型制作好坏直接影响到铸件的质量。在由五星、天安门、齿轮和麦稻穗为主要构成的国徽中，麦稻穗尤为精巧，需要达到稻穗麦粒丰满、麦芒精细的标准。试制之初，做出的模型图案模糊，稻麦穗的粒不鼓、芒不显。焦百顺和队友们为此焦急不已，就吃在车间里，睡在砂型旁，反复摸索，最终发现原因是场内砂型用砂的品质不行。于是在全国范围内开始广泛选砂，经无数次筛选终于发现内蒙古和大连的砂质符合标准。有黏性的内蒙古细砂与无黏性的大连粗砂按照一定比例混合，就能够制作出符合标准的国徽砂型。

第二道工序是金属浇铸。这时又遇到了更为复杂的难题，即浇铸件出现了局部缩型、凹陷等问题。当时制作国徽的材料采用的是铜铝合金，而铜和铝两种金属的密度不同，熔点也相差极大，浇铸的火候很难掌握，尤其是浇铸国徽这样的大铸件存在着更大的难度。为突破这一技术瓶颈，“专门任务小组”在艰苦条件下，以必胜的决心进行了一次又一次的实验。没有脱氧剂，他们就用木棒搅拌脱氧；没有铝水温度测试仪，就在炉前用肉眼观察铝水颜色的变化……经过反复实验终于找到解决问题的办法。针对国徽铸体面积大、金属液流动时间长、不同部分的金属液体凝固时间不同等问题，他们将单水口改造为双水口，又采取局部浇水加速冷却、使最后冷却部分提前冷却的方

| 中国工业博物馆展出复制的金属国徽 |

法，解决了铸件局部缩型、凹陷的技术难点。

第三道工序是精加工抛光。“专门任务小组”为此特地自制了一套打磨国徽的专用工具。他们先用钢丝刷将国徽毛坯打磨干净，再用小刀雕刻出国徽图案细部，然后用刮刀刮平再整体抛光，最后再经过烤漆贴金等数道工序，金属国徽才算最终制作完成。1951 年 4 月，沈阳第一机器厂提前 20 天成功铸造出了 10 多枚大小不同的国徽，其中就包括专门为天安门城楼制作的重达 487 公斤的最大一枚。

1951 年 5 月 1 日，天安门前举行了盛大的庆祝活动，饱含着沈阳工人阶级爱国深情而熠熠生辉的金属国徽如期悬挂在天安门城楼重檐正中，它凝结着沈阳工人阶级的心血与智慧。这枚金属国徽一直到 1970 年才被替换下来，陪伴着共和国走过了 19 年的历史，为沈阳工业文化的积淀画上了浓墨重彩的一笔，也为一代代沈阳人留下了永不褪色的记忆。

# 沈阳工业的新生与贡献

沈阳的近代工业发轫于清朝末年，形成于民国时期，历经日本殖民和国民党统治。至沈阳解放前夕，经过日本帝国主义长达 14 年的掠夺和国民党的统治及战争的破坏，几经洗劫的沈阳工业已破败不堪。大部分企业厂区内已经成为一片废墟，机器不能开动，设备及技术资料丢失，加之物质匮

|1948 年 11 月沈阳解放时沈阳重型机器厂厂区凄惨景象|

乏，物价飞涨，经济处于崩溃状态。大批的失业工人流落街头，在饥寒交迫中苦苦挣扎。当时规模较大的沈阳机车车辆厂，人数最多的时候，曾经达到4000 人，而沈阳解放接收时只剩 200 余人。沈阳第一机床厂最多的时候，曾经有 3000 余人，沈阳解放接收时仅剩 250 余人。

沈阳解放后，市军管会和市委、市政府把依靠工人阶级迅速恢复和发展生产作为头等大事摆在压倒一切的突出位置。恢复工业生产遇到的最大困难是缺乏机械零部件和各种器材。为了工厂复工，恢复机器运转，许多职工主动无偿地将放在家里的生产急需的器材捐献出来，这一爱国爱厂的行动受到高度重视和积极引导，市委、市政府于 1948 年底提出了在全市开展大规模的护厂复工和献纳器材活动。返回工厂的工人成立纠察队，夜以继日地巡视在厂区、车间，保护工厂的每一台机器。沈阳冶炼厂开展献纳器材活动后，仅 10 多天时间，就献纳了汽油泵、电动机、电表、气表、水表等 1579 件器材。沈阳第一机器厂职工响应市职工总会“努力生产支援前线，献交器材建设工厂”的号召，仅在一周内就有 300 多名工人献出了生产中急需的各种器材近千件，他们献出的电流表、气压表、千分尺、水平器及化验时用的各种药品，解了生产急需的燃眉之急。在沈阳市职工总会组织开展的全市职工献纳器材活动中，广大工人响应号召，将 7.3 万多件，价值 17.6 亿元的生产器材献给工厂，为实现工厂的早日复工和发展生产作出了贡献。在全市方方面面的共同努力下，很快就有 135 个大型工厂恢复了生产，复工的职工有 83600 多人。

1948 年 11 月下旬，沈阳兵工总厂复工，11 月 25 日，112 厂（沈飞）复工，汽车总厂第四汽车厂（后为中捷友谊厂）职工们维修整理各种设备 400 余台，不到一个月就恢复生产。到 1949 年 3 月，沈阳第一机床厂广大职工安装修复设备 135 台，为工厂迅速恢复生产创造了条件。沈阳冶炼厂复工不到 40 天，经过清理、整顿和修复，于 1949 年 1 月 14 日铜鼓风炉点火开工，电铜、电铅也相继恢复生产。沈阳铁路机车厂由人民解放军接管时，其机器设备已被破坏70%，只剩下200名职工在守摊看门。经过10个月的恢复，至新中国成立前夕已增至4000多名职工，下辖13个分场，每月大修机车的数量是国民党统治时期的146%，每月生产的客车和货车的数量分别是国民党统治时期的478%和574%。沈阳造纸厂的各种纸类生产由以前的月产几吨、十几吨，上升到每月产490吨。

在恢复工业生产的初期，存在着生产效率低的现象，阻碍了生产的发展。为充分发挥工人群众的生产积极性和创造性，沈阳市于1949年开展了“创造新纪录”运动。即引导和推动工业企业的广大工人和工程技术人员开展以发明创造、技术改进、提合理化建议、节约原材料为主要内容的创造新纪录运动、爱国主义劳动竞赛和增产节约运动。沈阳第三机器厂车工赵国友，率先发起创造生产新纪录运动，他在1949年8月车皮带车床吊挂塔轮时，潜心钻研，改进工具，把车一个塔轮的时间逐步由7个小时、6个小时缩短到5个小时，最后创造了两个小时20分的纪录。沈阳第一机器厂工人赵富有创造出3小时09分钟加工一个丝杠的新纪录，超过以前最快加工速度一倍多。沈阳第五机器厂的马恒昌小组成绩尤为显著，小组的10名工人互帮互助，密切合作，在1949年5月至11月全组做了7000个零部件无一次品，并有7人创造了10项新纪录。马恒昌小组不断改进加工工具，不断优化操作技术，并不断刷新自己所创造的纪录，成为当时生产竞赛的模范。这个生产管理好、效率高、质量好的先进集体，通过沈阳市的及时推广，带动了创造新纪录运动由个人向集体，向既重数量又重质量的广度和高度发展。据不完全统计，到1950年末，沈阳市创建了488个马恒昌小组。据1950年1月统计，全市参加创造新纪录运动的职工达13292人，创造了生产新纪录达5967项。可以说，创造新纪录运动提高了沈阳工业生产的速度。

沈阳工业生产恢复以后，为了支援和争取全国解放的胜利，沈阳的工业企业开始承担起加速生产建设，担负起建设新东北和支援全国解放战争的双重任务。为了支援关内战场上的人民解放军的作战，沈阳兵工总厂仅用不到三个月的时间即试制出九二步兵炮，并迅速投入大批量生产。在“后方多流一滴汗，前方少流一滴血”的口号下，全厂职工加班加点，团结奋战，使武器和弹药的生产量分别增长了 2.84 倍和 2.66 倍。1948 年 11 月 7 日，兵工二分厂就开始恢复生产六零炮和一二〇迫击炮炮弹，并为解放军入关部队迅速修好了 58 门大炮和 17 辆战车，及时支援了解放天津的战斗。至新中国成立，沈阳及东北的 40 多家军工企业共生产炮弹 229 万发，各种枪弹 2177 万发，制造各种枪械 1.7 万支，火炮 1200 多门，爆破筒近 3 万个，为解放全中国作出重要贡献。辽沈战役之后，东北人民解放军挥师南下，投入到与国民党反动集团的大决战之中。由于战争的破坏，沈阳乃至整个东北南部地区的铁路支离破碎，大段路基塌方，钢轨被炸得长短不齐。为了保证铁路运输线的畅通无阻，沈阳桥梁厂职工和铁路工人组成若干个钢梁工程分队，迅速修复、加固各条铁路线上的钢轨和桥梁。在“野战军打到哪里，铁路就修到哪里，

沈阳恢复生产的企业工人将修好的坦克交给解放军

桥就架到哪里”的口号下，沈阳铁路工人积极抢修线路，迅速恢复主要线路特别是入关线路，为解放军在关内作战提供了有力的运输保障。铁路线的贯通，使满载物质和弹药的火车昼夜不停地驶向关内。从沈阳解放到新中国成立的 10 个月中，沈阳铁路货运完成 271 万吨，在保证前线军需供应中发挥了重要作用。作为沈阳解放后复工最早的工厂之一，沈阳皇姑屯铁路工厂的干部职工夜以继日艰苦奋战，加班加点抢修车辆。1949 年，共修机车 192 台、货车 919 辆、客车 327 辆，在支援前线和促进解放区建设等方面作出了重要贡献。

为了满足人民解放军在南方战场的作战需要，沈阳第五橡胶厂以“想前线需要之所想，急前线战士之所急”的口号激励干部职工，将汽车内外胎的日产量由解放前夕的 100 套迅速提高到 1000 套。工厂于 1949 年 3 月奉命承担了研制和生产军用橡皮舟的任务，在当时一无图纸、二无经验的情况下，全厂职工群策群力，反复试验，终于成功地生产出了一批可载 12 人的军用橡皮舟。在解放海南岛战役中，人民解放军部分参战部队的战士就是驾驶着这种橡皮舟一举渡过琼州海峡。

沈阳工业获得新生后，为解放战争保证军需供应，为全国解放建立了功勋。沈阳，这座英雄城市，成为新中国工业发展的奠基石，凝淀艰苦奋斗的劳模精神，历久弥新。沈阳，这座英雄之城，将续写新时代，奋斗新征程。

# 沈阳挺起国家工业化的脊梁

新中国成立以后，我国的工业经济得到快速恢复，虽超过历史最高水平，但工业化的起点仍然很低，我们国家仍然是一个落后的农业国家。从 1953 年起，我国开始执行发展国民经济的第一个五年计划。“一五”计划时期，因沈阳原有的工业基础和区位优势，国家在沈阳进行了大规模的以机电工业为主的基本建设，改建、扩建和新建了许多现代化骨干企业，并对原有工业企业进行了一系列技术改造。

作为国家重点建设地区之一，沈阳在五年内建设的项目近 1500 个，平均每年施工的建设项目近 300 个，共建成重点项目 50 个，其中包括 26 个限额以上项目。在全国 156 个重点项目中，辽宁的机械工业有五项，其中沈阳占了四项，为沈阳第一机床厂、沈阳第二机床厂、电缆厂、风动工具厂；国防军事工业有三项，其中沈阳占了两项，为四一〇厂、一一二厂。这些重点项目于“一五”计划后期陆续建成投产后，其生产能力和技术水平都达到或接近当时的世界先进水平，开创了沈阳工业生产前所未有的崭新局面，为国家的重点工程建设提供了物质和技术基础，积累了宝贵的建设经验，也奠定了沈阳工业在全国机械制造和军工产业方面的优势。

沈飞公司于1956年建成歼-5生产线

被国家列入156项重点建设项目的国营一一二厂〔今中航工业沈阳飞机工业（集团）有限公司〕，于1956年建设成为中国第一座现代化喷气式歼击机制造厂。当年，工厂仿制出国产第一架喷气超音速歼-5飞机，使中国进入了航空喷气技术时代，飞机生产基本上达到国际20世纪40年代末期的水平。1957年，工厂开始了自行设计飞机。同期列入156个重点项目的国营四一〇厂（中国航发黎明发动机集团公司），始建于1954年，1956年建成投产，成为新中国第一座现代化航空喷气发动机制造厂。当年，工厂便仿制出新中国第一批喷气发动机，使中国成为世界上第七个能够制造出喷气发动机的国家。

被国家列入156项重点建设项目的沈阳风动工具厂，计划建成年产2万台凿岩机械和气动工具的专业化工厂。经过全面的改建、扩建，建立了锻压车间、工具车间，扩建改造了机修车间、热处理车间和机装车间。在扩建中贯彻“边扩建、边生产”的建设方针，仅 1954 年企业上缴利润就达投资的 20%，仅用一年半的时间就收回了扩建投资，提前 16 个月完成“一五”计划，为国家重点工程提供了建设经验。

被国家列入 156 项重点建设项目的沈阳第一机床厂，于 1953 年 5 月开始进行全面改建。在苏联专家的帮助下，全厂职工以极大的热情边生产边改建，仅用两年零 8 个月的时间就完成了改建任务，1955 年 12 月正式投产。在改建过程中，工厂建立健全了生产组织、管理机构和各项规章制度，建立起正规的生产秩序，广大工人和干部学习了新的生产技术和业务知识，学会了管理现代化工厂的方法。1957 年，企业产品品种发展到 14 个，全年机床产量 3411 台，工业总产值 4335 万元，实现利润 1454 万元，比改建前的 1952 年的产量增加了近 5 倍，总产值增加了 10 倍，利润增加了 7 倍，劳动生产率提高了 3 倍以上。改建后的第一机床厂，成为一座多品种的具有大批量生产能力的现代化机床制造企业，是当时全国最大的车床制造厂。同期被列入国家 156 个重点项目的沈阳第二机床厂，被定为孔加工机床厂，生产钻床和镗床，1956 年完成初步技术改造，先后试制完成仿苏的多种型号镗床和钻床，成为沈阳主导机床产品。1957 年生产钻床 1929 台，占全国钻床总产量的 68.2%，生产镗床 137 台，占全国镗床总产量的 29.5%。

被国家列入 156 项重点建设项目的沈阳电缆厂，于 1953 年开始改建扩建，经过三年时间的积极努力，1956 年 9 月，以占全部工程固定资产 91% 的全优工程而胜利完工。主要建设的工程项目有：改扩建主厂房、电磁线和漆包线车间、熔铜车间、日用品车间、铁路专用线等；新建锅炉房和煤气发生站、机修和电修车间、露天货栈及仓库，水、电、煤气、蒸汽系统等，几乎更换了全厂所有的电线电缆，安装主要工艺设备 1079 台，形成了新的生产流水线。改扩建后，1957 年，就完成工业总产值 13111 万元，完成上缴利润 1691 万元。

一大批重点项目于“一五”计划后期陆续建成投产后，其生产能力和技术水平都达到或接近当时世界先进水平，开创了沈阳工业发展前所未有的崭新局面，为国家的重点工程建设积累了宝贵经验。沈阳重型机器厂、沈阳矿山机器厂、沈阳变压器厂、沈阳高压开关厂、沈阳冶炼厂等，都是在这一时期经过改扩建后形成的现代化骨干企业，开始为新中国国民经济提供强大的技术装备，起到了中国重工业发展的核心作用。

沈阳在国家加快推进工业化过程中创造了“共和国工业第一”超百项纪录：1953 年沈阳变压器厂生产出我国第一台 2000 千伏安大型变压器；中捷友谊厂生产出我国第一台 Z35 摇臂钻床；1954 年，沈阳矿山机器厂生产出我国第一台冶金用螺旋直径 12 米的双螺旋分级机。从 1953 年到 1957 年的“一五”期间，仅沈阳铁西区的沈阳重型机械厂、沈阳第一机床厂、沈阳变压器厂、沈阳桥梁厂等企业就创造出巨型矿山用球磨机、11 万伏大型电流互感器、C620-1 普通车床、全国铁路钢板梁等 20 多种堪称“共和国第一”的重量级工业产品。

从 1953 年起，从沈重生产的中国第一台水压机大转子，到沈阳高压开关厂生产的中国第一台 3000 千瓦水轮发电机；从沈阳第三橡胶厂生产的中国第一批航空轮胎，到沈阳变压器厂生产的中国第一台 13.5 万千伏安的单机变压器；从沈阳桥梁厂生产的第一台 250 吨塔式起重机，到沈阳滑翔机厂生产的第一架中国滑翔机；从沈阳第三机床厂生产的中国第一台四轴自动车床，到第一机床厂生产的中国第一台精密丝杠车床；从沈阳风动工具厂生产的中国第一台凿岩机……据统计，仅从 1953 年到 1962 年的两个“五年计划”期间，一个个中国第一台、中国第一架竟有上千个之多。

1957 年，沈阳第一机床厂、沈阳风动工具厂、沈阳滑翔机制造厂、沈阳桥梁厂、沈阳第四橡胶厂、沈阳化工厂、沈阳农业机械厂、沈阳纺织机械厂等企业生产的 C630 普通车床、C650 普通车床、凿岩机、滑翔机、25 吨塔式起重机、征山牌 T200 推土机、高压钢丝胶管、橡胶船、飞机油箱、蒸汽缸润滑油、谷物播种机等工业产品占全国比重为100%；沈阳第三橡胶厂、沈阳纺织机械厂等企业生产的航空轮胎、并条机、整经机、卷纬机、并纱机等工业产品占全国比重的80%~90%；沈阳高压开关厂、沈阳电缆厂、沈阳冶炼厂、沈阳桥梁厂等生产的高压断路器、电力电缆钢芯铝绞线等工业产品占全国比重的30%~50%；沈阳变压器厂、沈阳气体压缩机厂、沈阳蓄电池厂等企业生产的变压器、气压机、蓄电池等工业产品，占全国比重的20%以上。

1958年5月，中国自行设计的第一台涡轮喷气航空发动机在沈阳四一〇厂试制成功。沈阳国营一一二厂〔即：国营一一二厂（1957年至1979年厂名为国营松陵机械厂）〕于1957年开始自行设计飞机，1958年7月

| 新中国第一台航空喷气发动机——“涡喷-5”在沈阳诞生 |

23 日，我国自行设计制造的第一架喷气式教练机，歼教 -1 飞机完成组装，并于26日首飞成功。1960 年 2 月，由该厂承建的我国第一座跨音速风洞（“风雷 1 号风洞”）调试完毕、鉴定合格，正式投入使用。1962 年 2 月，该厂研制出中国第一枚地空导弹“红旗 -1”导弹。1963 年 7 月，红旗 1 号导弹完成第一次靶场试验。1964 年 10 月，红旗系列地空导弹试靶成功并转入批量生产。该地空导弹在 20 世纪 60 年代曾多次击落美蒋 U2 高空侦察机，成为中国导弹系统唯一具有实战战力的产品。

沈阳是国家重点建设的工业基地，被誉为“共和国工业长子”，在国家工业化建设中的忠诚担当和对全国工业建设的支援所作出的重要贡献，使沈阳这座英雄城市一举奠定了共和国装备部和工业摇篮的历史地位，为加速国家的工业化、现代化建设，为国家建立完整的工业体系作出历史性贡献，挺起了国家工业化的脊梁。

# 共和国工业长子的担当与奉献

全国解放后，在国家工业布局调整支持下，沈阳工业迅速壮大起来，以雄厚的工业产品优势、人才优势和技术力量优势支援全国大规模工业基地建设。在国家工业化建设中做出了“共和国工业长子”和“共和国装备部”的担当与奉献。在新中国建设的前30年里，沈阳在设备、资金、技术、人才等方面支援全国，为加速国家的工业化、现代化建设奠定基础。支援全国各地生产和建设使用的产品，品种多、数量大，如电缆、变压器、机床、钢材、自行车、轮胎、烧碱、发电机、货车、空气压缩机、矿山设备、高低压开关、水泵等占全国比重较大的产品。据统计，沈阳提供了机床20多万台、变压器2亿多千伏安、冶金设备60多亿元……向全国输送了近40万名中高级技术人才。向全国各地援建了众多企业，足迹遍布全国各省（市）自治区，为国家建立完整的工业体系，作出了历史性的贡献。

支援国家重点工程建设是“共和国工业长子”的首要任务，我国的三大钢铁工业基地鞍山钢铁公司、武汉钢铁公司、包头钢铁公司的建设，都得到过沈阳的大力支援。其新建的现代化大高炉，主体部分都是由沈阳重型机械厂为主制造的。沈阳生产的矿山设备、发电及电气控制设备、交通运输设备等，

沈阳变压器厂制造的大型变压器

也都是支援全国重点工程的重要产品。沈阳变压器厂制造的大型变压器、互感器，支援了全国20多个省市的工厂、矿山电站和农村的基本建设。20世纪50年代到80年代，沈阳国营一一二厂共分出两个工厂、两个研究所，包建内地和三线新工厂10余家，向二一一厂、二一二厂等有关单位输送2万名干部和工人。沈阳铁西区48家企业援助的国内重点工程建设涉及526家企业，其中全厂搬迁3家，包建新工厂23家，整体划拨生产车间29个，先后派出2.3万名管理人员、工程技术人员和技术工人，并为兄弟企业代培各类人员1.3万多人。

“共和国装备部”以“好人、好马、好设备”装备中国。当时援建的形式包括建新厂、生产车间和生产线整体划拨，提供成套设备，输送管理人员、工程技术人员和生产骨干，提供整套产品工艺图纸等技术资料及代培人员等。由沈阳多家企业共同援建的第一重型机器厂（中国第一重型机械集团公司）、第二重型机器厂（中国第二重型机械集团公司），均已发展成为事关国家安全和国民经济命脉的重要国有骨干企业。沈阳矿山机器厂、沈阳鼓风机厂、沈阳气体压缩机厂、沈阳铸造厂、沈阳标准件厂等一批沈阳企业，为兰州石油化工厂建设输送管理人员、工程技术人员及生产骨干千余人，提供产品设计图纸千余张。兰州石油化工厂改扩建竣工后，成为我国西部集炼油、化工为一体的大型石化企业，被誉为中国石化工业的摇篮。从1958年到1962年，沈阳重型机械厂分别向洛阳矿山机械厂、西安冶金机械厂、太原重型机械厂三家受援企业分别提供了50多条专业生产线，共外输工程技术人员和技术工人200余人。

“共和国工业长子”沈阳从1950年到1958年，向全国各地输送技术工人、专业技术人员及企业管理人才7万余人，超过了沈阳在解放初期所拥有的全部职工和技术人员的总和。还为全国各兄弟省市代培了几万名技术工人和几千名技术人员，并把大量的技术资料和经验提供给全国各地。例如：1954年沈阳第三机床厂、中捷友谊厂向哈尔滨量具刃具厂输送管理人员、工程技术人员及生产骨干350多人，向洛阳轴承厂输送管理人员、工程技术人员及生产骨干240多人；沈阳鼓风机厂向兰州石油化工机械厂输送管理人员、工程技术人员及生产骨干120人；沈阳高压开关厂向西安高压开关厂输送管理人员、工程技术人员及技术人员360多人。

20世纪60年代，鉴于当时美苏两个超级大国在军事上不断威胁我国安全的紧张形势，1964年5月，根据毛泽东主席提议，中央作出开展三线工业基地建设的重大决策。三线地区主要是指在甘肃、四川、陕西、云南等13个中西部省和自治区形成的战略后方。三线建设指的是从1964年起，在我国中西部地区进行一场以战备为指导思想的大规模工业建设，实施改变我国生产力布局的一次由东向西转移的战略大调整。“共和国工业长子”“共和国装备部”沈阳在支援三线建设工作中贡献巨大。

军工企业支援三线建设是沈阳重点，1964年三线建设开始后，为了帮助国家确定的新型战机生产基地成都一三二厂迅速掌握飞机的制造技术，沈阳一一二厂向成都一三二厂提供了新型战机的全套设计资料、生产工艺技术，移交了两架战机的部件，保证了成都一三二厂尽快形成生产能力。1966年中央又决定在战略大后方贵州省开辟一个生产新型战机的〇一一基地，沈阳一一二厂又为贵州〇一一厂提供了一套某新型战机的全部技术资料、工艺装备、标准样件，并向其输送了1100名技术干部和技术工人。沈阳四一〇厂也为贵州〇一一基地和陕西汉中〇一二基地的三线建设输送了2665名技术干部和技术工人，支援车床设备118台，提供工卡量具1.2万套。由此在我国西部诞生了两座新的航空工业基地。沈阳七二四厂（东北机器制造厂），在支援三线建设中负责包建了两家新的兵工企业。沈阳一一一厂（沈阳新光机械厂），在三线建设中先后支援了三线新厂管理干部、工程技术人员和生产骨干万余人。沈阳国营一一七厂（沈阳兴华电器厂）负责包建贵州航空电器插销厂和伊川航空电器插销厂两个新工厂，并向新工厂提供了全部产品设计工艺资料及100多台加工设备、检测设备和工业装备，还向新工厂输送了600多名工程技术人员和技术工人。沈阳五七〇五工厂（沈阳松辽电子仪器厂）的雷达、无线电修理、仪器制造车间整体划拨给空军五七〇九工厂，提供全部产品设计图纸，并输送技术人员和生产骨干人员220多人。

除了军事工业外，从1964年下半年开始，沈阳第三机床厂负责包建豫西机床厂，并向该厂输送各种技术力量200余人，还为其培训生产骨干近500人；沈阳水泵厂负责包建四川自贡水泵厂和甘肃天水水泵厂两家新工厂；沈阳低压开关厂包建甘肃天水长城控制电器厂；沈阳气体压缩机厂向重庆华中机械厂提供全部工艺装备、计算器具及机床等各类机械加工设备60台，输送各种技术骨干200多人；沈阳高中压阀门厂包建兰州高中压阀门厂并为其提供产品工艺设计、改扩建设计等全部技术资料及各类生产设备124台套，输送各类技术力量300人；沈阳桥梁厂包建陕西宝鸡桥梁厂，提供钢梁等产

沈阳先后派出2.3万名企业管理人员、工程技术人员和生产骨干支援国内企业建设，为兄弟企业代培各类骨干1.3万多名。图为1970年10月27日，沈阳冶金机械厂代培的1000余名企业骨干奔向甘肃陇西地区

品全部技术资料及锻压设备187台，输送各类技术力量800多人；沈阳第四橡胶厂受命援建西北橡胶厂、重庆长江橡胶厂、广西柳州橡胶厂等企业，将橡胶密封件、航空薄膜、胶板型材、飞机油箱等多种产品转交给受援企业来生产。1967年沈阳第一机床厂包建天水星火机床厂，将大型卧式车床生产线整体迁至甘肃天水的深山峡谷。天水星火机床厂建成投产，成为中国西部地区机械工业发展的重要支撑。1970年沈阳鼓风机厂、沈阳蓄电池厂分别负责包建陕西鼓风机厂和襄樊蓄电池厂,向受援工厂提供了各种设备上万台，输送技术力量数百人。

沈阳，以“共和国工业长子”的情怀和“共和国装备部”的担当，为新中国国家工业化建设和国防工业建设作出了历史性贡献。

# 19天10万把军镐

抗美援朝、保家卫国，打破了美帝国主义不可战胜的神话，拼来了山河无恙、家国安宁。打出了中国人民的精气神，为我国的社会主义建设赢得了一个相对稳定的和平环境，让全世界对中国刮目相看。现代战争除了是战场的角逐，也是一场工业实力和后勤保障的角逐。战场保障能力是赢得战争胜利的关键因素。在抗美援朝战争中，沈阳以特殊的战略地位成为“前方的后方和后方的前方”，全市人民在党的领导下，积极践行以爱国主义、国际主义精神为核心的伟大抗美援朝精神，勇于担当，知难而上，乐于奉献，出色地发挥了战略生产基地和战勤保障基地作用，为赢得抗美援朝战争的胜利作出重要贡献。

抗美援朝期间，朝鲜战场敌我之间武器水平、实力差距悬殊。一把把军镐、钢锹成为扭转战局的利器。为保存我方有生力量，志愿军在前线广泛开展“坑道战”。在250余公里的正面和东西海岸以及战役纵深，志愿军构筑的大小坑道总长1250余公里。以坑道为骨干的坚固阵地防御体系为志愿军解决了敌人强大的空中打击和炮火打击下战场生存问题，志愿军战士依靠坑道工事快速进行攻守转换，最终打败了“武装到牙齿”的对手，打破了美军不可战胜的神话。以上甘岭战役为例，在上甘岭战役中，美军发射炮弹 190 余万发，投炸弹 5000 余枚，把总面积不足 4 平方公里的两个高地削低整整 2 米。上甘岭战役之所以打得赢，有一点很重要，就是战斗前在守备阵地上筑了一座地下“坑道城”。上甘岭战役第一阶段，经过 7 天 7 夜的反复争夺，四十五师顶住敌人的狂轰滥炸和轮番攻击，坚守阵地，以伤亡 3200 余人的代价，毙伤敌人 7100 多人。经过 43 天激战，四十五师依靠坑道工事，最终守住阵地。

在抗美援朝纪念馆里，陈放着一把军镐，铁镐已经锈迹斑斑，木柄也已经枯槁泛黄，乍看起来似乎永远难以与抗美援朝的枪林弹雨联系在一起。然而，殊不知，能够陈放在这里，供后人观瞻，它的身份，又岂会如此简单？事实上，它还是一件杀敌神器！

| 中国人民志愿军三十九军第一一六师三四八团九连四班副班长赵顺山使用过的军镐 |

说起这把军镐，还有一个故事。早在 1950 年 11 月，志愿军入朝作战，它就背在了第三十九军第一一六师第三四八团九连弹药手于世雄背上。我志愿军入朝首战便出其不意地打得美军骑兵第一师抱头鼠窜。为了不放跑一个敌人，彻底截断美军第一师回逃之路，于世雄与赵顺山的四班被安排在了云山拦截美军打伏击。没想到的是，四班还没有构筑好伏击工事，美军就来了。很快，埋伏的地雷炸起，把敌人的坦克装甲车堵成了一条长龙，敌人见后路被堵，疯狂地扑向了四班，大家很快展开肉搏战，扭打在了一起。于世雄与一个美国兵扭打在了一起，赵顺山也是和敌人打到一起并滚到了沟里，美国兵马上要作势掏手枪，被赵顺山用一只手牢牢按住，另一只手则去托拉旁边的机枪。可赵顺山不及美国兵的身高，敌人一个打挺便挣脱了他，把枪掏了出来。千钧一发之际，一旁得空的于世雄见状，一个横掌把那士兵的枪拍掉，马上又与之扭打在一起。赵顺山趁这空隙，赶忙抄起手枪，就要往那士兵头上打，却发现扣不动扳机。情急之下，看见于世雄背后的铁镐，便一把抄了出来，只往那美国兵头上狠狠地凿去，打得对方不再挣扎。赵顺山又乘胜追击，朝之前与于世雄扭打的美国兵砸去，对方见状却是抱头便跑。赵顺山三步两跳，直接又狠狠地砸向美国兵的脑袋。随后转过身来，又如法炮制，朝与战友田有福撕打的另一美国兵后脑勺猛凿，那士兵还没反应过来，便当场毙命。一把铁镐，杀敌三人，当真神器！从上述实例看出军镐的价值。

军镐的及时提供是沈阳发挥战略生产基地保障作用的生动体现。1950 年 10 月，中央下达紧急命令，限沈阳在 20 天内完成 10 万把军镐的生产制造任务。那时候，新中国百业待兴，钢材资源匮乏，生产技术落后。在这种艰苦条件下，沈阳重型机器厂接受了制造军镐的艰巨任务。军镐是战场上对志愿军战士非常重要的工具，其制造技术要求较为苛刻，既要结实好用，还要方便携带，每个军镐重量误差不能超过 2 两。沈阳重型机器厂克服了制造军镐重重难关，利用 19 天出色完成 10 万把军镐的生产任务。

一是在没有原材料供应的前提下，企业发动全厂职工捡拾废钢铁自己炼钢解决“无米下锅”问题，老百姓也纷纷捐出家中废旧钢材支援工厂。大家齐心合力，材料问题得以解决。

二是创造性提出“以铸带锻，铸锻结合”等新工艺生产军镐。按照过去的制造工艺，工厂是无法按期完成10万把军镐的生产任务的。如何提高生产效率，成为摆在工人们面前的难题。炼钢车间副主任祁宝仁带领工人们经过一轮轮技术攻关，研究出一套“叠芯串铸”新工艺：采取一个砂箱叠放多层砂模的方式，像“糖葫芦串”似的一次浇铸若干个小型铸钢块，一个模块就是一个镐头钢料，这种工艺极大减少了切割和锻造的工作量，有效提高了浇铸效率。实际操作过程中，工人们又发现了一个棘手问题。“串铸”工作量极大，由于当时生产能力有限，工厂号召全厂工人投入铸钢清砂工作中。不仅如此，沈阳市一些工厂也加入其中，大家团结一心誓保任务按期完成。

三是镐头成型后，他们按照图纸要求，严格把控镐头打磨、碾尖、磨扁、开刃、淬火等十几道工序，确保镐头符合质量标准。

四是要挨个过秤，重量超过2两的，要打磨下去。经检验每道工序全部合格后，最后还要涂上黑漆，打包装分批运到目的地。

经过企业全体职工艰苦不懈努力，工人们昼夜奋战在生产一线，仅用19天便完成了材料准备、工艺创新、集智攻关，解决了人力不足、技术改进等诸多难题，最终完成制造军镐的任务，将10万把军镐如期交付前线部队。确保了抢在志愿军过江前分发到战士手中，让小军镐在朝鲜战场发挥了大作用。

# 沈阳航空产业如何催生

沈阳航空产业是沈阳重要的优势产业，拥有飞机及发动机设计、制造的能力，拥有飞机制造的产业链体系，享有歼击机制造和航空发动机制造摇篮的美誉。新中国成立以来，沈阳制造的歼击机为保卫伟大祖国领空安全作出重要贡献。沈阳航空产业的形成得益于国家第一个五年计划开始的重点投入，也得益于沈阳得天独厚的地域优势、雄厚的工业基础，特别是抗美援朝战争的催生。

沈阳作为抗美援朝出征地，以特殊的战略地位成为“前方的后方和后方的前方”，很好地发挥了重要交通枢纽、战略生产基地和后勤保障基地作用，为赢得抗美援朝战争的胜利作出重要贡献。抗美援朝前线使用的武器装备除苏联援助的一部分外，大部分靠国内自行保障。作为共和国最早解放的特大城市之一，沈阳一面恢复经济、一面支援前线。沈阳举全市之力支援前线，努力做到前方需要什么，就供应什么；力求通过后方多流一滴汗，保证前方少流一滴血。1951 年 7 月，根据中苏双方签订的苏联援助中国建设航空工业的协议，中苏政府于 1951 年 10 月正式签订了《苏维埃社会主义共和国联盟给予中华人民共和国在组织修理飞机、发动机及组装飞机厂方面以技术援助的协定》。沈阳成为实施协定中为抗美援朝空军飞机提供组装修理的重点城市。我们可以通过当时一系列档案史料来窥见沈阳对抗美援朝的奉献以及战争对城市精神的淬炼：沈阳自力更生制造战争中易损战机零部件；试制生产出新中国第一批飞机轮胎；3个月完成制造3000个飞机副油箱任务；组装、抢修飞机，试产飞机零配件，培育出航空产业人才等。根据抗美援朝空战需求沈阳企业调整生产制造方向并催生沈阳航空产业快速发展。

抗美援朝战争打响后，空军飞机的修理工作量和需要更换的零件种类、数量不断增加。仅靠从国外购买零件、部件和拆这架飞机装那架飞机的做法，已经满足不了实际需要。维修没有备件，只能逼着我们自己造。1951年年初，位于沈阳北陵的空军五厂（沈飞前身）开始制造战争中最容易损坏的飞机零部件，如起落架护板、机炮罩、翼尖、副翼、机头罩和尾翼等。1952年3月，工厂提出了“熟练修理技术，加强配件制造能力”的举措，开始积极着手试制更多零备件。例如，试制米格-15战斗机前起落架，这是此机种在机械制造方面最困难的部件之一。工人们经过努力，克服了工具、夹具短缺等各种困难，终于在4月25日完成了我国自己制造的第一个起落架。此后，又试制了机翼等大部件，提升了飞机配件制造的能力。

1951年1月，沈阳第三橡胶厂由自行车轮胎工厂，改造为飞机轮胎生产工厂。当年2月份沈阳橡胶三厂在无资料、无技术、无设备条件下，克服了重重困难，试制生产出新中国第一批飞机轮胎——米格-15战斗机橡胶轮胎。5月份飞机轮胎正式投产，为米格-15等飞机配套。首批航空轮胎的研制生产成功，有力地支援了抗美援朝前线，结束了中国不能制造飞机轮胎的历史。1953年9月，沈阳第三橡胶厂飞机轮胎生产线改造完成，4种规格轮胎投入生产，成为我国第一家航空轮胎和安全防护轮胎的生产基地。该厂曾经承担了当时全国80%的航空轮胎的生产任务。

1950年12月，沈阳空军五厂接到了3个月内造出3000个副油箱的任务。

| 沈阳第三橡胶厂工人生产飞机轮胎 |

此时，工厂里正黑白连轴转地组装苏联的100架米格战斗机，从来没有生产副油箱的经验。既没有图纸，也没有制作原材料铝板。然而，自接到任务起，空军五厂就举全厂之力开始试制工作。先用马粪纸做成蒙皮，再和上猪血、桐油和石灰当黏接剂，失败！又用白铁皮铆接连接，气密性不好，失败！直到有工人提出：用焊锡把铆钉头包住，再将蒙皮对缝处焊死，才彻底地解决了问题。3个月后，3027个白铁皮副油箱被送到空军部队。此后又接到生产6000个副油箱的任务，截至1951年5月，共生产出近万个副油箱，保证了抗美援朝前线的需要。

为了完成组装、抢修飞机、试制飞机零配件等时间要求紧的重要任务，许多企业都配备了优秀的工人，在工作过程中培育出以航空战线攻关尖兵马德有为代表的众多航空产业人才。朝鲜战争爆发后，马德有所在的空军工程部东北修理总厂第五工厂成为中国人民志愿军空军的后方基地。从苏联购买的上百架“米格 –15”等飞机部件，都是运到这里后在苏联专家的指导下组装试飞。同时，工厂还承担抢修飞机和试制飞机零配件的任务。由于工厂设备简陋、材料紧缺、技术力量薄弱，各项工作面临巨大挑战。为完成组装飞机和试制飞机零配件的任务，马德有利用废旧材料研制出 5 种发动机检修专用模具、卡具和检测设备，大大提高了工作效率，被工友称为“马德有工具”。1951 年 6 月，马德有在装配车间工作时，发现洗涤发动机零件都是用人工洗涤的方法，便找来一些旧器材，成功研制出洗涤机，使洗一台发动机零件所需工时由 100 小时降到 10 小时。1952 年，马德有利用过去美日旧式发动机分解台，改造了一台活动旋转式的发动机分解台，不仅提高了效率，而且大大降低了工人的劳动强度。马德有和工友一道修理了“雅克 –17”“米格 –15”等 10 余种飞机 600 多架，有力地支援了抗美援朝战争。航空产业在沈阳发展过程中也培养出一大批航空设计、生产制造方面的专业人才和产业工人。

抗美援朝催生了沈阳航空产业，后来经过国家“一五”开始的 156 个重点项目其中的四一〇厂和一一二厂重点建设，经过几代人薪火相传、不懈奋斗，以沈飞、黎明等生产歼击机和飞机发动机航空企业和飞机、发动机研究所，沈阳航空航天大学等单位共同努力，沈阳成为我国重要的航空航天基地和人才培养基地。中国自行设计的第一台涡轮喷气航空发动机在一一二厂试制成功，后来黎明航发主制的三代航发涡扇 –10 航空发动机等已装配在国内主战武器装备上，实现核心装备自主可控。一一二厂先后研制生产了 40 多个机型 8000 余架飞机，使沈阳被誉为“中国歼击机的摇篮”。其中，歼 –5 战机装备部队 767 架，歼 –6 战机被誉为‘战神’，一共生产出 5200 多架，作为中国第一架超声速歼击机，一直服役到 2010 年才退役。自行成功研制歼 –8 战机，创立了我国自主设计制造歼击机的里程碑；制造出中国首架舰载战斗机歼 –15 飞机，助推中国迈进航母时代；成功研制出全新的歼 –16 战机，

| 沈飞公司生产的歼 -15 舰载机 |

奠定了中国在世界的大国位置。可以说，抗美援朝催生了中国航空产业在沈阳的发展壮大，使中国空军从小到大、由弱到强，而航空航天产业也成为沈阳未来最有发展潜力和发展前途的主导产业。

# 沈阳金杯：开境外中国股票上市先河

1992年9月18日，美国证券交易委员会（SEC）批准“华晨汽车”上市。10月9日，华晨汽车正式挂牌纽约交易所。这是我国在纽约交易所挂牌的第一只股票，股价一日之内上升25%，是当日纽约交易所交易最活跃的股票。当天成交量突破400万股，收盘价20.125美元，而且在其后不到20天里，股价突破了27美元，并作为中国股票的代表，被列入国际EAFF指数。后来，金杯股票的美国主承销商——瑞士信贷第一波士顿银行的一把手来华访问，国家领导人会见美国客人后，称赞赵希友“你们接通了中国与国际金融渠道的一条管道”。

“金杯汽车股份公司”在改革大潮中应运而生并迅速崛起，凭借的是敢为天下先的一系列改革措施和艰苦创业的奋斗精神。而身为公司掌门人的赵希友，就是“金杯奇迹”的创造者。

沈阳汽车制造厂建于1958年，曾经制造出“巨龙”牌载重汽车。由于质量不过关，“巨龙”变成了“卧龙”。1980年，全国计划工业会议上，时任沈阳市农机汽车工业局副局长的赵希友，在国家计委用凄楚的口吻请求：“给沈阳汽车列上国家计划吧，哪管一台也行。”回答是：“半台也不

1988 年 5 月，时任金杯汽车股份有限公司董事长兼总经理赵希友

能列！”他的心仿佛在滴血，难道，我们真的笨，真的生产不出像样的汽车？出路在哪里？

改革开放国门敞开了，赵希友第一次睁大眼睛看世界。在德国、美国、日本等发达国家，在奔驰、宝马、福特、通用、丰田等驰名全球的汽车公司里，他惊叹世界名牌汽车制造的先进。看得越多，赵希友心头的铅块压得越重。回国后，他提出了自己的改革设想，建议把沈阳市所有分散的汽车厂家组织起来，把行政性工业局改造成汽车托拉斯企业，把生产的总成和零部件厂按高度的专业化组织生产，变分散劣势为联合起来的相对优势。

1983 年，沈阳市农机汽车工业局成建制地改造为一家企业性公司。这是一个破烂不堪的摊子，旗下虽有 96 家与汽车相关的工厂，却都是街道小厂变过来的，既没钱也没技术。固定资产和流动资金加一起只有 1.9 亿元。1984 年，沈阳汽车工业公司成立，赵希友出任董事长。而就在沈阳汽车公司成立一年零八个月后，其固定资产原值提高了 38%，汽车产量增长 1.4 倍，实现利税 2.6 亿元，相当于一年挣回一个公司的投资。随着公司的发展，赵希友发觉：“企业身上缺乏件东西，绝大多数人没有把国家、集体的企业当成自己的。”工厂无人负责是最大的问题，必须进一步改革不可。“租赁制”在他脑子里闪出。说干就干，50 余家企业实行了集体或个人租赁经营。公司产值、利润、人均收入、企业规模等又有了更大增长，这项改革也在全国各地开花结果。租赁制有效，但在实行过程中又碰到许多难以解决的问题：租赁后企业的财产所有权关系模糊，企业的自我改造、积累、发展、约束的能力受到限制。新问题如何解决呢？在日本，丰田公司的做法震撼了他。而在美国和德国的考察中，赵希友发现，各大公司大都采取了股份制。回国后，赵希友就向上级提出“沈车公司要搞股份制试点”。此时，他也知道，国内一些地区股份制早就悄悄干上了，深圳宝安、上海飞乐、北京天桥等。当时中央对股份制并没有政策许可，但也没有禁令。赵希友把对现代化的理解落实到汽车上，并且给实行股份制找了两个理由：企业员工是企业的主人，但这只是政治意义上的主人，如果职工购买了金杯股票，他们从经济上也就变成了企业主人；同时，大家都来买金杯股票，都是金杯的主人，这符合社会主义原则。1988 年 3 月，沈阳市批准了赵希友提出创办股份公司的建议。5 月 3 日，“金杯汽车股份有限公司”终于在鞭炮声中成立了。赵希友任董事长兼总经理。7 月 11 日，经人民银行沈阳市分行批准，金杯开始了新中国历史上第一次面向全国的公开募股行动，8 月 5 日，《人民日报》在头版显要位置以《金杯汽车股份有限公司首次公开发行金杯股票》为题，对这一重要事件进行了报道。

改革给沈阳汽车工业带来了活力。1988 年金杯汽车引进丰田技术，生产出第一辆海狮轻客，到 2008 年已经累计销售了 80 多万辆，从 1996 年成为轻型客车细分市场的行业领军者开始，连续 6 年以年均一万辆的速度递增，在国内细分市场上占有 60% 的份额，成为轻客行业不折不扣的龙头老大。6年共生产汽车147946台，是前20多年总产量的6.1倍。6年共实现利润76474万元，创汇达471万美元。金杯牌汽车SY132轻型载重汽车和SY622C旅行汽车，在全国同行业首次首家被评为部优质产品。公司连续几年赢得了全国汽车行业净产值、全员劳动生产率第一，资金利税率第一，金杯公司获得长足发展。

进入20世纪90年代，国内汽车市场出现大萧条，金杯效益急剧下滑。同时，上交所和深交所相继鸣锣开张，“老八股”、深发展等沪深本地股挂牌上市后身价百倍。然而地处北国沈阳的金杯股票却在痛苦中沉睡。随着存款利息的调升，金杯股票固定股息发行后就改为16.5%。而居高不下的股息，令公司难以承受。股份制工作到了最艰难的时刻，金杯的股东大都产生了退股的想法。而正当赵希友乃至沈阳市决策者们为金杯迟迟不能上市一筹莫展的时候，1991年春，国务院办公厅下发《关于向社会公开发行股票的股份制试点问题的通知》。被称为资本运作高手的华晨，出人意料地在关键的时候出现在关键的位置。沈阳市拍板定夺：“金杯股票上市要走华晨的路子。”

1991年7月22日，沈阳金杯客车制造有限责任公司（简称“金客”）宣告成立。金客由金杯以其属下的沈阳轿车厂为基础，与华晨控股有限公司共同组建，注册资本2998万美元，金杯占60%，华晨占40%。1991年8月，国家体改委、国家国有资产管理局批复金杯《关于重新履行股份制试点审批手续的请示》，其中包括：一是同意金杯继续进行向社会公开发行股票的股份制试点；二是进行股权调整工作；三是按一定程序修改《公司章程》的有关条款。金杯公司正式启动上市前的准备工作。“华晨控股”和金杯集团之间实施了一次换股，使具备上市条件。由波士顿第一投资银行、美林资本市场公司、安达信会计师事务所、格信律师事务所等组成的强大的上市服务团队进驻金杯，美国会计师事务所利用长达9个月时间把金杯公司3年的经营账目都审查了一遍。与此同时，赵希友也带队36天走了美国13个城市，做

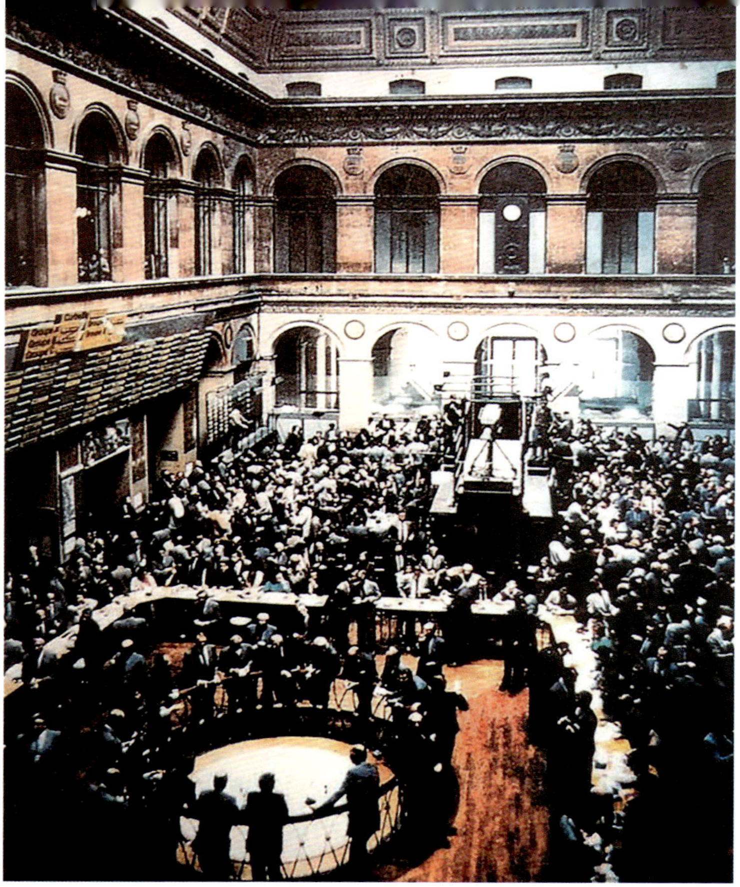

1992 年 9 月 18 日，美国证券交易委员会（SEC）批准“华晨汽车”上市，10 月 9 日，正式挂牌纽约交易所

了 37 场演讲，走访了 360 位投资者，进行华晨金杯股票的推介。

经过努力，1992 年 10 月 9 日，华晨金杯公司正式在纽约交易所挂牌上市。此举为华晨汽车加大对汽车的投入提供了更加便捷的融资渠道。上市后，华晨汽车控股集团形成 3 个汽车品牌，分别为华晨中华、华晨金杯以及华晨宝马。中华轿车是国内较早拥有自主知识产权的汽车品牌。华晨金杯主要产品是轻型客车以及商用 MPV。华晨宝马是华晨汽车与德国知名品牌宝马在华的合资企业，产品主要是华晨宝马轿车。沈阳华晨宝马目前已经成为德国宝马最大的海外生产基地。

没有中国的改革开放，没有沈阳市委市政府的支持，没有赵希友带领沈阳金杯当初的不懈努力，就不会有沈阳汽车产业的今天，也不可能有华晨宝马在沈阳的 20 年蓬勃发展。

# 『东方鲁尔』的涅槃重生

鲁尔工业区是德国重要的工业区，位于德国西部、莱茵河下游支流鲁尔河与利珀河之间的地区。鲁尔区的工业是德国发动两次世界大战的物质基础。战后又在西德经济恢复和经济起飞中发挥过重大作用。

新中国成立后，沈阳铁西工业区由于雄厚的工业基础受到国家高度重视。仅用了三年时间就从战争留下的废墟中建起 82 家大中型国有企业。自 1953 年到 1957 年，陆续又有 120 家新工厂在这里建成投产。在第一个和第二个“五年计划”时期，国家及辽宁省、沈阳市把支持装备制造业财政资金的六分之一投到了铁西区，把大部分工业项目集中建在建设大路以北不到 20 平方公里的地方，这里很快便形成了门类齐全的工业制造基地。

铁西区内有条全长近 10 公里的北二路，曾聚集 37 家大型工业企业。这里烟囱林立、机器轰鸣，沈阳市超过 80% 的国有工业企业聚集于铁西区。高悬天安门城楼的金属国徽、中国第一台机床、第一套成套重型机械、第一辆拖拉机、第一台内燃机……沈阳铁西区创造了新中国工业史上数百个第一，被称为“共和国工业装备部”“中国重工业的摇篮”的承载区。沈阳铁西区在中国工业发展史中扮演着重要角色。因为遍布密集的工厂和企业，这里曾

|20 世纪 50 年代的铁西工业区 |

被称为“东方鲁尔”。

从 20 世纪 90 年代起，烟囱林立、机器轰鸣的铁西北二路渐渐冷清下来。到 20 世纪末，铁西区 90% 的企业处于停产或半停产状态，500 多亿元国有资产闲置，企业资产负债率高达 90% 以上，13 万集体所有制职工需要并轨，10 万下岗职工没有参加养老、失业保险。这种情况一直持续到 2002 年。

2002 年 6 月 18 日，沈阳市委、市政府决定铁西工业区与沈阳经济技术开发区合署办公，组建铁西新区。辽宁省和沈阳市政府形成一个铁西工业区“东搬西建”改造方案，计划将铁西区的工厂全部搬到西边的经济技术开发区，通过级差地租来获得资金，盘活企业。当时铁西的企业已经从最初的 82 家增加到 3000 家，大大小小都集中在不到 20 平方公里的土地上。而成立于 1988 年的沈阳经济技术开发区位于铁西区西侧，规划面积有 86 平方公里。当时测算，如果将企业搬迁，腾出来的城区土地与开发区土地间可以产生每平方米 1500 元左右的土地级差地租。搬迁可以救活企业。2002 年，位于北二路上的沈阳低压开关厂开始拆迁，由此拉开了铁西工厂拆迁的序幕。通过“东搬西建”，把部分老企业从铁西区搬到经济技术开发区，利用市区与郊区形成的地价差获得资金，帮助老企业安置职工、转换机制、改造技术装备。原址在建设大路 62 号的沈阳拖拉机厂，2002 年时因企业欠外债 10 亿元，职工常年放假。2003 年企业搬迁至开发区后，原厂址建成了大型购物中心，企业拿到了 2.4 亿元土地差价款，成功弥补了员工工资。“东搬西建”的成功实践，让原本还不愿搬迁的大国企们也逐渐选择面对现实。资料显示，从 2002 年到 2007 年，铁西区共迁走 239 家企业，拆迁面积达 595 万平方米，腾出 7 平方公里土地，区财政从土地出让中获得资金 140 亿元，这笔钱支付了企业的“改革成本”，成功地破解了钱从哪里来、人往哪里去的国企改革两大难题。此后，铁西区的“东搬西建”一直持续到 2012 年。这项决策使

2009 年 5 月 18 日，有着 72 年历史的北方重工沈阳重型机械集团公司炼完最后一炉钢，整体搬往沈阳西部的新厂区

一大批老国企焕发生机，让沈鼓集团、沈阳机床、特变电工、北方重工等一大批骨干企业实现了脱胎换骨的更新改造和转型升级。

“东搬西建”使“东方鲁尔”获得新的发展，仅从沈阳铁西区财政收入的增长就可见一斑，区财政收入从2002年的3.36亿元，到2008年实现96亿元，跃升到全市第一。

2009年，沈阳铁西区参与华晨宝马新工厂项目“争夺战”，拿下华晨宝马新工厂项目，成为铁西区探索高端制造业的一个里程碑。2012年，华晨宝马铁西工厂正式开业，大批配套商跟随而来。2013年，宝马集团在德国本土以外唯一的研发中心项目于铁西工厂落成。2016年，宝马集团在欧洲之外唯一的一家发动机生产厂——华晨宝马汽车有限公司新发动机工厂于铁西开业。2022年6月在铁西区开业的宝马铁西工厂里达厂区，以150亿元人民币的总投资创下宝马在华历史上单项投资之最；2023年2月20日，第500万辆国产宝马汽车在里达厂区下线；华晨宝马全新动力电池项目、亿纬锂能储能与动力电池等项目落户铁西区，宝马携手沈阳走过合作共赢的20年。华晨宝马在华总投资累计已超950亿人民币，创造超过2.6万个工作岗位。以华晨宝马等龙头企业为牵引，铁西着力实施对外开放、聚“群”引“链”，构建连通国内国际双循环重要节点。截至目前，中德园累计引进高质量项目400多个，总投资达3200亿元，其中外资项目占比达36%，成为中欧合作新标杆、沈阳振兴发展新引擎。

2022年，国家级经济技术开发区综合发展水平考核评价结果出炉，沈阳经济技术开发区（以下简称沈阳经开区）在全国217家国家级经济技术开发区中位列第16，比上一年度前进了11位，创下历史最好成绩。沈阳经开区的进步，离不开园区企业出色表现。位于沈阳市经济技术开发区的开发大路，是沈阳最具工业气魄的大道。这条大路两侧分布着通用技术沈阳机床、沈鼓集团、特变电工等高端装备制造企业，这些企业在新时代又创造了一项又一项令业界瞩目的成绩。沈鼓集团攻克了多项百万吨级乙烯三机关键核心技术，成为全球 5 家独立掌握百万吨乙烯三机研发、设计并成功运行的企业之一，研制成功国内首台套 10 万等级空分压缩机组，使我国成为全球第二个掌握该关键核心技术的国家；特变电工沈变 ±1100kV 换流变压器，是世界上电压等级最高、输送容量最大、输送距离最远、技术水平最先进的变压器，±800kV 特高压干式直流套管促进了我国直流输电发展，有力支撑了国家特高压输电工程；北方重工开发了世界首台主梁中置换步行走式煤矿掘进机；三一重装薄煤层刨煤机成套开采设备打破了国外产品垄断；沈阳机床突破和掌握了五轴运动控制技术，推出世界首创的平台型智能机床；沈阳铁路信号公司优质的信号控制系统设备保障了京沈高铁和北京冬奥会重点工程京张高铁的建设。这些大国重器形成了新时代当之无愧的“工业脊梁”。

从“中国重工业的摇篮”，创造数百个全国第一到走向衰退，从低谷寻求突破艰难转型到走向新的发展。一路走来，“东方鲁尔”的涅槃重生映射出中国工业发展的百转千回。20年前，东北地区等老工业基地实施振兴战略，沈阳通过“东搬西建”等方式解决了钱从哪里来、人往哪里去等问题，基本完成了铁西老工业区调整改造任务。进入新时代，众多高端装备制造企业完成凤凰涅槃又站上了振兴新起点，使“东方鲁尔”又获得新生、焕发青春、大展宏图。

# 中华老字号的典范：萃华金店

中华老字号是我国工商业发展历史长河中孕育的金字招牌，拥有世代传承的独特产品、技艺和服务，具有鲜明的中华民族优秀传统文化特色和深厚的历史文化底蕴，取得社会的广泛认同，形成良好信誉的品牌，具有很高的经济价值和丰富的文化价值，在经济发展和满足社会消费需求方面发挥着重要作用。目前我国有中华老字号企业 1128 家，其中，701 家中华老字号创立至今超过 100 年。沈阳萃华金银珠宝股份有限公司是由超过 100 年的中华老字号企业萃华金店发展而来的。

萃华金店创始人关锡龄，姓瓜尔佳氏，清镶黄旗锡伯族人。他曾任大名府知府，清末民初官至东边道道尹。关氏家资殷实，于清光绪二十一年（1895）在奉天城内四平街铜行胡同的出颖胡同又称银楼街路北（今沈阳中街）选址开设金店，建成了中国首饰业现存为数不多的世纪品牌的金店。金店本着“货真价实，童叟无欺”的经营理念，产品设计独特，工精物美，很快成为皇室贵族专用的珠宝商，还曾经被迫为当时称帝加冕的伪满洲国皇帝溥仪承制纯金皇冠冠柱。从文物鉴赏的角度来评价，该皇冠冠柱嵌镶镂雕，精美绝伦，堪称是工艺品中的精品。后来，溥仪胞弟溥杰特为萃华金店亲笔题写店

|100 年前沈阳萃华金店在四平街（中街）的招牌|

名牌匾。萃华首饰的精美备受当年著名书法家、金石家李西的推崇，亲赠隶书对联一副“萃列奇珍夸蜃市，华添藻饰夺龙纹”，充分展现了萃华乃至中华民族传统金饰工艺的高超技艺，萃华金店成为当时人们心目中的“关东珠宝第一店”。

萃华金店于 2004 年转制为股份制公司，2008 年改名为沈阳萃华金银珠宝股份有限公司（以下简称萃华珠宝）。转制后，萃华金店总号于 2004 年 9 月 26 日重装开业。萃华率先在东北地区通过 ISO9001 产品质量管理体系认证，萃华牌首饰被评为省市名牌产品，萃华商标被评为省市著名商标等多项省、市级荣誉。2004 年 11 月，获得了“中国首饰驰名品牌”的荣誉称号；2005 年 3 月，成功成为 108 家上海黄金交易所会员单位之一；2006 年 9 月，萃华金店被国家商务部首批认定为“中华老字号”；2007 年，萃华黄金首饰被评为“中国名牌”产品；2009 年，萃华商标被国家工商总局评定为“中国驰名商标”，是东北首饰行业获此殊荣的第一家。至此萃华珠宝股份有限公司“中华老字号”“中国名牌”“中国驰名商标”三项殊荣集于一身，这在全国首饰行业乃至其他行业中可谓凤毛麟角。2009 年 9 月，萃华珠宝在我国首饰的集散地和时尚前沿深圳，投资建立子公司，代表了萃华珠宝正式走出东北迈向全国，更加突显萃华金店前店后厂的特色优势，现已成为集珠宝首饰研发、设计、生产、批发、零售、加盟为一体的功能齐全、规模庞大、综合实力雄厚的专业公司。萃华珠宝公司是我国贵金属首饰质量标准最早的主要起草制定单位之一，全国首饰标准化技术委员会委员单位，是“全国黄金行业先进集体”，是中宝协“企业信用评价 AAA 级信用企业”。同时萃华珠宝还是中国黄金协会副会长单位、中国宝玉石行业协会副会长单位、沈阳市金银珠宝首饰协会会长单位、沈阳市老字号行业协会会长单位；萃华珠宝连续多年被评为中国消费者协会“诚信单位”。

2014 年 11 月 4 日，沈阳萃华珠宝在深交所中小板上市，是珠宝首饰业和老字号企业中的第一家自主上市企业。IPO 成功使老字号企业占据了资本高地，增强直营渠道实力，抢占行业先机，创造了实现萃华珠宝老字号企业可持续发展的重要里程碑。

2017 年底，萃华老字号进驻中国最高的艺术殿堂——北京故宫博物院，开设了“故宫萃华店”，是萃华品牌和产品发展的至高表现。2018 年，北京萃华子公司落成，代表萃华珠宝由北向南再向中的品牌布局形成，为萃华珠宝连锁店销售网络全国性发展提供了坚实基础。自此，沈阳萃华金银珠宝股份有限公司、深圳市萃华珠宝首饰有限公司、北京萃华珠宝有限公司，南北业务并行、品牌服务全国，萃华的连锁加盟销售网络在全国得到良好的发展。

萃华珠宝作为中华百年老字号品牌，一直致力于中华民族非物质文化遗产——花丝技艺的挖掘、保护、传承、创新与发展工作。2018 年在各级领导的支持下，在郭英杰董事长的努力下，北京非物质文化遗产发展基金会黄金文化专项公益基金管理委员会成立仪式在北京举行。北京非物质文化遗产发展基金会是全国第一家，也是目前为止唯一一家非遗领域公募基金会。基金会已成立 8 个专项公益基金，黄金文化专项公益基金由沈阳萃华金银珠宝股份有限公司发起成立。为更好地传承和保护黄金文化专项非遗文化，萃华金银珠宝集团捐赠 1000 万元用于研究、创新、传承黄金工艺品制作技艺等公益项目。

文化无国界。继 2017 年萃华珠宝成功参加巴黎时装周展示后，积极配合国家“一带一路”倡议，传播中华文化。2018 年 6 月，萃华珠宝在法国巴黎卢浮宫成功举办“萃华宫匠非遗花丝文化臻品全球巡展启航发布会”，与中国文物局、故宫博物院等携手开启全球巡展之旅，先后前往法国、意大利、韩国和新加坡等国家展示花丝臻品。

2015 年 7 月，萃华珠宝自筹资金建设萃华珠宝历史文化博物馆，地址在沈阳市沈河区中街路 29 号萃华金店总店三楼，建筑面积 1300 平方米。博物馆现有馆藏主要分为非物质文化遗产系列——花丝镶嵌精品展示、工具文物展示、历史产品展示、文史资料展示、其他大师精品展示五大区域；按清末、民国、抗战、新中国成立至今的时间段进行布局；按功能划分为展览展示、高端定制、VIP 多功能科教、东方美学体验等。萃华珠宝历史文化博物馆的建立是老字号企业对萃华金店这个中华老字号倍感珍惜并对其文化价值进行挖掘转化的具体实践，这里是凝聚萃华金店历史文化印记、书写萃华金店成长轨迹、佐证萃华金店真实历史传承、宣传推广中国传统非遗工艺、见证东北金银珠宝首饰工艺和产品发展进程、增强文化自信的集大成者，是中华老字号企业体现诚信文化和社会责任的载体。

匠人、匠心、不忘初心，萃华珠宝传承民族优秀文化，创新发扬非物质文化遗产，以振兴民族品牌为使命；围绕“勤、诚、信”的企业核心文化，秉承“持续改进、追求卓越”的创新理念，萃华人将始终坚持勤劳创新、自强不息的民族精神，做好萃华产品开发、做好客户服务。沈阳市亦将全力支持“老字号”企业发展与萃华金店的自身不懈努力形成的可持续发展实践经验，为“中华老字号”企业的发展提供典范与借鉴。

# 沈阳欧盟经济开发区与华晨宝马

沈阳欧盟经济开发区是辽宁省唯一入选国家生态环境部第一批城市和产业园区减污降碳协同创新产业试点园区。开发区地处沈阳市东北部，位于沈阳市汽车产业核心区。欧盟经济开发区是经沈阳市批准，由大东区成立的专门为华晨宝马、华晨金杯、上通北盛等沈阳汽车产业发展配套服务的园区。欧盟经济开发区的建立，是在已有大东区上园工业园与大东科技园的基础上，经市政府批准升级为沈海现代工业示范区，再到成立德国工业园，最后升级为沈阳欧盟经济开发区的过程。沈阳欧盟经济开发区总体规划为具有国际水准、集汽车制造、零部件制造、物流配送、研发等为一体的现代化、国际化的汽车产业开发区。一期规划建设面积 18 平方公里，其中 12 平方公里为产业区，6 平方公里为生活配套区。开发区按国际化标准设立，重点招商能够与华晨宝马等整车企业配套的国内外汽车零部件企业。欧盟开发区利用自身的区位优势和产业比较优势，定位欧美、日韩高科技汽车零部件项目。成立不到十年的时间里，就建成了沈阳东北部汽车产业内外资项目集聚区。世界 500 强企业纷至沓来，全球最大的紧固件投资商——德国伍尔特工业集团，世界 500 强企业——韩国浦项制铁、延锋江森座椅、延锋彼欧（伟世通）汽车外饰，德国波森尾气系统、德克斯米尔线束、瑞士立达、中瑞汽配等数十家全球知名企业相继入驻。有效解决了华晨宝马等整车关键零部件配套的要求，支持了宝马在沈阳 20 年的快速发展，特别是前十年关键时期的发展。

华晨宝马进入沈阳前十年是在沈阳市大东区发展的，以“欧盟”命名的开发区对其发展曾经作出重要贡献。德国波森尾气系统、德克斯米尔线束、延锋江森座椅、延锋彼欧（伟世通）汽车外饰等一大批生产汽车零部件国内外企业为华晨宝马整车生产实现就近配套。2010 年 6 月 8 日，总投资 1.4 亿元的宝马临时工厂在欧盟开发区内的致远工业园举行了开工仪式，宝马新 3 系（E90）项目在欧盟经济开发区正式投产。项目投产后年生产整车 3 万辆，产值超过 60 亿元人民币。市委、市政府主要领导对宝马 3 系临时工厂的顺利启动表示了祝贺并预祝宝马公司能够实现快速发展。区委、区政府、欧盟开发区领导与宝马方代表共同按下了启动按键，开启了加强对接、实现共赢发展的新征程。

| 宝马新 3 系（E90）项目生产线 |

为了实现华晨宝马新 3 系（E90）项目在欧盟经济开发区正式投产，欧盟开发区牢固树立服务意识，切实从企业最需要的地方出发，做细、做好、做实各个环节，真正打造出“亲商、安商、助商、富商”软环境。帮助华晨宝马选择了欧盟开发区内的致远工业园作为新生产基地，帮助企业解决了供电、道路、食堂等一系列难题。专门成立服务华晨宝马落地开发区的工作专班，成立沈阳欧盟经济开发区东盛公司，利用市场化手段解决宝马配套商落地欧盟开发区及发展问题，解决华晨宝马在沈阳发展的过渡阶段向市场不断供宝马车的难题。宝马新 3 系（E90）项目顺利投产与华晨宝马大东工厂为满足中国消费者的需求量身定做推出新一代 BMW5 系列，深受中国市场欢迎，为宝马公司深入开拓中国市场，增强对中国市场的投资信心发挥了重要作用。华晨宝马总部和华晨宝马 3 系总装生产总裁对沈阳市欧盟经济开发区表达了非常的感谢。

鉴于华晨宝马在沈阳得到的良好服务和快速发展，此后宝马总部加大了在沈阳的投资，特别是在沈阳铁西区建设了宝马新工厂，建设了华晨宝马研发中心、华晨宝马世界级新发动机工厂，同时在沈阳市、大东区及欧盟经济开发区的鼎力支持下，宝马在大东区的扩产计划也得到落实，2017 年 5 月，华晨宝马新大东工厂正式投产；2022 年 4 月，华晨宝马大东工厂产品升级项目正式投产。

2023 年宝马集团与沈阳携手合作走过 20 年。20 年间，从租用生产线开始，到建设全球规模最大的生产基地。产量从 2003 年年产不到 1 万辆提升到 2022 年年产 67 万辆；产值从 2003 年的 32 亿元猛增到 2022 年的 2310 亿元。沈阳华晨宝马成为德国宝马集团全球最大生产基地，其发展过程的大事记印证了沈阳速度。2003 年 5 月，华晨宝马合资合同签约仪式暨新闻发布会宣布华晨宝马汽车有限公司成立；2003 年 10 月，华晨宝马推出首款车型 BMW 325；2004 年 5 月，华晨宝马沈阳大东工厂正式揭幕；2006 年 11 月，

| 华晨宝马大东工厂俯瞰图 |

华晨宝马推出第一代 BMW5 系 Li，该车型为长轴距版，为满足中国消费者的需求量身定做；2012 年 5 月，华晨宝马铁西工厂正式开业投产，首个量产车型为 BMWX1；2013 年 9 月，华晨宝马研发中心正式在沈阳投入使用；2015 年 1 月，华晨宝马推出第一代 BMW5 插电式混合动力车型；2016 年 1 月，华晨宝马世界级新发动机工厂（2017 年正式更名为“动力总成工厂”）在沈阳正式开业；2017 年 5 月，华晨宝马新大东工厂正式开业；2018 年 1 月，华晨宝马第 2,000,000 辆 BMW 成功下线；2018 年 10 月，宝马集团和华晨汽车集团联合宣布，双方将延长华晨宝马的合资协议至 2040 年，进一步深化双方的成功合作。同年，宝马生产基地大规模升级项目——铁西里达厂区破土动工；2020 年 9 月，华晨宝马动力电池中心二期正式揭幕，成为宝马集团全球首个生产 BMW 第五代动力电池的生产基地；2020 年 11 月，华晨宝马首批创新纯电动 BMW iX3 正式出口全球市场，兑现宝马“在中国，为中国，为世界”的承诺；2022 年 4 月，华晨宝马大东工厂产品升级项目正式开业；2022 年 6 月，华晨宝马铁西工厂里达厂区正式开业，是 BMWi3 全球唯一生

产基地；2023 年 2 月，华晨宝马第 500 万辆 BMW 车成功下线；2023 年 5 月 18 日，华晨宝马汽车有限公司迎来 20 周年。宝马集团宣布，通过“新世代”车型开启电动出行的新时代。总投资 102 亿元的华晨宝马新世代电动总成项目在沈阳开工建设。将于 2026 年起在沈阳投产纯电云 BMW 新世代车型；同时，与之配套的 BMW 第六代动力电池项目全面动工，总投资 100 亿元人民币。

20 年来，华晨宝马沈阳生产基地已经生产超过 500 万辆汽车。现在，宝马集团每三辆车就有一辆交付中国，中国成为宝马集团最大的单一市场。华晨宝马与沈阳一起创造了“沈阳速度”。20 年来，华晨宝马已实现产值约 1.6 万亿元，纳税约 2400 亿元。累计投资已超过 950 亿元。宝马集团在沈阳发展步伐不断加快，形成了沈阳高质量发展的汽车产业集群，极大提高了沈阳城市在国内外汽车市场的影响力。

宝马集团在沈阳二十年的发展并取得骄人业绩，离不开沈阳市的鼎力支持。沈阳市始终秉持开放包容的姿态，打造一流营商环境，助力华晨宝马不断发展壮大。20 年间，宝马坚定地选择了沈阳作为合作伙伴。从沈阳欧盟经济开发区的服务个案可以窥见沈阳对华晨宝马企业发展的全力支持。华晨宝马在中国有 400 多家本地供应商，其中很多就在辽沈大地，正是沈阳良好的工业基础、优质的营商环境和产业优势让德国宝马在中国沈阳获得快速发展并对未来充满信心。

# 沈阳劳模：大国制造的风骨和脊梁

2023年4月28日，全国“五一劳动奖章”和“全国工人先锋号”名单出炉，沈阳4名个人、3家单位榜上有名。新中国成立以来，沈阳产生的“全国劳动模范”“全国五一劳动奖章”“全国工人先锋号”等荣誉累计超过500人(次)。截至2020年，沈阳共产生市级以上劳动模范近三万人（次），沈阳是中国劳模的摇篮。众多劳模用自己的无私奉献和卓越创造，让沈阳这座大国制造之都光彩照人。

沈阳是劳模的摇篮，在革命、建设和改革开放各个时代，沈阳劳模立足岗位、胸怀大局、勇于奉献，以把不可能变成可能的创新精神，“喊破嗓子不如做出样子”的务实精神，追求完美、精益求精的工匠精神，在平凡岗位做出了不平凡事业，成就了沈阳过去、现在的辉煌，也必然能创造沈阳美好的未来。

1948年11月2日，沈阳城市获得新生，工人们成了国家的主人。此时，面对千疮百孔、百废待兴的沈阳，工人们纷纷站起来，以主人翁的姿态挑起恢复和发展生产的担子，涌现出一批在全国有影响力的劳模，其中4名劳模最具代表性。

赵国有，新纪录运动创造者。赵国有是沈阳第三机器厂车工，他把加工

吴家柱、吴大有、林海丰、王凤恩在劳模会上

一个塔轮时间由原八九个小时缩短到50分钟。他还带动全厂掀起了创造新纪录高潮，引燃了东北生产新纪录运动，成了东北工人一面旗帜。1950年，他被评为全国劳动模范，并出席了全国工农兵劳动模范代表会议。

马恒昌，沈阳第五机器厂车工一组组长。马恒昌小组制定了“先检查装潢一个活儿”制度、“三人技术互助组”制度，实现了连续大干37天，没有出一个废品，在半年时间创造10项新纪录。1950年9月，马恒昌被评为全国劳动模范，马恒昌小组被评为全国劳动模范小组——新中国成立以来，第一个以个人名字命名的先进班组。

马德有，国营黎明机械制造厂工人技师，他利用废旧材料研制出5种发动机检修专用模具，大大提高了工作效率，被工友称为“马德有工具”。退休后，马德有依然无偿为工厂解决各种技术难题，其中制造一个近似于机械手工具，给工厂挽回几千万元损失。马德有退休后，还两次被黎明厂评为厂劳动模范。

高方启，全国第一个模范工厂厂长。在任沈阳五三工厂厂长期间，高方启在建立企业生产管理制度、理顺企业内党政关系等方面进行积极探索，创

“毛主席的好工人”尉凤英在工作中，13次获得毛主席接见

造闻名全国的“五三工厂经验”。1953 年五三工厂被中央人民政府财经委和中华全国总工会命名为模范工厂。

第一个五年计划期间，沈阳工业建设项目近 1500 个。这期间，沈阳劳模显示了“共和国长子”的担当。

张甲禄，沈阳电缆厂木工车间维修组长，被称为电缆行业的“土专家”。他设计五部传动自动送料木旋床，采用机械手传动，提高工效 12 倍。他研制设备 12 台、制造工具 18 种、改进设备 40 余台，是全国电缆行业公认的土专家。10 余次被评为省市劳模，两次被评为全国先进生产者。

王凤恩，全国工业战线生产建设“十面红旗”之一。王凤恩研制出新中国第一台 5000 千伏安大型变压器。1951 年到 1958 年，王凤恩先后革新创造机器设备、工艺装备 207 项，1959 年被评为全国先进生产者，参加全国群英会，他的事迹被拍成电影，编成连环画《红色工程师》。

尉凤英，“毛主席的好工人”。1953 年，尉凤英进入东北机器制造厂当车床学徒工，入厂 3 个月后独立上岗，入厂 3 年就被评为全国劳动模范，5 年共完成技术革新项目达 107 项。她仅用 21 天完成了全年生产任务，用了 434 天完成了第一个“五年计划”工作量，用了 4 个月完成了第二个“五年计划”工作量。1995年，尉凤英被国务院命名为“毛主席的好工人”，先后13次受到毛主席接见。

吴家柱、林海丰、吴大有，发起中国第一个工业技术协作活动。1961年6月，吴家柱、林海丰和吴大有组成互助组合作攻关。后来他们又找到沈阳市知名劳模加入，不久队伍如滚雪球般发展，突破100人，形成了强大气势。后来，沈阳市正式成立沈阳市劳模、先进生产者厂际经验交流和技术协作活动委员会，此后推向全国，全国绝大多数企业都有了职工技协组织。

金福长，刀具大王。沈阳重型机械厂技术员，成功研制24类220余种新刀具，创造出特种钢材零件的10余种加工方法，为厂内外解决重大生产技术关键180多项，被誉为“刀具大王”。

改革开放初期，沈阳劳模依然展示了责任和担当，创造了惊艳全国的辉煌业绩。

张成哲，革新大王，曾为沈阳铸造厂副总机械师、高力分厂厂长。20世纪60年代研制“六〇六”暖气片机械化造型生产线，70年代研制自动化轴流式回转前炉，80年代研制铸铁管漂浮检验机，填补国内铸造行业多项空白，创造和节约价值达数千万元。

赵希友，沈阳汽车发展的奠基人。他积极倡导发展沈阳汽车产业，创立了“金杯”汽车品牌并推向全国。他推出租赁式改革。1988年，金杯汽车股份有限公司向社会发行总价值1亿元优先股票；1992年，金杯股票在上海证券所上市，这是第一家北方上市公司。1992年10月，金杯股票在美国纽约证券所上市，成为中国第一家赴海外上市的内地企业。

杨建华，沈鼓集团工人。杨建华研究应用生产的“离心压缩机、鼓风机机壳拼装制造技术”获得国家科技进步二等奖，成为新中国成立以来辽宁省第一位获得此殊荣的一线工人。他推出了压缩机机壳“一·四拼装法”，实现了机壳生产质的跨越。

航空工业英模罗阳

罗阳，航空工业沈飞公司董事长、总经理。任职期间，他组织完成多个国家重点工程项目，为国防现代化建设作出了突出贡献。2012 年 11 月 25 日，在执行新型舰载机实验任务中，因劳累过度，突发心脏病，不幸以身殉职，年仅 51 岁。中共中央总书记、国家主席、中央军委主席习近平作出重要指示，要求全体党员、干部学习罗阳的优秀品质和可贵精神，国务院追授他为“航空工业英雄”。

“李志强班”，中国“最美职工”。李志强是中航工业沈阳黎明发动机有限责任公司发动机装配厂总装工段“李志强班”班长。他带领团队相继攻克了国家重点型号航空发动机装配关键技术，首创航空发动机装配“倒班操作法”，实现工艺创新 126 项，自行研制工装工具 312 件，创造了 99 天完成全年装配任务的全行业最高纪录。2014 年在由中宣部、全国总工会联合举办的“最美职工”评选中，“李志强班”成为全国 10 个获得者中唯一的集体。

一代代劳模，是沈阳城市的风骨和脊梁，展示的是时代最伟大的精神，凝聚的是推动城市发展最强大的力量。因为劳模，沈阳城市更精彩！

# 远大集团踢进世界杯一粒『金球』

2018年6月14日—7月15日，全世界球迷的盛宴——2018俄罗斯男足世界杯如期进行。其间，一个国际长途电话从莫斯科打到数千里之外的沈阳："由贵公司提供的67台博林特电梯，在摩尔多瓦竞技场和萨马拉竞技场两个世界杯主赛场运行良好、表现优异。本次世界杯，远大博林特踢进一个漂亮的'球'！"

| 远大集团玻璃幕墙产品出现在世界著名的建筑中 |

接到俄罗斯合作伙伴电话后，沈阳远大智能工业集团员工兴奋极了：“我们赢了！”

从2014年与国际巨头竞争得到进入俄罗斯世界杯赛场的资格证，再到2017年获得“参赛”资格，1000多天的时间里，远大博林特年轻的团队战胜了难以计数的挑战，最终以优异成绩，在俄罗斯世界杯赛场上树立“沈阳制造”形象！

世界顶级体育赛事，角逐的是体魄和精神，展示的是国家的综合实力。而号称人类第一运动的世界杯男足比赛，更是如此。当俄罗斯争得2018年世界杯举办权后，众多世界级的公司、产品，都想尽办法寻找世界杯的“破门”机会。

电梯是场地建设不可缺少的产品之一，采购哪个品牌，哪个品牌就会瞬间被世界瞩目。2014年开始，俄罗斯世界杯组委会启动了七个世界杯赛场建设工作，“经济世界杯”赛事一开始就异常激烈。

此刻，远在距离莫斯科数千公里之外的沈阳，有着足球情结的远大集团董事长康宝华定下方略：“远大博林特代表中国责无旁贷，不惜代价、必须成功！”

成立于2003年的远大集团博林特电梯公司，多年来形成了精益求精的全数控智能产品生产工艺流程，取得了百余项产品专利，通过了国际标准认证，拥有了世界级品质。这些实绩让博林特电梯不仅敲开了包括美国、德国、新加坡等发达国家在内的110个国家和地区的大门，也有了在世界级舞台与世界巨头一决高下的底气。

如同世界杯比赛一样，赛场电梯招标从一开始就进入了残酷的“淘汰赛”。网上中标、多轮竞标，涉及全部流程数百项指标考核……竞争是相当残酷的：因资料不合乎规则，第一轮就有一多半厂家、品牌被淘汰出局。第二轮，半数以上竞标者被剔除。第三轮，只剩下四家，包括无顶箱电梯发明者、拥有百年历史的芬兰通力公司，号称“电梯之父”的世界首部电梯的发明者，有150年历史的美国奥的斯公司。远大博林特电梯是唯一中国品牌。

超常的付出方能制胜。远大集团就组织来自销售、设计、制造等方面最优秀员工，成立世界杯项目组，开始“虎口夺食”行动。从每个细节最优，到整个方案最好；从向世界顶级标准看齐，到融入当地文化；从设计每个环节到安装现场具体问题，追求的都是极致……最终，摩尔多瓦竞技场和萨马拉竞技场两个世界杯赛场，共 67 台电梯供货合同花落远大。

“中国球员没有上赛场，中国制造进赛场了，远大集团让 2018 年俄罗斯世界杯有了中国元素！”获得博林特电梯进入俄罗斯世界杯赛场之后，远大智能全球运营国际公司原总裁丛峻感慨不已。

“绿茵场上，一支球队每场胜利，从根本上而言是团队合作的结果，更是一个系统协同运作的成功。现代化大生产制造下的电梯，成功中标世界杯赛场建设，是产业链的成功，更是远大集团系统运作的成功。”远大智能原副总裁孙鹏飞说。

| 远大集团博林特电梯生产车间 |

此时，远大国际贸易公司拥有 79 名员工，其中拥有硕士研究生以上学历的达 23 人，18 人有海外留学经历，大部分入职时间都在 10 年以上。这支通晓国际规则、高素质的销售团队，有丰富的国际销售经验，保证了在关键时刻让博林特电梯后来居上。

远大集团研发设计团队更是一支敢拼刺刀的突击队。世界杯赛场电梯属于个性化强的非标准产品，当时的远大智能公司俄罗斯区域经理王峰形象作了比喻："给做好的鞋子设计脚。"2014 年年初，总承包方把一个高标准的产品描述交给远大集团，并要求在 5 天内给出答复。远大集团设计队伍，只用 3 天就拿出圆满的设计方案，令俄方承包商佩服。

项目确定后，远大集团设计、制造、运输、维修、现场安装等十几个小组成立，形成了高质量运作体系：整个项目经历了多达上百个环节，呈现了一气呵成、无缝链接状态，各个工序环环相扣、严丝合缝，体现了现代化大生产的严谨，更展示了大工业化生产下团结合作的精神。2017 年 3 月中标，4 月设计方案出台，6 月第一批货发出，提前一个多月完成工期。

"沈阳制造"进入俄罗斯赛场，是"沈阳制造"体系的成功，中国机械工业联合会隋永滨总工程师如是点评。

2018 年 6 月 14 日，2018 年俄罗斯世界杯徐徐拉开大幕。无论 64 场比赛结果如何，无论出现哪匹黑马，无论冠军奖杯花落谁家，"沈阳制造"已获得成功：成功"踢"进世界杯一粒"金球"——67 台电梯，将在未来一个月时间里面，在两个赛场运送世界各地 88 万球迷和球员。搭上了世界杯这列高铁，中国制造、沈阳制造的影响力不断扩大、传播。

此次成功"踢"进世界杯一粒"金球"，为远大集团带来了直接效益：世界上采购电梯标准最高的新加坡市场首传捷报，新加坡政府决定分两批新采购共计 518 台博林特电梯；印度订单也来到：孟买地铁采购 86 台地铁用电梯；印度海德拉邦保障房工程采购 511 台电梯……

# 东北制药『一切为了人民健康』写满了荣光

2022年12月16日，“东北制药”上了微博热搜第一：东北大药房出售被网友誉为“神药”的退烧药——对乙酰氨基酚片（扑热息痛）仅售2元一板。一时间，东北制药“良心企业”叫响行业品牌。

在70余年发展历程中，传承红色基因，从“一切为了战争，一切为了伤病员”到“一切为了人民健康”，东北制药发展之路充满了家国情怀。

1946年9月1日，佳木斯市，东北制药总厂成立。

“1948年3月，我在父亲陪同下参军，开始在东北军区总后勤部卫生部所属东北制药厂工作，当时的口号是‘一切为了战争，一切为了伤病员’。”离休干部、原东北制药厂招待所所长、已过耄耋之年的杜彦荣老人说。

沈阳解放后，东北制药厂南迁沈阳，接收沈阳原日伪制药厂，生产规模迅速扩大，强有力地支援了东北和全国解放战争。

1953年，国家投入资金开辟了东北制药厂南院生产区，新建了磺胺噻唑、合霉素、氯磺酸等新车间，改造了葡萄糖与活性炭车间，重建研究所，扩大了新产品品种，先后试验成功维生素C、维生素B1、氯霉素等新产品。此时，东北制药厂改变了我国原料药依赖进口的状况，为我国医药工业开创了独立

| 东北制药厂区 |

自主、自力更生的新局面。

离休干部、原华北制药厂党委副书记胡显宗老人回忆："1954年6月，我从东北制药第三厂调到华北制药厂筹备处，不久到轻工业部医药工业管理局设在上海的俄训班学习俄语。我从那里赴苏学习。1956年6月回国，投入华北制药的创建当中。当时支援华北制药的东北制药人有近百人。"

从"一五"计划时期开始，为配合全国医药工业合理布局，东北制药厂先后将设计室、研究室、土建与安装工程队等企业生产的先锋部队上交国家，并参加华北制药厂等重点工程建设。同时，东北制药厂为全国9个省市52个企业培训技术工人800多人，为促进原料药生产在全国遍地开花发挥了基地作用。1954年至1985年，东北制药厂援建了华北、太原、新华、青海、湖北、西南合成、辽宁朝阳等十几个制药企业，并输送技术骨干1381人。他们远离故乡，付出艰辛、血汗甚至生命，为祖国医药工业的建设和发展作出了重要贡献。

此阶段东北制药厂更是在共和国制药史上创造了众多第一：

1946 年，以一白（葡萄糖）一黑（活性炭）开创中国化学制药先河。

1951 年，国内第一个工业化生产的合成抗疟药盐酸氯胍（百乐君）试产成功。

1958 年，首次在国内运用“一步发酵法”（莱氏法）生产维生素 C，确定了维生素类原料药的领导地位，国内首家生产氯霉素产品。

1964 年，全国第一个维生素 A 生产车间建成投产。

1973 年，国内首家丙炔醇及其系列产品实现工业化生产，投产抗病毒药金刚烷胺。

1986 年 8 月，成立了国内第一个跨地区、跨行业、跨所有制、多层次的经济联合体——东北制药联合企业集团。

1985 年 3 月，东北制药厂与辽宁省体育运动技术学院达成联办辽宁男子足球队的协议。其后，辽宁足球队主教练李应发和东北制药厂厂长赵烽两手相握，开创了国内企业联办运动团队的先河，缔造出企业与体育合作共赢的“东药模式”。

1988 年 12 月 13 日，中国第一家半职业化的足球俱乐部——东北制药联合企业集团足球俱乐部应运而生。从 1984 年首届足协杯冠军开始至 1993 年，东药足球俱乐部先后获得 2 个足协杯冠军、6 个甲级联赛冠军、1 个亚俱杯冠军和 1 个全运会冠军。1990 年 4 月 29 日，辽宁东药足球队为中国首夺亚俱杯冠军，中国足球协会贺电：“在中国足球运动前进历程中，写下了可喜的一页。”

体育扬名，生产进步。

1984 年，维生素 C 获质量金牌。东北制药厂先后荣获国家医药局、辽宁省、沈阳市“质量管理奖”，1989 年 3 月荣获全国企业管理优秀奖企业“金马奖”，1991 年被命名为国家一级企业。

1995 年 6 月 30 日，在中国医药发展史上当为浓墨重彩的一天：万吨维生素 C 项目一次开车成功。至此，东北制药维生素 C 新工艺和工业化技术水平处于国际先进水平，进而打破了我国维生素产业被少数国际巨头垄断的局面。

1997 年，东北制药把“三改一加强”贯穿生产经营全过程，强力推进综合整治，企业经济形势发生明显变化。1998 年，全年实现利税 8558 万元，一举扭亏为盈，成为全国扭亏脱困典型。

2018 年，东北制药作为沈阳市唯一混合所有制改革试点企业，通过资本市场定向增发项目引入民营企业辽宁方大集团作为战略投资者。混改后，东北制药活力被充分激发，运行质量和经济效益显著提升。混改当年，东北制药实现营业收入 74.67 亿元，比上年同期增长 31.54%；净利润总额 1.95 亿元，

| 东北制药现代化生产车间 |

同比增长 64.04%；缴纳税金 5.1 亿元，同比增长 49.06%；员工人均月收入同比增长 61.81%。

2022 年，东北制药实现营业收入 88.09 亿元，比上年同期增长 8.15%；实现归属于上市公司股东的净利润 3.50 亿元，比上年同期增长 253.58%。

目前，东北制药正在实施“创新药引领、仿制药跟进”的双创新驱动战略，以寻找创新机遇为突破口，有系统、有方向、有计划地加快向研发型、创新型药企转型升级。

“一切为了人民健康”，东北制药正在面向高质量发展新时代继续书写新的发展传奇。

# 华晨宝马『沈阳制造』的新高度

2023年5月18日，是华晨宝马汽车有限公司成立20周年纪念日。当天，宝马集团宣布：2026年起在沈阳投产具有划时代意义的纯电动BMW新世代车型，BMW第六代动力电池项目全面动工，宝马沈阳研发中心二期扩建项目正式启用。其中，动力电池项目总投资100亿元人民币，规划面积24万平方米，是现有动力电池生产面积的5倍，并将创造2000个新的工作岗位。

20年时间，华晨宝马在沈阳累计投入超过千亿元，建设成了宝马大东工厂、铁西工厂、里达厂区、发动机工厂、研发中心、中国首家动力电池制造中心。作为德国宝马集团海外最大基地，2022年华晨宝马产量达83万辆，这是世界汽车史发展的一个高度，更是“沈阳制造”的一个新高度。

2003年3月27日，北京人民大会堂，华晨汽车与宝马集团举行隆重签约仪式。专程从德国慕尼黑赶来参加签约仪式的宝马集团董事长庞克博士，面对中外记者道出了选择沈阳的原因：训练有素的大批产业大军、完整的工业体系、雄厚的制造业技术积累、能与德国工业对话的工业文明……

随后，华晨宝马来自德国的历任CEO，如吴佩德、康思远、魏岚德、戴鹤轩……都不吝对沈阳的赞美之词，他们坚定一个共同价值认知——沈阳

| 华晨宝马第 500 万辆车下线 |

拥有发展工业的沃土，在这里能生产出世界级的产品，能创造现代工业文明发展的奇观。

有了认识高度统一，也就在行动上高效务实：全方位践行对中国市场长期发展的信心和承诺，第一时间引进宝马最新车型、打造世界最绿色环保科技制造基地、成立中国研发中心、不断推动产品本地化进程、全方位满足中国消费者需要、践行企业社会责任……很快，德国工业文明与百年工业城市沈阳有了深度融合，结出累累硕果。

2007 年 3 月 5 日，华晨宝马第 5 万辆车下线。这一年，华晨宝马年产量超过 3 万辆；2012 年，华晨宝马全年销量超过 14 万辆，同比增长 49.5%，成为国内增长最快的高档汽车品牌；2015 年 1 月，华晨宝马第 100 万辆车下线，同年销量达到 28.7 万辆；2018 年，华晨宝马年销量突破 50 万辆；2021 年，华晨宝马产量超过 70 万辆，同比增长 16.25%，营收达到了 2130 亿元，同比增长 13%，纳税 430 亿元，同比增长 14%。连续 17 年，华晨宝马成为沈阳纳税第一大户。

2012 年 5 月 24 日，总投资 15 亿欧元的华晨宝马铁西工厂开业；2016 年 1 月 22 日，年生产能力 40 万台华晨宝马发动机工厂落户沈阳；2017 年 5 月 19 日，总投资 76 亿元人民币的华晨宝马大东新工厂开业；2022 年底，总投资 100 亿元宝马全新动力电池项目签约。2022 年 6 月 23 日，里达厂区正式开业，该项目总投资达 150 亿元，占地 290 万平方米，是遵循 BMW iFACTORY“精益、绿色、数字化”战略兴建的，面向未来的工厂。

宝马在沈阳 20 年的发展，不仅是快速度与大规模，还有丰富的内涵：宝马新大东工厂是公认的德国“工业 4.0”代表，宝马铁西工厂则被誉为世界最环保、技术最先进的工厂，而宝马研发中心是德国本土以外的第一个研发中心，宝马发动机工厂是欧洲以外宝马第一个工厂，宝马里达厂区则是执行宝马集团战略的最佳范例。

| 华晨宝马新 BMW 5 系 Li 整车下线 |

20 年间，华晨宝马用“激情与速度”，成为中德两国合作共赢发展的典范。

从叩开沈阳大门之日起，宝马就给沈阳带来了世纪大考：大到沈阳整座城市，小到中德园一个项目；上至市、区政府，下到社区百姓。20 年间，以市民素质大提升、政府服务水平大提高、区域营商环境大改善，沈阳书写了一份高质量的答卷。

在“建设宝马美好新家园”召唤下，一种激情在沈阳点燃：用谦虚学习的精神，以主动积极的态度，扎实细致去服务宝马项目，去经营城市，而这种激情是在众多项目建设者的持续努力中、在无数个彻夜不眠的灯光中全面展开……只争朝夕、全力以赴去落实每个承诺、去做好每个细节，奏响了沈阳时代发展最强音，点燃了沈阳城市奋斗激情，创造了一个个中国速度。

“沈阳创业激情打动了我们”，曾任华晨宝马总裁兼 CEO 魏岚德谈及华晨宝马新厂落户沈阳的原因时深情地说。

20 年来，华晨宝马聚集了 2.6 万名员工，这些大部分来自沈阳的“江东弟子”，到德国工厂学习，到世界各地去交流，参加各种培训，进行世界最先进的制造……在德国制造体系下一批国际化人才在成长，沈阳成为最能读懂宝马眼神的城市。

“在这里，我们不仅有回到家里的感觉，也让自己的工作如鱼得水。”2016 年 11 月，在慕尼黑宝马集团总部，一位曾经在沈阳工作三年的德国专家如是说。

服务宝马 20 年，是沈阳市更是铁西区和中德高端装备制造产业园屡屡创新改革、推出发展经验的 20 年。从获得全面创新改革试验区、老工业基地改造暨装备制造业发展示范区、国家可持续发展实验区、强国战略试点，再到已向全国推广的项目承诺制等经验，沈阳始终是改革开放的“国家队”；从创建“投资无顾虑、进入无门槛、建设无干扰、发展无障碍”模式，再到形成“管委会＋园区”制度，以及项目引进、建设、投产及日常服务系统化制度化，一流的国际化营商环境在沈阳彰显出迷人的魅力。

华晨宝马是一所大学，不仅为沈阳培育了一批适应现代化大工业发展的人才，德国工业文明等先进理念也被引入沈阳，同时正在形成与市场经济、与世界发展相适应的营商环境，成为沈阳城市未来的核心竞争力。

宝马让沈阳领略了世界风光，世界通过宝马看到沈阳独特风景。

金秋时节，中德产业园西峡谷碧波荡漾，中德大道翠柳依依，宝马工厂生产井然有序，即将投入使用的积水潭国际医院格外瞩目，一批正在建设的项目，正在以别具一格的方式迎接来自全球的一大批投资商涌入。

沈阳，一个总投资达千亿元、年产百万辆宝马汽车的城市成了投资者的首选地。

宝马选择了沈阳，华晨宝马创造了奇迹。

# 新松公司惊艳世界的『北京8分钟』

2018年2月25日21时18分（平昌时间），在2018年平昌冬季奥运会闭幕式主会场——平昌奥林匹克体育场，著名导演张艺谋指导，名为“2022，相约北京”的文艺表演开场了。站在世界舞台上，沈阳新松机器人自动化股份有限公司提供的24台移动机器人，用人机和谐的美轮美奂8分钟，精彩地展示了中国制造的科技实力，惊艳了世界。这炫舞8分钟，被称为“北京8分钟”。

从被选中到刻苦训练，再到惊艳世界的“北京8分钟”，是新松公司18年技术积累的总爆发，展示的是一个中国机器人领军企业持续创新的卓越成就。

2000年，伴随着科技产业化的浪潮，中国科学院沈阳自动化所研究员曲道奎博士，带领对机器人充满热爱的年轻团队下海，成立了新松公司。新松，这个以中国机器之父、原中科院沈阳自动化所所长蒋新松命名的企业，从成立之初就传承了蒋新松等中国老一辈科学家的家国情怀和奋斗精神，并把创新融入企业发展全过程，瞄准国家战略发展需要，面对激烈的国内外市场，开创了一条从跟随市场到引领市场的发展之路。

| 新松公司智慧工厂 |

从企业成立之初的大半年没有拿到像样的订单，到 2007 年获得美国通用汽车全球采购订单，新松公司改写了中国机器人出口的历史；从 2003 年、2007 年两次冲刺资本市场未果，到 2009 年成功登陆创业板，中国机器人第一股诞生、股值一度列全球机器人企业第三，新松成为全球机器人行业发展最快的企业；从代表机器人水平的焊接机器人进入一汽，到移动机器人出口美国，再到洁净机器人进军 30 个国家和地区，新松公司实现了企业价值高速增长；从创业之初一间办公室，到浑南三期产业园，再到在上海、杭州、青岛建有研发制造基地，再到在上海、北京设立研发总部，新松公司向一流企业大步迈进；从当初创业的二十几位年轻人，到来自五湖四海的 3000 多名研发人员汇聚一起，再到在美国、日本、德国等国设立分支机构，再到发展成为包括工业机器人、移动机器人、服务机器人在内全球最全的机器人产品线，新松公司成了高科技企业发展的样本……

十八岁的新松，以青春逼人的锐气，成为中国高科技企业发展速度最快、发展质量最好的企业，演绎了中国制造从弱到强成长的“中国故事”。

“新松公司的成功，在于我们处于这个伟大的变革时代，顺应了人类社会产业发展大势，也在于我们持之以恒的不断创新。是创新让我们创造了发展的奇迹！”谈及企业发展的奥秘，参与和领导了新松公司发展全过程的新松公司原总裁曲道奎深情地说。

2017 年 8 月，世界机器人大会在北京举行。此次大会，代表中国力量的沈阳新松机器人成为焦点，也吸引了北京冬奥会组委会的一位负责人。

正是这次结缘，让张艺谋团队有了到沈阳新松公司考察的机会。

走进新松工厂，艺术家们很快被沈阳新松强大的实力所折服。企业近五年的表现，更让张艺谋放下心来：新松公司吸引全球高端技术人员近千名，其中包括 10 位海外博士；如今，企业员工规模达 4000 人，科研人员中，博士硕士近半；公司实现上百项核心技术突破，产值平均增幅超过 40%。特别是移动机器人技术已达到国际先进水平，并出口美国、俄罗斯等国家。眼

| 新松公司数字化生产线 |

前这支中国机器人行业国家队，足以代表国家“出征”。

此时，从中央歌剧院传来消息，由沈阳新松公司提供的 5 台机器人经过实验表现良好，新松公司移动机器人通过初次“选秀”。

2017 年 10 月，进入北京昌平训练基地之初，张艺谋团队的艺术家们看到新松机器人，眼中更多的是焦虑。因为在前两周，机器人尚与人无法配合，并常出现小毛病，而解决一个小问题就要花费三四个小时。弃用机器人的想法，不断在艺术家们头脑中闪现。然而，经过两三周的磨合、调整后，随着大大小小的难题一一迎刃而解，新松公司智能机器人成为导演组最放心的“演员”。

而这背后的代价是 5 个月夜以继日的工作。据统计，这 5 个月，新松公司团队解决了大大小小问题数百个，实现了包括导航、定位、轨迹控制、安全保障等 10 余个核心技术的突破。

2018 年 2 月 11 日—17 日，新松公司团队陆续抵达韩国平昌。现场拆装、重组、维护……团队充分利用冬奥会组委会每天给的 3 小时排练时间，还应对了下雪、大风、大雾等极端天气。25 日晚上，24 个移动机器人成功参加的表演，填补了中国大型机器人表演空白，同时也创造了大型机器人完美协作的世界级范例，给全世界带来一场精彩绝伦的演出。

一次在国际舞台上成功的亮相，坚定了前进的信心，增强了发展的勇气。

“新松机器人在国际舞台上看似简单的 8 分钟亮相，实际上显现了 18 年产业积累的硕果，不仅大大提升了新松公司企业品牌的美誉度，更坚定了新松公司发展智能制造的决心，坚定了沈阳把握住机器人与人工智能、物联网深度融合这个战略新兴产业发展方向。新松公司将在创新的大道上奋勇前行，以不辜负这个伟大的时代。”新松公司总裁张进对未来充满信心。

# 北方重工挺起大国工业脊梁

1963年，继雷锋之后又一个英雄的名字在全国传颂——欧阳海。

在记录英雄事迹的《欧阳海之歌》中，有这样一个情节：一列装载着机器的列车正风驰电掣而来，机器上面写着“沈重制造”。

“沈重制造”是新中国成立初期叫响全国的品牌。它与“沈矿制造”都是中国重工业产品高质量标识，用当今流行语，沈重、沈矿是那个年代“网红”和“打卡地”，被誉为“中国重机工业摇篮”。

新中国成立后，中国面临的首要任务，就是将封闭落后的农业国建设成为现代化的工业国。1953年，伴随着第一个五年计划和实施优先发展重工业战略出台，中国工业版图上出现了两个国家级企业——“沈阳重型机器厂”和“沈阳矿山机器厂”，这两个企业以发展国家重矿机械为使命，成为新中国工业化的先锋队。

国家使命就是员工的奋斗动力之源，新中国新气象，从挥洒热血到奉献青春，沈重、沈矿人短时间内迅速实现了企业重建，并很快研制出一大批国家工业化急需的重大装备，为新中国工业体系建立作出了突出贡献。

1950年，沈重接到了为志愿军打造10万把军镐的任务。在没有原料、

| 原沈重铸造车间 |

没有合适打磨工具的情况下，全厂职工捡拾废钢，自己制造砂轮机，仅用19天就完成10万把军镐的制造任务，有力地支援了前线。

1952年，当时《沈阳日报》登载了沈重职工给毛主席的一封报捷信，信上说：沈重生产出了新中国历史上第一台真正意义上的“重型机器”——5吨“蒸气—空气两用锤”，结束了新中国不能锻造大型部件的历史。

此后，来自沈重、沈矿的产品，长期占据社会主义建设的全国“头条”：

1953年，沈矿试制成功我国第一台直径为1000毫米的圆盘给矿机、第一台TVU万能悬挂筛、第一台直径为2000毫米的冷却给矿机。

1958年，沈矿创造了一个奇迹：两吨炉炼7吨钢，被称为“茶壶煮猪头”。这一年，沈重研制出高26米、重550吨的中国第一台2500吨自由锻造水压机，结束了中国不能生产水压机的历史；这一年，沈重自主研制700/500毫米初轧钢机组，是我国第一套年轧60万吨钢坯的轧机生产线，开创了中国生产大中型轧钢设备新时代。

1959 年，沈重为武钢制造年产 100 万吨型钢轧制机组，填补了成套型钢轧机空白。

1960 年，沈重制造出 12500 吨有色金属卧式挤压机，使中国成为世界上第三个拥有万吨级挤压机的国家。

1964 年，沈重为西南铝厂制造 6000 吨锻造水压机，一直到今天仍完好地被使用。

1966 年 6 月，我国第一台永磁筒式磁选机，新型高效选矿设备在沈矿诞生……

自 20 世纪 60 年代以来，沈矿创新设计了一批大型高效矿山机械设备，如大斗容挖掘机、大型球磨机、磁选机、浮选机、离心脱水机……

截至 1985 年，沈重为国家提供近百万吨、一万多台套大型机器产品，其中 40 余种产品填补国内重型机械产品空白。截至 1985 年，沈矿为国家提供近 50 万吨大型矿山选矿运输机械产品，其中有 46 种产品填补国内空白，有些达到了国际先进水平。

为共和国经济建设提供工业“母机”的过程中，两个企业还把管理、人才、技术等企业经营经验及模式，无偿地支援给其他兄弟省市，最典型的是支援三线建设。20 世纪 60 年代，在“好人好马上三线”口号声中，作为国家机械行业排头兵企业，沈重、沈矿把最珍贵的人才源源不断地输送出去。一重、二重、太原重型机器厂、洛阳矿山机器厂、陕西压延设备厂等重点装备制造企业，有的企业从厂长、工段长到一线工人清一色是“沈重造”“沈矿造”，时至今日，在这些企业里还不时“飘”过带有浓浓沈阳味的口音。

1988 年，时任机械工业部部长周子健对沈重如此评价：“沈重不可替代，是大国重器，是国家宝贵财富，最值得尊重！”

“为有牺牲多壮志，敢教日月换新天”。中国从农业社会向工业社会迈

|2006 年 4 月 27 日，北方重工生产的国产第一台盾构机出厂|

进，靠的是全中国人民的辛勤努力，也离不开老工业基地的智慧和奉献。作为中国工业化策源地之一，沈阳贡献突出，北方重工厥功至伟。

# 沈阳机床：中国工业化的先锋力量

迈进通用技术沈阳机床企业展厅大门，满眼是沈阳这座城市对国家的贡献，作为沈阳人的自豪感油然而生。

新中国第一台普通车床、第一台摇臂钻床、第一台卧式镗床、第一台数控车床……填补多项国家空白；累计向全国输送超过 70 万台机床，强有力

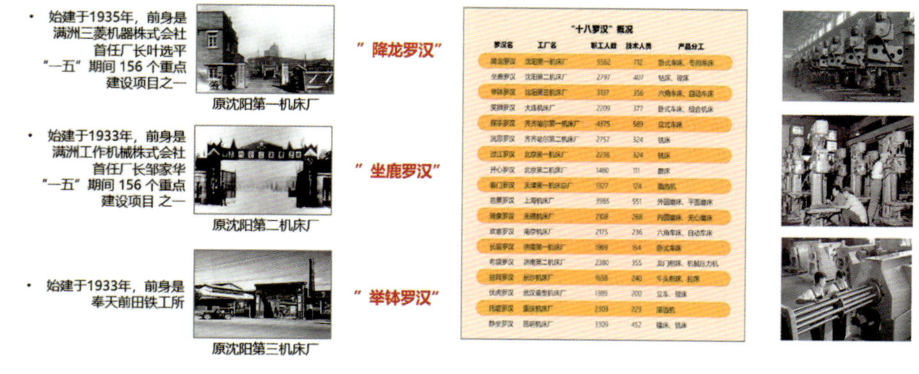


| 罗汉名 | 工厂名 | 职工人数 | 技术人员 | 产品分工 |
|---|---|---|---|---|
| 降龙罗汉 | 沈阳第一机床厂 | 5562 | 712 | 卧式车床、专用车床 |
| 坐鹿罗汉 | 沈阳第二机床厂 | 2797 | 407 | 钻床、镗床 |
| 举钵罗汉 | 沈阳第三机床厂 | 3137 | 356 | 六角车床、自动车床 |
| 笑狮罗汉 | 大连机床厂 | 2209 | 377 | 卧式车床、组合机床 |
| 探手罗汉 | 齐齐哈尔第一机床厂 | 4375 | 589 | 立式车床 |
| 沉思罗汉 | 齐齐哈尔第二机床厂 | 2757 | 324 | 铣床 |
| 过江罗汉 | 北京第一机床厂 | 2236 | 324 | 铣床 |
| 开心罗汉 | 北京第二机床厂 | 1480 | 111 | 磨床 |
| 看门罗汉 | 天津第一机床总厂 | 1327 | 124 | 插齿机 |
| 芭蕉罗汉 | 上海机床厂 | 3985 | 551 | 外圆磨床、平面磨床 |
| 骑象罗汉 | 无锡机床厂 | 2108 | 268 | 内圆磨床、无心磨床 |
| 欢喜罗汉 | 南京机床厂 | 2175 | 236 | 六角车床、自动车床 |
| 长眉罗汉 | 济南第一机床厂 | 1969 | 164 | 卧式车床 |
| 布袋罗汉 | 济南第二机床厂 | 2380 | 355 | 龙门刨床、机械压力机 |
| 挖耳罗汉 | 长沙机床厂 | 1638 | 240 | 牛头刨床、拉床 |
| 伏虎罗汉 | 武汉重型机床厂 | 1389 | 200 | 立车、镗床 |
| 托塔罗汉 | 重庆机床厂 | 2303 | 223 | 滚齿机 |
| 静坐罗汉 | 昆明机床厂 | 3309 | 452 | 镗床、铣床 |

“十八罗汉”有其三，沈阳是中国“机床之乡”

地推进了中国迈向现代化；为中国孵化了数十家机床或刀具企业，全面推进农业中国迈向工业中国；培养了劳模文化，滋养了中国工业文明。沈阳机床，挺起了中国装备的脊梁！

新中国成立之初，按照全面规划、合理布局的原则，在三年国民经济恢复时期和“一五”期间，国家对接管的一批机器厂和机械修理厂进行改造扩建，确定了陆续在全国各地改造和新建18个机床厂，同时明确了各自的产品分工与发展方向，业界内称“十八罗汉”。“十八罗汉”形成了我国的机床行业骨干企业，完成新中国机床工业布局。其中，排名前三的“罗汉”花落沈阳。

作为“一五”期间国家156项重点工程项目之一的沈阳第一机床厂（“降龙罗汉”），与沈阳第二机床厂（“坐鹿罗汉”）、沈阳第三机床厂（“举钵罗汉”）被国家定位为发展车床、钻镗床、自动机床等产品。从此，以排头兵企业出现，以创造引领中国机床行业发展为己任，沈阳机床与中国工业化紧密地联系在一起。

在这里，新中国第一台皮带车床、新中国第一台普通车床、新中国第一台摇臂钻床、新中国第一台卧式镗床、新中国第一台自动机床、新中国第一台数控车床……先后诞生。其中，沈阳第一机床厂研制的车床C620-1成为第三套人民币正面图案。

1972年，沈阳第一机床厂经过对C620-1车床改进，研制了CA6140普通车床，集结构先进、性能可靠、质量稳定、操作方便等诸多优点行销全国，成为最受欢迎的产品。该产品作为机床设计、机床电气、机床制造、车削加工、机床维修等经典案例，写入我国大学机械教材，被业界誉为“普通车床家族中的经典”。

20世纪50年代，沈阳第一机床厂职工人数为5500余人，生产产品为卧式车床、专用车床；沈阳第二机床厂（中捷友谊厂）职工人数近3000人，生产钻床、镗床；沈阳第三机床厂职工逾3100人，生产六角车床、自动车床。三大企业员工总人数超过万人，沈阳当之无愧成为中国机床最重要的生产基地之一。

新中国成立以来，机床“沈阳制造”占同期全国机床保有量的十分之一，超过70万台进入国民经济各个领域，极大地推动了中国工业化的进程，大大地提升了全国工业化水平，沈阳机床成了那个时代的大英雄。

改革开放以后，第一台数控镗床、第一台五米激光丝杠测量仪、第一个AB轴摆动的五轴立式加工中心、第一次实现“国产数控”装备国产机床、最大的摇臂钻床FRD16050、第一台FBC200r大型数控落地式镗铣加工中心……陆续在沈阳推出，沈阳机床打破了国外垄断，极大地维护了民族利益。

20世纪五六十年代，在源源不断向祖国各地输送工业母机的同时，沈

| 沈阳机床集团机床生产线 |

阳机床派出大量干部、技术人员和工人，拿出大量关键设备援建了一大批三线机床企业，为新中国机床产业新格局建设作出巨大贡献。

据不完全统计，1950 年至 1967 年的 18 年间，沈阳机床三大工厂共援建全国机床类企业 5 家、机床工具及机械类企业 8 家，总计援建 13 家工业企业。这些企业包括齐齐哈尔第一机床厂、第一重型机器厂、洛阳矿山机器厂、洛阳轴承厂等，这些企业当中很多至今仍然发挥着重要作用。

20 世纪五六十年代，沈阳第一机床厂、中捷友谊厂还曾先后援助朝鲜、越南、索马里等国，代培生产与技术骨干，搭建起一座座国际友谊的桥梁。

沈阳机床，作为国家重点建设的机床骨干企业，同时是机床工业高尖端人才的成长摇篮。

全国人大常委会原副委员长邹家华、全国政协原副主席叶选平曾分别在中捷友谊厂、沈阳第一机床厂工作 10 年，邹家华曾任中捷友谊厂第一任厂长，叶选平曾任沈阳第一机床厂副厂长兼总工程师。

沈阳机床还产生了新中国工人代表：马恒昌和赵国有。从 1950 年至 1978 年，“马恒昌小组”搞技术革新 840 项，取得国际先进经验 109 项，马恒昌不仅被授予“全国劳动模范”等荣誉称号，还曾连续六届被选为全国人大代表；赵国有创造了车“塔轮”的新工具，使“塔轮”制作工时由 24 小时缩短到 50 分钟，引发了当时东北地区的工人创造新纪录的热潮。

马恒昌、赵国有立足岗位、胸怀大局、勇于奉献的精神，追求完美、精益求精的工匠精神，鼓舞了一代又一代沈阳机床人。他们身上体现出来的劳模精神和工匠精神，已经成为推动新中国工业建设和发展的宝贵精神财富，直到今天仍然在放射光芒。

1995 年 12 月 18 日，通过对沈阳第一机床厂、中捷友谊厂、第三机床厂资源整合，沈阳机床集团成立。

2019 年 12 月 20 日，中国通用技术集团战略重组沈阳机床，沈阳机床开启了发展的新篇章。

沈阳机床将沿着工业服务、工业互联网方向继续发展，并探索新的业务模式；以传统机床工业为基础，促进产品从中低端向中高端升级。同时，加大创新驱动力度，在产品质量和企业经营质量上下大功夫，真正走高质量发展之路。

# 沈铸所：铁流凝变的中国顶级魔术师

2021年6月28日，习近平总书记为金沙江白鹤滩水电站首批机组投产发贺信称赞："白鹤滩水电站是实施西电东送的国家重大工程，是当今世界在建规模最大、技术难度最高的水电工程。全球单机容量最大功率百万千瓦水轮发电机组，实现了我国高端装备制造的重大突破。"其中的"重大突破"就有沈阳制造的重大贡献：白鹤滩电站水轮机关键核心铸件是中国铸造行业顶级单位，沈阳铸造所有限公司（下称沈铸所）研制的。

沈铸所脱胎于沈阳铸造研究所。成立于1957年，作为全国唯一铸造技术行业归口单位，沈阳铸造研究所不仅汇聚了全国铸造方面精英，而且承担了国家大量铸造材料、工艺及装备的研究开发及推广工作。经过多年发展，沈阳铸造研究所在应用基础研究、核心技术攻关、学术交流、技术普及提升等方面引领全国同行业，并开发出一批具有世界先进水平的铸造材料、工艺和装备，推动中国铸造工业向世界先进水平迈进。多年来，沈阳铸造研究所承担了200余项国家级科研项目，取得科研成果700余项，获得包括国家科技进步奖、技术发明奖在内的国家级奖励19项、省部级奖励200余项。弥足珍贵的是，沈阳铸造研究所牵头组织或参与制订、修订铸造专业国家标准

| 沈铸所亚洲最大的真空自耗凝壳炉 |

和行业标准近 300 项，成就了铸造技术国家引领者的地位。不仅如此，因为拥有中国绝对一流的铸造技术和人才，沈阳铸造研究所还赢得了世界铸造组织的青睐，是世界铸造组织 4 个标准委员，前所长娄延春研究员当选 2020 年和 2021 年世界铸造组织（WFO）副主席。沈阳铸造研究所成功助力中国拥有世界铸造行业的话语权。

1999 年，沈铸所开始走向企业化经营之路。此时，沈铸所国家使命更加清晰，研究和发展方向更加聚焦：为发展国家高端装备制造提供铸造技术和服务。转制 20 余年来，沈铸所根据国家战略需求，研制高端铸造技术、工艺及装备，为高质量发展提供支持，实现多项“卡脖子”技术的突破，其中“大型水轮机关键件双精炼铸造技术及产品”和“优质铝、镁合金铸件变压反重力铸造成套技术”获得国家科技进步奖二等奖；“电渣熔铸大型变曲面异形件关键技术”获得国家技术发明奖二等奖。通过多年的技术积累和实践，沈铸所公司形成了完善的高端铸造成型工艺技术和复杂铸造件制造技术体系。

目前，沈铸所产品已全面覆盖国内高端装备领域，实现了“上天入地”：太空卫星和火箭，空中导弹和飞机，地面装甲和雷达，海洋舰船和潜艇……随处可见沈铸所的标识。在能源装备领域，三峡大坝、葛洲坝、金沙滩、白鹤滩水电站等国内重点工程的发电机组核心铸件中也有沈铸所的杰作。

“八五”期间，沈铸所开始积极参与三峡项目的前期预研和中间产品的试制工作，完成了低碳马氏体不锈钢双精炼技术研究及电渣熔铸水轮机铸件关键工艺研究。1990 年，沈铸所实现了电渣熔铸水轮机铸件产品的中试及产业化；1992 年，完成了天生桥电站导叶和模压叶片产品鉴定，其电渣熔铸产品全面进入水电装备市场。

1997 年，沈铸所自行投资研制了 30 吨特种电渣炉及配套装置，形成了大型电渣导叶生产能力。随后，向三峡电站一期工程提供了 4 台机组导叶，成为当时三峡电站左岸机组唯一具有自主知识产权的国产铸锻件。

随后，沈铸所开展了百万千瓦大型水轮机叶片产品技术攻关，将电渣纯净化冶金、电渣焊接和模锻精密成形有机结合，发明了一种新的大型铸锻件制造方法，替代了传统砂型铸造工艺，解决了纯净化冶金和异形件精密成形等关键技术难点。值得一提的是，采用自行研制的 80 吨特种电渣炉生产板坯，利用柔性组合模具在 7000 吨大型油压机上模锻成形，制造了目前世界上单机容量最大的白鹤滩水轮机不锈钢叶片。目前，为白鹤滩水电站生产的 5 台份模压叶片和 11 台份电渣导叶，正陆续进入装机运行阶段。

迄今为止，沈铸所先后为溪洛渡、向家坝、乌东德、白鹤滩等 20 个大中型电站提供了近 2 万吨优质铸件。

近年来，沈铸所在创新体系建设和成果产业化方面迈向发展新高度：构建了“高端装备轻合金铸造技术国家重点实验室”“工业（造型材料和铸锻

| 沈铸所公司应用于白鹤滩电站模压叶片 |

金属）产品质量控制和技术评价实验室”“先进铸造技术国家地方联合工程实验室”三个国家级科技平台为主体的多个科技创新平台；建立了材料研究—工艺开发—装备研制为主体的科技创新和成果转化体系，并在沈阳的两个产业基地——南区、西区实现了产业化应用。在这两大产业基地中，拥有特种钢铸件、电渣熔铸件、铝镁合金铸件、钛合金铸件、高温合金铸件、铜合金铸件、铸造材料、铸造设备等八大基地，以及成套加工制造中心，为我国航空、航天、航海等领域装备的自主开发，提供了强有力的支撑。

未来，沈铸所将继续专注于铸造领域技术、工艺和装备，不断创新和实现新突破，打造铸造技术原创策源地，为中国高质量发展作出更大贡献。

# 国宝科学家 构建产业中国高地

2021年11月3日，北京人民大会堂，“2020年度国家科学技术奖励大会”会上，国家主席习近平将“2020年度国家最高科学技术奖”奖励证书颁发给顾诵芬；2011年1月14日，同样在北京人民大会堂，“2010年度国家科学技术奖励大会”上，时任国家主席胡锦涛将“2010年度国家最高科学技术奖”奖励证书授予师昌绪；1998年，中组部等五部联合作出向“中国机器人之父”蒋新松学习的决定。

沈阳是大国重器诞生地，是一个劳模摇篮，更是大师成长的地方。他们是科学家，是院士，是中国技术领军人物。他们在不同领域彰显永不褪色的风采，绽放时代光芒，用自己的特殊贡献让中国挺起脊梁。新中国成立以来，沈阳涌现出了无数个风云人物，中国振动利用工程学科第一人闻邦椿，中国首台稀土永磁电机研制者唐任远，中国化学制药企业第一位女院士安静娴，中国计算机软件产业化的先行者刘积仁，中国第一台百万吨乙烯“三机”设计者姜妍，机器人产业化的领跑者曲道奎……其中，仅沈阳飞机设计研究所在60余年间就产生了8位院士，而1991年以来沈阳获评两院院士数量达24位，位居15个副省级城市前列。

| 中国科学院院士、中国工程院院士顾诵芬 |

这些大师级人物中，顾诵芬、师昌绪及蒋新松更为卓越，他们有一个共同称号——中国战略科学家，他们有一个共同经历——在沈阳工作 30 年以上，他们有突出的奉献，给沈阳留下三座产业国家高地：航空产业、材料产业及机器人产业。

新中国成立不久，毛主席提出要“建设中国的强大空军”。1951 年，国家拿出 60 亿斤小米建设航空工业，航空工业局在沈阳成立。1956 年，我国第一个飞机设计机构——沈阳飞机设计室成立，顾诵芬作为首批核心成员担任气动组组长，在徐舜寿、黄志千、叶正大等开拓者的领导下，开启了新中国自行设计飞机的新征程。到 1986 年，顾诵芬在沈阳工作了 30 年，获得了“新中国飞机设计大师”称号。作为享有盛誉的新中国飞机设计大师，顾诵芬组织攻克了一系列航空关键核心技术，主持建立了我国飞机设计体系，开创了我国歼击机从无到有的历史，推动我国航空工业体系建设，培养了大批院士、专家等领军人才，极大地支撑了我国航空武器装备型号研制。

顾诵芬参加工作后接受的第一项挑战，就是我国首型喷气式飞机——歼教 –1 的气动力设计。在潜心学习研究国外资料和不断实验中，他最终提出了亚音速飞机气动参数设计准则和气动力特性工程计算方法，出色完成了歼教 –1 飞机的气动布局设计。随后他又完成我国首型初级教练机——初教 –6 飞机气动布局设计，建立了亚音速飞机气动力设计体系。随后，他又投入超音速飞机气动力设计研究，并首次建立了超音速飞机气动力设计体系，实现了超音速飞机气动力设计、计算、试验与试飞的闭环系统。

1964 年，我国开始研制歼 –8 飞机，顾诵芬先作为副总设计师负责歼 –8 飞机气动设计，后全面主持该机研制工作。1985 年，歼 –8 飞机获“国家科学技术进步奖特等奖”。

1980 年，歼 –8 Ⅱ飞机立项研制，顾诵芬任该型号总设计师，是航空工业第一位由国家任命的型号总设计师。作为型号总设计师，顾诵芬组织和领导军地多个部门、上百个单位高效协同工作，仅用四年就实现了飞机首飞。军方评价，歼 –8 Ⅱ飞机是当时“我国空军装备的歼击机中最高档的机种，对改善空军装备、增强国防力量，具有重要价值和意义”。2000 年，歼 –8 Ⅱ飞机获国家科学技术进步奖一等奖。

歼 –8 系列飞机的研制，牵引构建了较为完善的航空工业体系，促进了我国冶金、化工、电子等工业的发展，加速沈阳航空产业的发展，让沈阳不仅成为中国航空产业的起点，还成为中国航空产业的高地。

战略科学家师昌绪，1948 年赴美留学深造，1955 年返回祖国后被分配到中国科学院金属研究所，在沈阳工作了 30 余年。他带领的科研团队自主设计并研制成功九孔高温合金涡轮叶片，使我国成为继美国之后第二个开发该关键材料技术的国家，40 多年来大量应用于多种飞机发动机。在此基础上发展出定向、单晶等一系列材料和技术，应用于我国各类发动机热端部件。师昌绪领导发明的低偏析合金技术，在高温合金和合金钢的研制生产中应用，得到国际认同并获得国际材料学会联合会授予的“实用材料创新奖”，他本人是中国金属学会高温合金领域唯一的“终身成就奖”获奖人。师昌绪创建

中国战略科学家、中国工程院院士师昌绪

了中国科学院金属腐蚀与防护研究所，领导建立了全国材料腐蚀观测站网，研究了材料在自然环境条件下的腐蚀规律，为我国材料研究与工程应用提供了大量基础性数据、支持了重大工程建设，引领和推动了我国纳米科学技术、碳纤维、金属腐蚀与防护、镁合金等学科的发展，带领我国材料科学逐步走向国际。

师昌绪为金属所确立了材料科学与工程的研究方向，提出以“材料科学与工程”为研究方向，鼓励科技人员敢于打硬仗，勇于创新，认为“一个技术科学方面的研究所，不在国防或国民经济方面作出重要贡献就无法生存，在理论方面不发表高水平文章就不可能成为国际水平的研究所，也不能持续发展”。

因师昌绪，沈阳在材料产业上实现了突破性发展。2018 年，经科技部批准，材料科学国家研究中心落户沈阳，为沈阳高起点发展新材料产业打下坚实的基础。

1965 年，蒋新松来到沈阳自动化研究所工作，并参加了国家科委在鞍钢组织的自动化攻关重点项目——1200 可逆冷轧机自动化。1977 年，他参

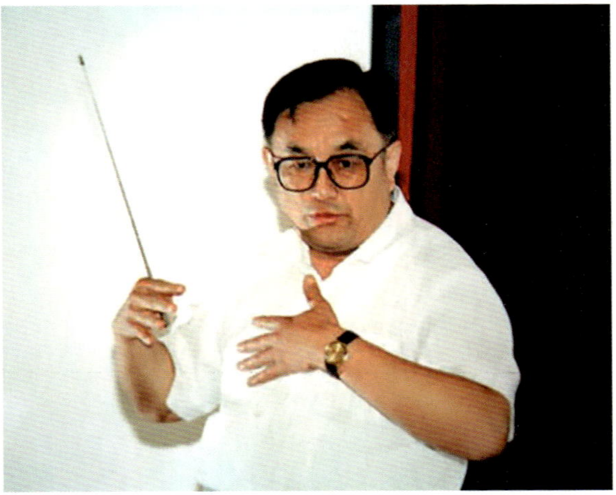

“863”自动化领域首席科学家、中国工程院院士蒋新松

加了中国科学院发展规划制定工作，把机器人和人工智能研究列入该规划，中国的机器人获得了“出生证”。

1992年，经过长时间的调查和思考，蒋新松宣布要以沈阳自动化所为技术依托、以大中型企业为应用背景，实现中国工业机器人产业化。他从应用和应用工程入手，抢占市场并带动产品开发，重点是点焊机器人、弧焊机器人、装配机器人、运输用AGV自动导引车等。蒋新松为中国机器人在技术、市场、运行模式、文化建设、队伍建设等方面，打下了产业化的雄厚基础。

1997年3月30日，蒋新松因突发心脏病不幸逝世。在他逝世一周年之际，中组部等部门联合作出决定，号召全国科技工作者向蒋新松同志学习。

2000年，蒋新松逝世三年后，以蒋新松命名的公司——沈阳新松机器人自动化股份有限公司正式成立，拉开了中国机器人全面产业化的序幕。成为中国工业机器人发展的引领者，以专利超百，形成五大系列产品而名扬中外。新松公司取得的成就离不开蒋新松在40年前就播下的种子。

2022年10月，习近平总书记来辽宁视察。在视察了沈阳新松机器人自动化有限公司后，习近平总书记高度评价新松公司：“中国速度”“中国水平”。此时，蒋新松如地下有灵，一定会感到特别欣慰。

# 向世界顶级农牧食品企业跨越的禾丰食品

时近岁末，中国质量协会发布《关于公布 2023 年全国质量标杆典型经验遴选结果的通知》，禾丰食品股份有限公司（下称禾丰）成功入选，成为辽宁省唯一获评 2023 年全国质量标杆的企业。已拥有包括全国农牧渔业丰收奖一等奖、两次荣获国家科技进步二等奖、一次国家技术发明奖二等奖在内的数个国家级荣誉，28 岁的禾丰不断绽放出时代最美的光彩，在奋力向国际顶尖农牧食品企业昂首迈进过程中，书写了一部奋斗者的经典篇章。

20 世纪 90 年代，走出温饱的中国迎来了畜牧业的快速发展时期。当时，中国的饲料产业基本被外国垄断了，中国饲料业呼唤着民族饲料产业的崛起。此时，在沈阳，7 名拥有高学历、在外资企业历练多年的知识分子，果断决定下海创业，立志用科技力量打破国外垄断、扛起民族饲料产业这面大旗。

1995 年，在中国饲料业最权威杂志《饲料工业》里面，出现了一个另类的夹页广告，该广告仅为一段话、一段宣言——《禾丰宣言》：禾丰公司永远诚实经营；禾丰公司永远从客户的需要出发，不断开发新产品决不因循守旧；禾丰公司永远以服务社会为宗旨，靠科学技术和创造性劳动来发展自己。后人称之为“禾丰文化三原则”。产品还没有问世时，就先公布自己的

国家科学技术进步奖

证 书

为表彰国家科学技术进步奖获得者，特颁发此证书。

项目名称：仔猪健康养殖营养饲料调控技术及应用

奖励等级：二等

获 奖 者：辽宁禾丰牧业股份有限公司

中华人民共和国国务院

2011 年 12 月 23 日

证书号：2011-J-203-2-03-D06

| 禾丰公司荣获国家科技进步奖二等奖 |

企业文化，把企业置于没有退路的做法，既新颖别致，又展示了创始人创业的鸿鹄之志和历史性的清醒，引起了业内的热烈反响。

2020 年，禾丰营业收入 238.18 亿元，入围中国民营企业 500 强名列第 190 位。这一年，在禾丰成立 25 周年纪念庆典上，禾丰董事长、创始人金卫东回顾企业走过的历程不无自豪地说："25 年来，《禾丰宣言》只字未改，我们一直坚守着。"金卫东特别强调，《禾丰宣言》提出了企业发展初心和使命，确定了企业奋斗目标和行为准则，是企业的文化核心。

文化立心，《禾丰宣言》发挥了文化引领的作用，带来了企业快速成长。

1995 年，金卫东以诗言志邀约伙伴，发起创立禾丰。

1999 年，禾丰成立 4 年，成了东北地区最大的民族预混合饲料生产销售企业。

2001 年，禾丰挺进关内。

2011 年，禾丰成立第 16 个年头，销售收入首破百亿元。这一年，禾丰技术上也跃上了一个高度，首次获得国家科技进步奖二等奖。

2014 年，禾丰成立第 19 个年头，禾丰进入了资本市场在上海证券交易所上市。上市以来，禾丰 4 次当选“中国主板上市公司价值百强”，连续 6 年获评信用披露质量 A 级，7 次荣登《财富》中国 500 强榜单。

2021 年，禾丰营业收入 295 亿元，同比增长 23.73%；

2023 年，禾丰位列《财富》中国上市公司 500 强第 381 位，位列中国民营企业 500 强第 150 位。

目前，禾丰旗下已拥有 200 余家下属公司，产品销往国内 32 个省级行政区及海外多个国家和地区，在尼泊尔、菲律宾、印度尼西亚、俄罗斯等 7 个国家投资建设 20 余座工厂。同时大力开展饲料、饲料原料和食品的进出口业务。

文化立心，技术立命。如果说优秀的企业文化让禾丰高水平扬帆启航，那么先进的技术则让禾丰行稳致远。

金卫东常说：“牲畜最真实，只有牲畜最明白什么样的饲料最好、最能长膘。”成立之初，禾丰就把技术化为企业 DNA，成了企业打破外企垄断、让广大农民致富的破题之术。

禾丰技术权威性人物——邵彩梅，作为当时中国最年轻的女博士，舍去了外资丰厚的待遇，成了禾丰的首席技术官。她组织了行业最优秀的技术团队，创建了禾丰技术创新体系，汇集国内一流专家不断推出新技术，使禾丰从成立起就走向了技术引领行业的道路。28 年来，禾丰在原料替代技术、生猪饲料无抗方案优化技术、教保料肠道健康调控技术、肉鸡商品饲料配方优化、肉牛羊饲喂模式创新、水产高档膨化饲料等方面不断积累与突破，拥有已授权的发明专利 66 项，获得国家科技进步奖 2 项，国家技术发明奖 1 项，省部级科技类奖项 14 项。目前，禾丰研发中心是新型生物饲料研发与应用

| 禾丰食品白羽肉鸡生产线 |

国家地方联合工程研究中心、国家农产品加工饲料加工专业分中心、国家生猪产业体系综合试验站单位。禾丰可根据不同动物的生长需要和市场变化，科学规划不同阶段的饲料产品，努力让动物健康快乐成长，也造就了一个高技术公司的形象。

格局成大业。走国际化战略，向产业纵深发展，禾丰迈出发展新高度。

2005 年，尼泊尔禾丰成立，禾丰开启了国际化之路。如今，禾丰产业扩展到包括印度尼西亚等“一带一路”7 个国家，建立了 20 余个工厂，不仅增强了禾丰的发展实力，也树立了中国良好的形象。

2006 年，禾丰与全球动物营养领域排名前十五位的荷兰皇家 DeHeus 公司成为战略合作伙伴，禾丰迈出了国际化重要一大步。此次合作，禾丰有了联通国际发达国家的窗口，全面借鉴其所拥有的全球先进技术资源、领先技术和百年管理经验，禾丰在饲料的“安全优质”“精准高效”“无抗环保”“原料替代”等方面取得了明显的突破与进展，禾丰综合素质获得了大幅度提升。

从 2008 年，禾丰又开启了企业转型升级之路，向产业的纵向发展，进军一个新的领域——肉禽产业化。到了 2018 年，禾丰控参股企业年屠宰加工白羽肉鸡超 4.5 亿羽，位居全国首位。到了 2022 年，禾丰一跃成为亚洲最大世界第五的白羽鸡基地。

2021 年禾丰牧业更名为禾丰食品，表明禾丰已从最初单一从事饲料业务，向包括食品加工在内的更多领域大步迈进。

发展 28 年，禾丰企业发展目标发生了三次重大变化：

1995 年—2008 年：致力于成为世界顶级饲料供应商；

2008 年—2018 年：致力于成为世界顶级农牧企业；

2018 年至今：致力于成为世界顶级农牧食品企业。

成为世界顶级农牧食品企业，成为安全、优质肉类食品制造者，禾丰面向未来有了新的奋斗目标。

紧跟时代、主动转型，瞄准白羽肉鸡产业，建立从种鸡、孵化、饲料、养殖、屠宰、肉品加工、熟食出口等较完整的肉禽产业链……曾经创造无数惊喜的禾丰，正在努力把世界顶级农牧食品企业的理想变成现实。

# 沈阳化工：大道致远绘华章

作为共和国工业长子，今年85岁的沈阳化工股份有限公司（下称沈阳化工），在新中国建设发展的各个历史时期以卓越的表现，深刻地展示了沈阳英雄城市风采。

它是共和国第一家农药生产企业；在国内率先自主研制新型合成汽缸油，替代进口成为国内蒸汽机车专用产品；是国内第一家自主研制气相法二氧化硅产品并成功量产的企业，产品被应用于“两弹一星”之中；建成全球首套重质渣油催化热裂解制乙烯工业化生产装置，为世界乙烯生产探索出新的工艺路径和原料来源；作为国内首家实现茂金属聚乙烯产品稳定生产的化工企业，实现国内首例超性能茂金属产品的工业化生产；在国内率先引进万吨级微悬浮法PVC糊树脂生产设备，为全球最大的特种PVC糊树脂生产企业之一……

沈阳化工，一部中国化学工业成长发展的历史。

沈阳化工的前身，是成立于1938年的由日本人投资建设的满洲曹达株式会社奉天工厂，当时用水银电解槽生产烧碱，用副产物氢气和氯气合成盐酸、汽缸油、漂白粉等产品。

|1979 年，沈阳化工厂安装了 48 台效率更高、寿命更长的金属阳极电解槽|

1952 年，为抗击美国在朝鲜发动的细菌战，沈阳化工成了我国第一家六六六农药生产厂。1953 年，沈阳化工顾玉明等技术员研制出的热交换器被用于六六六生产之中，因为年节能创效 28.6 万元，该技术获得国家创造发明奖的同时，该换热器也被国家命名为“顾氏换热器”。1954 年，铁道部决定全国铁路机车都使用，由沈阳化工研制的汽缸油，结束了我国汽缸油依靠进口的历史。1960 年，沈阳化工成功研发出气相法二氧化硅（白炭黑）产品，不仅填补了国内空白，还被应用到“两弹一星”研发之中。1965 年，沈阳化工成功开发出白炭黑产品，这是我国首次采用气相法生产白炭黑，为我国航空航天事业作出了突出贡献。

1966 年前，沈阳化工成功地推出包括烧碱、汽缸油等在内的 56 种产品，这些产品大多填补了国内空白，因此助力沈阳成为我国重要化工原料生产基地。这阶段，沈阳化工管理也居全国前列，企业创效能力引领行业。在1957至1959年的三年时间里，沈阳化工荣获“全国工业先进企业红旗单位”称号。特别是20世纪70年代，化工部曾在全国化工系统提出“南学无锡，北学沈化”的口号，沈阳化工享誉全国。

改革开放初期，沈阳化工依靠科学管理和技术改造，使企业迅速走上了以提高经济效益为核心的市场化转型发展之路。

1979年，沈阳化工进行了一次重大的设备升级，安装了48台后增至192台金属阳极电解槽，彻底取代石墨阳极电解槽，生产力获得了极大提升。1987年，沈阳化工烧碱年生产能力突破10万吨，位居国内前列。

1984年2月，沈阳化工再次创造了轰动中国化学工业的大事：从日本引进了一万吨PVC糊树脂生产线，这也是我国首套采用国际先进工艺微悬浮法生产PVC糊树脂的装置，增加了又一个主导产品——糊树脂。两年后，经过消化吸收后，沈阳化工独立设计的我国首套自主设计一万吨PVC糊树脂生产装置竣工投产，沈化的PVC糊树脂生产能力与技术水平，跃居国内同行业首位。因此，沈阳化工于1996年获得国家科技进步一等奖。

此后，沈阳化工从国外引进了国内第一套代表当时世界最先进生产工艺的5万吨/年离子膜烧碱生产装置，助推了我国烧碱生产水平迈入了先进国家行列。

这个阶段，沈阳化工产品依然引领行业，从企业获得荣誉可以找出例证：隔膜固碱获得固碱产品最高奖项——国家优质产品银牌奖，液碱、环氧树脂、氯化石蜡、环氧氯丙烷等产品获得化工部优质产品奖，与此同时沈阳化工还荣获“全国环境优美工厂”等荣誉称号。

20世纪90年代，沈阳化工在技术不断提升的同时，还在体制机制改革上实现了突破发展。

在与香港永新、沈阳铁改总公司进行三方合资、成立股份制公司后，

1997 年 2 月 20 日，沈阳化工在深圳证券交易所上市。

历史跨进 21 世纪，沈阳化工又迈向了发展的新阶段，成为央企，成为百亿元企业。

2004 年，沈阳化工集团整体划归中国蓝星集团，之后成为中央企业中国化工集团公司的直属企业。此时，沈阳化工集中力量做强氯碱化工、石油化工和化工新材料这三大主业板块，以自主研发为引擎深度挖掘 PVC 糊树脂生产潜能，以大项目建设为重点全力延伸石油化工产品链条。

2006 年，沈阳化工 PVC 糊树脂经过多次扩产，年产能达到 13 万吨，成为当时亚洲最大糊树脂生产企业；同年，沈阳蜡化的 13 万吨 / 年丙烯酸及酯项目竣工投产，成为国内同行业中创效能力最佳、投资收益最快的装置。

2010 年，沈阳化工总产值突破 100 亿元，跨入百亿集团行列。

2016 年初，伴随新厂区成功开车，沈阳化工主导产品、科研能力、工艺技术、装置设备、安全环保“五个升级”全面落实。此时，沈阳化工 PVC 糊树脂和烧碱年产能均达 20 万吨，成为亚洲第一、世界前三的 PVC 糊树脂生产企业。

|2009 年沈阳化工建成投产的世界首套 CPP 工业化生产装置|

2014 年至 2018 年，高端牌号茂金属聚乙烯和超性能茂金属聚乙烯产品先后投产，填补国内空白，沈阳化工成为国内最大茂金属聚乙烯膜料生产企业。

2021 年，中国中化集团有限公司与中国化工集团有限公司联合重组后，中国中化控股有限公司宣告成立，沈阳化工成为中化控股有限公司一员干将。

砥砺前进永无止境，大道致远绘华章。作为央企骨干力量，新征程沈阳化工又有了远大理想：锚定建设世界最大糊树脂生产企业目标，向“百年老店”奋勇前行。

# 高端医疗设备崛起的中国样本

2023 年，东软医疗系统股份有限公司（下称东软医疗）成立 25 周年。

5 月 14 日，在 2023 年中国国际医疗器械展览会（CMEF）上，东软医疗展出 20 余种产品，包括“全球最快全身螺旋 CT”“中国首款全自研光纤分布磁共振”“诊疗一体化宽体 Angio-CT”……强烈地吸引了观众的注意力，引起业内人士的热烈反响。

从中国第一台 CT、第一台超导磁共振、第一台 DR 等里程碑式创新成果，到向着全球高端市场不断突围与迈进，东软医疗在这个伟大时代上演了中国医疗器械从技术赶超向技术引领的跃迁。

20 世纪 80 年代，正处于改革开放初期，中国人口众多，对 CT 的需求量巨大。然而，因为当时技术落后，国内根本没有自主研发和生产医疗高端设备的能力，所以，中国有规模的医院几乎所有 CT 设备均来自国外。而国外设备用天价垄断了中国市场，并把无数中国普通患者拒之门外。与此同时，中国有能力购入 CT 等高端医疗设备的医院，也因为没有掌握维修技术而备受折磨。一时间，包括 CT 在内的高端医疗器械，卡得中国人很难呼吸，成了中国人的一大痛点。

| 东软医疗厂区 |

1989 年，沈阳医学院附属中心医院的一台进口 CT 设备出现故障，许多国内专家和美国的维修工程师均束手无措。此时，东北大学的郑全录、李甲递教授凭借他们在计算机、电子、机械等方面的综合知识，成功地修复了这台“瘫痪”的 CT 设备，并大大提高了整机性能和可靠性。这个偶然事件的成功解决，极大地提升了两位教授的自信心。研制属于中国自己的 CT 设备的理想在他们心里生根。令人振奋的是，他们的想法获得了东北大学和政府的全力支持，这增加了他们战胜困难的勇气。

当年，东北大学计算机影像中心成立，国产 CT 的整机研发正式开始。作为国家级火炬计划项目的主要执行负责人，江根苗成为具体执行人。此时，江根苗团队面对的是“一穷二白”现状：中国大陆几乎没有任何关于 CT 设备的基础，包括图纸技术资料、人才及供应链资源。而国外厂商只是为了卖设备挣钱，并不愿意分享核心技术。面对种种困难，江根苗研发团队坚持不懈地进行摸索研究，逐步掌握了 CT 设备的核心技术和制造工艺。

1995 年，国内首台自主研发的 CT 设备在东北大学诞生。时任东软集团董事长的刘积仁，将东北大学计算机影像中心并入东软集团进行项目孵化。

1998年，东软医疗系统有限公司成立，并正式向市场推出具有完整自主知识产权的全身CT-C2000，国产自主研发的CT迈入了产业化发展阶段，我国也成为继美国、日本、德国、荷兰之后又一个能够成功研制CT的国家。随后，CT-C2000通过欧洲CE认证和美国FDA认证，东软医疗开始了从国内走向国际的新时代。

2000年，东软医疗研制成功我国第一台螺旋CT：CT-C3000。

2004年，东软医疗推出我国第一台双层螺旋CT：NeuViz Dual。

2009年，东软医疗推出我国第一台16层CT：NeuViz 16。

2012年，东软医疗推出我国第一台64层CT：NeuViz 64，国产CT迈入中高端CT领域。

2015年，东软医疗推出我国第一台128层螺旋CT：NeuViz 128，国产CT迈入高端领域。

2017年，东软医疗推出我国第一台能谱CT：NeuViz Prime，使国产CT从单一形态学影像迈向"形态+功能"融合型影像。

2019年，东软医疗推出256层宽体能谱CT：NeuViz Glory，开启东软医疗的超高端CT时代。

2020年，东软医疗迎来了创新能力的井喷之年，发布512层全景多模态CT：NeuViz Epoch；数字九能CT：NeuViz NeuViz ACE；数字能谱CT：NeuViz ACE SP；以及126层宽体心脏专用CT：NeuViz Extra。

……

从1998年首次实现国产CT产业化，到如今在全世界的舞台上大放异彩，东软医疗向全球110余个国家提供产品和服务，装机量达45000余台。据弗若斯特沙利文统计，截至2022年，东软医疗是中国最大的CT制造商（按已安装系统总数）；2019年至2022年，东软医疗是中国最大的CT出口商（按

| 东软医疗 CT 生产线 |

销量）。

解码东软医疗，即是在观察中国。今天的中国医疗产业，已然由高增长阶段迈入高质量发展阶段，站在更高的发展起点，国产品牌该如何为高质量发展提供更强有力的创新支撑？东软医疗已然为行业树立了标杆。

九万里风鹏正举。相信在下一个 10 年，东软医疗这束国产之光，将在全球医疗科技创新浪潮中持续闪亮，谱写国产创新新篇章。

# 沈阳仪表院：关键基础元器件研发的『国家队』

2022 年 6 月 5 日，沈阳仪表科学院有限公司（简称沈阳仪表院）光学薄膜芯片的生产线上，一片繁忙景象。超净车间里，伴随着工作人员紧张有序的工作，一箱箱荧光滤光芯片组件源源不断地镀膜、检测、封装、打包、装箱，随即发送全国各地。

这种生产节奏已经持续两年多时间。沈阳仪表院作为工信部疫情防控重点保障物资生产单位，承担了核酸检测仪用荧光滤光芯片的生产任务，产品占市场份额超过 60%，为国家疫情防控工作作出了贡献，获得国资委的表彰。

作为分子生物学研究、精准医学诊断领域的核酸检测、基因检测、生物酶标定的仪器， 生物医学光学薄膜元器件是沈阳仪表院自主研发的一种高科技产品，是其数百种代表作产品之一。众多产品奠定了沈阳仪表院关键基础元器件研发的“国家队”的行业地位。

1961 年 5 月 5 日，沈阳仪表院前身“第一机械工业部仪器仪表工艺研究所”成立。时至今日，该院一直秉承着“仪表元件争创一流”的初心，以“引领仪器仪表行业发展，推动装备制造技术进步”为使命，以成为仪器仪表和高端装备细分领域一流创新型领军企业为发展目标。60 余年踔厉奋发，

| 沈阳仪表院厂区 |

成就了沈阳仪表院科技创新“国家队”的风采：完成科研项目 1800 多项，获得国家、省、市各项奖励 400 多项，获得国家级发明奖和国家科技进步奖 11 项，获得授权专利 450 余项（发明专利 101 项），主持和参与制订、修订国家和行业标准近 500 项，其中国家级标准 100 项。

由高技术转化成的高品质产品，不仅包括助力神舟系列飞船、嫦娥月球探测器、北斗导航卫星等国家重点项目的精密金属波纹管，还包括推动国家重点装备和能源管网检测国产化的高性能传感器和高端管道检测仪器，还有半导体装备、一键式清洗系统等，产品应用领域覆盖国民经济重点领域，成为替代进口、引领行业发展的先锋。

2002 年，国家唯一“传感器国家工程研究中心”落户沈阳仪表院。20 年后的 2022 年 3 月 5 日，由院士领衔的专家评审组对沈阳仪表院攻关项目“高端装备用硅基压力传感器关键技术研究与应用”进行评估，得出结论为：总体达到国际先进、部分达到国际领先水平，其中硅基压力传感器及敏感芯片国产化率达到了百分之百。

正是凭借深厚的技术积累，在进军智能制造、物联网应用高速发展时代，沈阳仪表院实现了新的突破，抢占了仪器仪表及核心元器件、高端装备及关键零部件产业的制高点，成为科技创新型领军企业。

2022 年 6 月，沈阳仪表院投资 4 亿元，占地 3 万平方米的新产业园破土动工，开始兴建传感器芯片、光学敏感元件、机械敏感元件、高端装备等实验室和生产线。

目前，沈阳仪表院拥有国家级技术创新平台和国家级质量检验中心，有传感器、弹性元件、光学器件、专用设备、检测服务在内的五大拳头产品。

| 沈阳仪表院车间 |

作为国家重要战略科技力量，沈阳仪表院始终坚持科技创新驱动发展，以“四个面向”为战略引领，实现产业基础高级化和产业链现代化，推动产业实现高质量发展。

2023年2月，国家发展改革委等5部门印发2022年新认定国家企业技术中心名单，辽宁省5家企业入选，沈阳仪表科学研究院有限公司榜上有名。

未来，沈阳仪表院将坚守工艺元件争创一流的初心矢志不移，在智能时代继续不断创新，在专精特新上下功夫，为推动新时代沈阳全面振兴实现新突破作出新贡献！

# 沈阳飞机设计研究所：一座城市之光

2022 年 11 月 8 日—13 日，第十四届中国国际航空航天博览会在珠海举行。天空中，一架架战机精彩炫技；地面上，一只只雄鹰展翅欲翔。展示的是中国精神和中国力量，惊艳了现场的中外观众，也让一个研究所和一座城市特别自豪：航展中多型战机研制出自坐落于沈阳这座城市的沈阳飞机设计研究所（下称沈阳所）。

1960 年，国防部第六研究院诞生。作为第六研究院中 10 个研究所之首，六院第一研究所——沈阳飞机设计研究所于次年宣告成立。扎根沈阳这座城市数十年，中国航空工业的拓荒者——沈阳所，用一个个开山之作，铺筑了一条中国战斗机自主设计之路，成就了“中国战斗机设计研究基地”的美名。在广阔的蓝天上，为沈阳这座城市树立了一个美好的形象；在履行国家使命过程中，为沈阳这座城市厚植了底蕴、增添了韵味、提升了品位。因为沈阳所，沈阳这座国家中心城市更加熠熠生辉、更加璀璨耀眼。

1969 年 7 月，我国自行设计的具有自主知识产权的第一架高空、高速歼击机——歼 -8 首飞成功，迎来了我国自主设计飞机新时代。

60 多年来，沈阳所先后承担了歼 -8、歼 -11、歼 -15、四代机和无人

| 沈阳所作品之一歼 -15（飞鲨）舰载机 |

机等 40 多个航空武器装备重点型号的研制任务，实现了我国从二代机、三代机向四代机的延伸，从陆基向海基的跨越，从有人机向无人机的拓展。

每型战机诞生的背后是一个个“卡脖子”技术的不断攻破，是一个个技术制高点的不断占领。60 多年间，沈阳所先后荣获国家和省部级以上成果奖约 600 项，仅“十三五”时期即累计申报专利 1171 项。这些成果铸成了中国海天上的一道空中万里长城。

每型战机的诞生都是坚定走自主创新之路的厚报。航空工业是知识、技术和资金密集型极高度复杂的高科技产业，离不开自主创新。60 多年间，始于不断自主创新，沈阳所不断走向强大。如今，这种自主创新迈向一个新境界：构建适应装备体系发展和能力快速生成的研发模式，扎实干好国防科技和武器装备重大工程，依托南北协同、厂所协同、行业协同、全国协同，进行原创性引领性科技攻关，打造原创技术策源地。

不断推出的先进战机，引领行业创新，也为沈阳这座城市增添了千钧重量，让沈阳这座执行国家战略的城市成色更足。

2021 年 11 月 3 日，人民大会堂，习近平总书记把国家最高科学技术奖的奖章佩戴在两院院士、沈阳所原所长顾诵芬的胸前；同年，“鹘鹰”飞机常务副总设计师王向明当选为中国工程院院士，成了沈阳所培养的第七位院士。

20 世纪 50 年代，青年才俊顾诵芬怀揣报国之志，北上沈阳参加了中国战斗机的设计工作。此后，参与主持了歼教 -1、歼 -8 和歼 -8 Ⅱ等机型的设计研发，顾诵芬成为我国飞机空气动力设计奠基人。顾诵芬走的路，是中国一大批优秀学子所走的航空报国之路：从全国汇聚沈阳——设计自己的战斗机，保卫自己的祖国。沈阳所汇聚了一大批时代精英，成了人才展示的舞台、人才成长的沃土。这里不乏大师级人物：中国飞机设计的一代宗师徐舜寿，我国自行设计飞机的奠基人黄志千，新中国飞机设计事业的开创者叶正大……这里培养了顾诵芬、管德、李明、李天、杨凤田、孙聪、王向明七位院士；这里成了尖端人才的聚集地，目前沈阳所省部级以上专家近百人，不乏设计大师、战略科学家、一流科技领军人才、顶尖级创新人才和青年科技人才。如今，“想干事的给机会、能干事的给平台、干成事的给激励”，良好的用人机制，与一系列人才吸引、培养、激励措施，不仅让沈阳所中国“航空英才的摇篮”英名远播，也让沈阳“高端人才聚集地”在神州大地叫响。

人才决定城市的厚度和高度，更决定着城市的未来，拥有无数航空顶尖级专家，不仅让沈阳这座城市有了更大的底气，更为沈阳这座城市储备了磅礴的力量，让沈阳在未来城市竞争中抢占先机、赢得主动。

在沈阳所，两座雕像每天都在静静地注视着这里的一草一木。他们是闻名全国的两位烈士：歼 -8 总设计师黄志千和歼 -15 飞机研制现场总指挥罗阳。他们成长于沈阳所，也让沈阳这座英雄城市更加绚丽。

从一无所有开始，到形成中国飞机设计体系和研发标准，沈阳所闯出了一条中国自主研发的道路，而在这条道路上迈出的每一步都闪耀着伟大精神。

一次次攻坚克难、一次次技术突破，科学家精神、航空报国精神在这里

| 沈阳飞机设计研究所的创业者们 |

得到集中体现，并在新时代传承下来。如今，在沈阳所，有顾诵芬图书馆这样被国家认定的科学家精神教育基地，也有结合重大事件组织弘扬的“航空报国”精神。目前，沈阳所确定了“成为世界一流的航空武器装备研发机构”的愿景，推出“团结拼搏、严谨求实、艰苦创新、献身航空”的精神，形成了“因战机而生、为奋斗者圆梦、协同成就未来”的核心理念，构造了一座精神高地。

牢记使命、弘扬精神，在完成了党和国家交给任务的过程中，沈阳所为沈阳这座英雄城市注入了强大的力量，让沈阳城市文明之光更加耀眼夺目。

一个沈阳所，一道沈阳城市之光。

# 大国工匠：沈阳制造的『底座』

2023 年 5 月 7 日，第十六届高技能人才表彰大会在京举行，大会表彰本届评选产生的 30 名中华技能大奖获得者和 295 名全国技术能手，辽宁省 14 人获奖，沈阳 3 人榜上有名。

拥有百年工业的沈阳是技能人才的国家摇篮。目前，沈阳拥有国家级高技能人才培育基地 9 家、省级高技能人才培育基地 10 家、市级高技能人才培育基地 24 家、国家级技能大师工作室 7 个、省级技能大师工作室 24 个、市级技能大师工作室 46 个，“双元制”校企合作项目 7 个。全市共有中华技能大奖获得者 6 人，辽宁工匠 48 人，兴沈大工匠 120 人，沈阳市优秀技术能手 50 人。因为掌握着独门绝技，大国工匠用自己的双手搭建了沈阳这个国家技能高地，铸造了强大的沈阳制造“底座”。

在众多的大国工匠中，中航工业沈阳飞机工业（集团）有限公司方文墨、中国航发沈阳黎明航空发动机有限责任公司洪家光、沈鼓集团股份有限公司徐强是其中最杰出的代表。

方文墨，航空工业沈阳飞机工业（集团）有限公司标准件中心钳工，获得航空工业首席技能专家、高级技师、全国五一劳动奖章、中国青年五四奖

方文墨："全国最好的钳工"

章、全国技术能手、"最美职工"等多项荣誉，并两次获得习近平总书记接见。但是他最在意的是"文墨精度"这个荣誉，也是强大实力体现——把加工的精度从0.05毫米提高到0.003毫米，达到了当时我国国产航空器零部件加工的极限精度，这是自动化程度很高的数控机床加工都达不到的精度，被行业称为"文墨精度"。

尽管世界工业已迈进自动化时代，但有些战机零件因为数量少、加工精度高、制造难度大，所以仍然需要进行手工打磨。工人的手艺高低直接决定了产品质量。为了掌握手艺，方文墨付出了很多，也取得了优异的成绩。自参加工作以来，方文墨自制刀、量、夹具100余把（件），改进各种刀、量、夹具200余把（件），改进工艺方法60余项，改进设备2项，研究生产窍门24项，经他改进的一种铁合金专用丝锥，提高工效4倍。方文墨还撰写技术论文12篇，申报技术革新项目20项，并取得了3项国家发明专利和实用新型专利。他发明的其中一项专利可以提高生产效率8倍，而改进的另一个工具，能提高工效4倍。方文墨也被誉为"全国最好的钳工"。

方文墨引以为傲的是，自己练出"文墨精度"用了10年，而徒弟们在

洪家光：大国工匠年度人物

他的指导下两三年就练出来了。如今，“方文墨班”的16人中，已经有了3名全国技能冠军，21人次获得省、市冠军。

洪家光，中国航发沈阳黎明航空发动机有限责任公司航空发动机工装制造高级技师。他常身着深蓝色的整洁工装，犀利的目光紧盯着旋转的零件，一双大手飞快旋转着车床摇把，进刀、车削、退刀一气呵成，解决工装技术难题。

航空发动机被誉为现代工业“皇冠上的明珠”，是衡量一个国家综合国力的重要标志之一。洪家光团队加工的是用于航空发动机制造的工装工具产品，这些工具主要用来加工航空发动机的零部件，也显得格外重要。发动机用的零件精度要求非常高，洪家光对每一个微小尺寸都精益求精，一次次观察记录，并比对调整。他用4年时间，研发出一套用于打磨叶片砂轮的滚轮工具。这一砂轮工具被叶片加工厂使用后，加工叶片的质量得到明显提升。

迄今为止，洪家光先后完成200多项工装工具技术革新，解决300多个工装工具技术难题。他与团队成员创新的“航空发动机叶片滚轮精密磨削技术”荣获2017年度国家科学技术进步二等奖。以他名字命名的“洪家光劳模创新工作室”和“洪家光技能大师工作站”承担起了“传帮带、提技能”的职责，申报并获得 31 项国家专利授权，完成创新和攻关项目 84 项，成果转化 63 项，解决临时难题 65 项。

2022 年 3 月，中华全国总工会、中央广播电视总台联合举办的 2021 年“大国工匠年度人物”揭晓，全国仅有 10 人榜上有名，洪家光是其中一个。

徐强，沈鼓集团股份有限公司齿轮压缩机公司副总经理。他是一名工匠，从事齿轮加工 23 年；他是“齿轮王”，致力于追求精雕细琢、精益求精的工艺加工；他为民族工业的发展壮大培育了一批又一批精兵巧匠。

1993 年从沈鼓集团技校数控大专班毕业后，徐强成了沈鼓集团一名工人。学徒期内，他如饥似渴地跟随师傅学习瑞士马格 HSS–90S 磨齿机的操作，在师傅的倾心传授下，徐强提前半年就出徒，并成为最早独立操作瑞士马格 SD–32X 磨齿机的工人。很短时间内，徐强掌握了这一台复杂精密设备的操作技能，惊艳了同行。

徐强：带领中国齿轮走向世界

2004年，客户要求生产一个精度为5级的大型齿轮。齿轮加工有12个精度等级，齿面宽模数小的大型齿轮要达到5级精度，难度相当大，稍有疏忽，编错一个程序，按错一个按钮，都会导致齿轮报废，不仅会损失几十万元，更会损害企业信誉。徐强勇敢地接受了这个挑战，以一丝不苟的认真态度、敢于面对困难的韧劲、百折不挠的抗打击能力，不仅完成了任务，而且让加工的齿轮精度达到了4级！这个纪录不仅满足了客户要求，更创下了全国大型齿轮加工精度之最，达到世界先进水平，被同行称为“徐强精度”。德国专家惊叹：“虽然我们的设备设计上可以达到这个精度，但真正能在操作中实现这个精度的人实在太少，徐的技术令我感到吃惊！”“徐强精度”每年能为企业创造4000多万元的价值。伴随着技术突破，徐强带领中国齿轮走出中国，冲向世界。

三位大国工匠是沈阳众多大国工匠的代表，他们立足岗位，默默坚守，孜孜追求，追求着职业技能的完美与极致。其严谨细致的工匠精神对中国制造向中高端迈进，实现产业转型升级具有重要意义。

新时代需要大国工匠，新时代更需要工匠精神，我们要以爱岗敬业的职业精神、精益求精的品质精神、追求卓越的创新精神为驱动，不断追求创新和技术进步，不断创造新的辉煌。

# 东软集团：迈向百年基业新征程

2023年9月28日，东软熙康控股有限公司在香港联合交易所主板挂牌上市，成为港股“互联网+医疗护理第一股”。东软熙康成功登陆港股，不仅意味着东软集团又添新上市公司成员，同时对东软集团积极布局大健康产业生态具有极其重要的战略意义。

“顺应世界发展大势，追寻国家发展战略，传承东软创业者精神，专注核心技术和业务，依照产业发展规律，在为用户不断创造价值过程中，创造

| 坐落在沈阳浑南区的东软集团总部 |

更多的企业发展机会，抢占行业的制高点，用领先的激励制度铸造充满活力的平台化公司，为东软构建百年基业‘成长力’。”这是东软集团成立 25 周年庆祝大会上，东软集团董事长兼 CEO 刘积仁向外展示企业发展未来路线图。

1991 年，东北大学青年教授刘积仁博士等三人带着三台 286 电脑，成立了东北大学“校办工厂”，由此开启了东软传奇式发展之旅。30 余年的奋斗，东软创造了诸多奇迹：突破了软件企业平均 7 年寿命周期论，成为中国行业信息化解决方案领域的引领者；自主创新实现核心技术突破，成为具有国际竞争力的数字医疗设备供应商；以其全球化的视野和战略布局，成为世界一流的汽车信息系统解决方案服务商；把脉社会需求和技术发展趋势，成为中国大健康与大数据产业的领导者；在大连、成都、南海创建三所信息学院，成为新教育模式的开拓者……如今的东软，已经成为拥有近 2 万名员工，具有国际影响力的跨国公司。

回顾东软集团成长历程，刘积仁总结东软长寿的秘诀：制定了正确的战略选择，主动顺应经济社会发展趋势和服务于国家战略；敢于冒险，能够在机会来临之前及早主动布局，创造了“蓝海”；坚守、专注的精神，始终围绕软件技术进行创新和突破，不为外界所诱惑；确定以创新为核心的企业文化，通过长期持续的员工激励机制，形成了浓厚的创业氛围。

从系统集成、解决方案、软件外包到知识产权驱动，30 余年，东软至少实现了五次重大升级，规避了行业低谷，不断迎来一轮又一轮的发展高潮。面对未来，深刻洞悉行业发展，基于技术、品牌、市场、文化等雄厚的积累，主动求变，东软充满了自信。

全球商业环境面临提升，中国制造需要全面智能化，这些均需要信息技术的支持，这是软件行业遇到的前所未有的机遇。为了再造持续的生命力，东软在四五年前已经开始进行了新一轮的战略布局。

现代社会的颠覆性变革不仅仅源于互联网冲击，也是信息技术与其他行业充分融合的结果。在以客户需求为导向的时代，东软从创造技术到为客户创造价值转变，通过信息技术与垂直行业的充分融合，形成新的业务模式，在数字医疗设备、大健康产业、汽车电子、新教育等众多领域打造核心竞争力。

打造创业的平台公司，是东软再造“成长力”最核心的部分。长期积累的技术、客户和资源是东软的基础平台，也是承载核心技术和新的商业模式的平台、以股权等激励机制为纽带的平台，同时也是支持新型业务创业的平台，更是吸引创新创业人才加入的平台。东软的平台化战略将通过平台、新业务、资本市场的充分融合，实现平台与创业公司的良性互动。

专注面向未来的核心业务，打造充满活力的平台化企业，是东软走向未

| 东软集团创始人刘积仁 |

来的关键。

目前，东软集团在大健康领域已迈出了重要一步，由东软熙康打造的云医院被称为更方便、更有效率、更低价格创新的就医模式，在全国全面铺开。截至 2023 年初，东软熙康已拥有 29 个以城市为入口的云医院平台，云医院平台上有约 116500 名注册医生及 46000 名注册护士，接入公司平台的医疗机构数量 35600 家，网络已覆盖中国医院总数的 6.6%，成为中国最大的云医院网络。在 9 个城市拥有 10 家连锁自营医疗机构。与此同时，东软在大数据领域也不断推出新的产品和服务，并以 100% 的速度增长。在汽车电子领域，东软已经为多个国际知名的汽车品牌提供服务，这些汽车厂商将以购买知识产权形式向东软进行付费，东软在全球汽车电子供应链中的地位正在快速提升。

更令东软人欣喜的是，东软医疗、东软熙康、东软望海、东软慧聚、东软睿驰、东软睿道……数个独立运营、股权激励、活力十足的公司正在东软集团的平台上不断推出，而类似大象就医、图表秀、小牛助驾、爱驾驶等多个创新创业项目也正在如火如荼地开展。这些由内部员工创业、吸引外部优秀人才的平台化模式，让东软更加年轻、更富有朝气。

面向未来，东软更有力量，目标也更清晰。东软将通过不断再造持续的生命力，持续以更创新、更具价值的信息技术赋能社会；以更智慧、更加领先的产品和解决方案，定义未来生活和未来世界。

# 沈大内窥镜：中国高端内窥镜第一品牌

2022年，工信部公布第三批建议支持的国家级专精特新小巨人名单，沈大内窥镜有限公司（下称沈大内窥镜）榜上有名。据悉，这次在全国4762家国家级专精特新企业中精选的546家企业，个个都是国内行业领军者。

作为国内最早医用硬管内窥镜研发和生产企业，国产第一套光纤式膀胱镜、关节镜、电切镜研制者，世界软性内窥镜一次性防护系统首创者，沈大内窥镜让中国制造在高端医疗设备领域占有一席之地。这来之不易的成绩是沈大内窥镜创始人姜克让祖孙三代用50多年时间奋斗获得的。

在沈阳市大东区北大营街，沈大内窥镜企业展馆厅内，一张照片吸引了众多访客：1978年“全国科学大会”获奖证书获得者姜克让，获奖产品为宫腔镜。而这个全国最高奖，源于一张不成形的照片。

1975年，时任沈阳光学仪器厂的技术副厂长姜克让，看到当时医疗手术采取开放治疗办法带给患者的不仅是巨额费用更是无尽痛苦的现实，萌生了发明一种不开刀就能做手术的微创设备的想法。于是，他开始了持续的科研攻关。

在某医院妇科主任办公室内，姜克让看到一张来自发达国家不成形的宫

| 沈大内窥镜厂区照 |

腔镜照片。此照片给他了极大的创新灵感，于是从材料、结构、镜片加工设计等方面入手，他又进行了一年的技术攻关，终于研制出国内首台内窥镜：X-G3 型宫腔镜。这台宫腔镜填补国内内窥镜空白，获得了全国科技大奖，也成为姜克让祖孙三代矢志不渝攀登世界高端医疗设备研制高峰的转折点。

持续研发，不断攀登，姜克让研究成果不断出现。测量宫腔镜、开放式腹腔镜，纤维导光尿道膀胱镜、尿道电切镜、输尿管肾镜、支撑喉镜、经皮肾镜、喉镜、内窥镜一次性防护套、腔镜灌注泵、异型管内窥镜……在半个世纪的时间里，沈大内窥镜填补了近 20 项国内空白。

1996 年，儿子姜守望接过了父亲的接力棒。在企业原有基础上，他引进现代经营理念，加大进口替代力度，开足马力带领沈大内窥镜向国际一流高科技企业奋力迈进。

姜守望带领的沈大内窥镜厂最突出的成果在于汇聚国内一流智慧打造优秀产品，体现在与国内知名大学及名家医院产学研合作上。

联手中科院苏州生物医学工程技术研究所研发“共聚焦显微影像仪”“微探头消化超声内镜成像系统”；与大连理工大学、北京航空航天大学、北京

301 医院、湖南湘雅医院、西安交通大学医学院、中国医科大学等大学医院合作研发，盯住最前沿的技术，实现了沈大内窥镜向中国高端医疗设备高地大步迈进。

与优秀机构合作，实现了沈大内窥镜在技术上突飞猛进。迄今为止，沈大内窥镜申请国际发明专利 4 个，国内已批准和正在审批发明专利近 10 个，奠定了企业在行业中的重要位置。

而第三代姜克让孙子姜道明的加入，让沈大内窥镜的国际化进程大大提速。有着海外留学背景的姜道明构建了企业与世界顶级技术对接的绿色通道。其中，与德国弗劳恩霍夫制造工艺研究所形成战略合作，让沈大内窥镜拥有观察世界前沿技术的窗口。而引进世界最先进营销理念，则让沈大内窥产品在国际市场屡创佳绩。目前，沈大内窥镜产品已远销美欧等 70 多个国家、2000 余个医疗机构。

2022 年 6 月，山东省某三甲医院肝胆科教授，用上了沈大内窥镜研发的新品，成功用于微创胆囊切除术。随后，全国三家三甲医院使用沈大内窥镜研制的腹腔镜、宫腔镜、关节镜进行各种手术，获得了非常好的效果。专家们对比国外最先进的产品，认为沈大内窥镜在视场角、清晰度、畸变等主要指标上达到国际先进水平。此时，中国高端内窥镜迎来了一个里程碑时刻——实现了由长期跟跑向并跑的历史性跨越。

姜克让祖孙三代赓续努力，攻坚克难数十年，把沈大内窥镜打造成为中国细分市场的隐形冠军。作为国内唯一既有硬镜又有软镜的研发生产能力基地，50 余年来沈大内窥镜累计推出了 60 余大类产品，形成了 2000 余个品种和规格，可满足泌尿科、妇科、骨科、五官科、普外科、神经外科、肛肠科及电子内窥镜八大领域微创手术需求。目前，国内包括北京协和医院、华山医院在内的近 400 家三甲医院都是沈大内窥镜的客户。2012 年，沈大内窥镜获得中国驰名商标称号，也成为全国最大的内窥镜生产、研发基地。

| 沈大内窥镜车间 |

成为中国第一品牌之后，直击国内内窥镜发展现实，沈大内窥镜没有停止奋斗的步伐。国产微创内窥镜制造水平还不高，国内高端内窥镜市场绝大部分依然被进口品牌垄断的现实，激发了沈大内窥镜更强烈的使命感，点燃了沈大内窥镜代表中国努力攀登世界行业第一高峰的激情。从 2017 年起，沈大内窥镜集中优势资源，全力攻关光学硬镜关键技术，并进军 4k 高清腹腔镜系统。经过 5 年的研发，沈大内窥镜高性能微创医疗器械产业化成功升级，正在实现由跟随者到并跑者的角色转变。

企业的传承是一个体系的建立，是一段长跑的接棒，是一次制度的迭代。在现代企业制度运作框架下，一代代继承者们在前辈们的引领下，带领团队在市场经济的发展中奋力前行。这不仅是传承，更是企业的未来和希望。

未来不远，希望在望。汩汩“青”流展现出的新力量，必将助力企业，汇聚提升内生潜力，全面振兴发展正能量。

# 沈鼓集团：不可复制的大国重器

2023 年 3 月 21 日，中共中央政治局常委、国务院总理李强在湖南调研并主持召开先进制造业发展座谈会。参加座谈的有 8 家制造业企业，而作为东北地区唯一一家企业代表，沈鼓集团股份有限公司（下称沈鼓集团）党委书记、董事长兼 CEO 戴继双出席了座谈会，并向总理汇报了企业创新、改革等情况，同时提出了发展制造业的建议。

在全国几十万家规上企业中被选为参加新任总理举行的座谈会，戴继双特别兴奋，沈鼓集团风光无限——几代人赓续奋斗 70 余年，沈鼓集团获得了来自国家最高层面的“点赞”。

成立于 1952 年的沈鼓集团，71 年来昂首奋进在国产化道路上，在能源化工核心重大装备领域，创造了两百多项中国第一，挺起了中国制造脊梁；诞生了包括“五朵金花”、杨建华、徐强、姜妍在内的全国劳模、全国五一劳动奖章获得者近 30 人，是中国劳模摇篮；涌现出包括中国百万吨乙烯设计者姜妍在内的顶级技术专家和大国工匠近百人，被誉为装备制造业人才高地……71 年的不懈奋斗，沈鼓集团的长输管线压缩机、百万吨级以上乙烯三机、2000 万吨以上炼油装置、十万以上空分压缩机、三代核主泵等一批

| 沈鼓集团为广东惠州炼化公司研制的 120 万吨年乙烯装置裂解气压缩机组机 |

核心产品和技术达到国际同行业先进水平，解决了我国能源与化工核心设备众多“卡脖子”难题，被誉为“国家砝码”“大国重器”。

1976 年的一天，沈阳东塔机场，在公安人员护送下，一台有三层楼高的庞大设备——IBM 计算机，被送到了当时的沈阳鼓风机厂。这是沈鼓集团引进意大利离心压缩机技术的配套产品，当时中国从 IBM 公司只引进两台计算机，另一台落户清华大学。沈鼓以此次引进意大利离心压缩机技术为契机，开启了长达 40 余年一以贯之的技术创新之路，实现了企业腾飞。

1998 年，经过 20 多年消化和创新，沈鼓为大庆石化成功研制出年产 48 万吨乙烯裂解气压缩机和丙烯压缩机，实现了大型乙烯装置离心压缩机国产化零的突破，让中国拥有了自主研制大型石化乙烯“三机”能力。

2003 年，沈鼓集团为山东华鲁恒升研制出 4 万空分装置用空气压缩机，是当时国内空分行业最大的国产化空分压缩机组。

2009 年，沈鼓集团为天津石化、镇海石化、抚顺石化分别研制出百万吨乙烯装置用裂解气压缩机组、丙烯压缩机组、乙烯压缩机组，使我国成为世界上第四个能设计制造百万吨级乙烯压缩机组的国家。

2010 年，沈鼓集团为江苏海伦研制出年产 60 万吨 PTA 装置用压缩机和膨胀机，打破国外垄断，实现国产化首台（套）制造。

2012 年，沈鼓集团为国家“西气东输”工程高陵站研制出国产化首台（套）天然气长输管线 20MW 电驱压缩机组，成为国家机械制造业又一新的里程碑。

2017 年，国产化首台（套）10 万空分压缩机组在神华宁煤现场开车成功，标志着我国国产化大型空分设备正式进入 10 万等级时代，沈鼓集团也成了世界上第三个能够设计制造该大型核心装备的企业。

2020 年，沈鼓集团研制出世界规模最大、具有自主知识产权的 CAP1400 屏蔽电机主泵样机。

2022 年，沈鼓集团为齐鲁石化研制的我国首台百万吨级 CCUS 项目用二氧化碳压缩机成功投运。

2022 年，沈鼓集团为我国空气储能领域国家示范项目——江苏金坛盐穴压缩空气储能项目研制的离心压缩机组成功投运。

……

“有了沈鼓集团，我们就可以跟老外说‘不’！没有沈鼓集团，我们就只能伸着脖子，任人宰割！”中国石油化工股份有限公司原总裁、中国工程院院士王基铭这样评价沈鼓集团。

大国重器的背后，有一群高素质的人才队伍做保证。

2023 年刚刚召开的全国两会出现了一个熟悉的面孔：十四届全国政协委员、沈阳鼓风机集团设计院副总工程师——姜妍。2013 年以来，姜妍荣获包括全国优秀共产党员、全国劳动模范在内的国家级荣誉达十几个。这些

沈鼓集团劳模集体——“五朵金花”葛丽玲、张玉珠、王英杰、王广兰、严鸿（从左到右）

荣誉有一个最大支撑点：姜妍是我国第一台自主知识产权百万吨级乙烯压缩机设计师，她还主导设计了多个项目的国产化超低温压缩机，为中国石化装置安上了“中国芯”。

在沈鼓集团，有一批人既是劳动模范，又是科研精英、技能大师，他们支撑起了大国重器沈鼓集团这一片蓝天。

高技术产业需要高精尖人才配合，沈鼓集团深谙此道理。在引进先进技术同时，还建立起了优秀和卓越人才培育和成长机制，制造业基地沈鼓也变成了中国人才高地。

这些高尖端领域人才首先是敬业爱岗刻苦钻研的劳模：国家科学技术二等奖获得者杨建华，“徐强精度”创造者徐强，“五朵金花”……据沈鼓集团统计，多年来沈鼓集团有全国省市劳模达近 200 人次，仅全国劳模、全国五一劳动奖章获得者就达 25 人。多年来，沈鼓集团近百人进入国家省市高尖端人才目录，40 余人次获得国家及省市级大国工匠称号。沈鼓集团是当之无愧的国家级人才高地。

代代传承的“沈鼓家风”，让大国重器神韵不变。

“头顶一个天，脚踏一方土，风雨中你昂起头……”

每天中午 12 点，沈鼓员工开始午休时光，沈鼓集团厂区最爱播放《好大一棵树》歌曲。戴继双这样解释道：“这首歌沈鼓员工最爱听，在歌声中贺祝三、梁铁山、刘玄、苏永强等沈鼓集团掌门人美好形象栩栩如生地展现在广大员工的脑海里。”

从贺祝山、梁铁山、刘玄、到苏永强，再到戴继双，长达 40 多年时间涵育了沈鼓集团的风气清正、尊重知识、重视创新的“沈鼓家风”。作为第五代传承者戴继双，更是把弘扬“沈鼓家风”，发扬奉献精神、创新精神、劳模精神、工匠精神当成己任，以求让沈鼓集团行稳致远、健康成长。

当前，中国正处于工业化中期和制造强国建设的重要时期，作为中国重大技术装备行业的战略型、支柱型、领军型企业，沈鼓集团必将以创新为引擎，提供更多优质产品和技术，将企业打造为世界一流的重大技术装备领军企业，为推动中国制造的强势崛起不懈努力。

# 沈自所：深海铸『蛟龙』

2020 年 11 月 10 日，太平洋马里亚纳海沟 10909 米深的海底迎来了中国人自主研制的载人潜水器——“奋斗者”号，至此中国载人深潜技术迈向世界领先水平。

“可上九天揽月，可下五洋捉鳖”是中国人探索星辰大海的最美好梦想。潜入万米深海“奋斗者”号，汇聚了来自包括中国科学院沈阳自动化研究所（下称沈自所）在内的上百家单位。其中核心设备——控制系统及全海深主从伺服液压机械手，就出自沈自所。“沈阳智造”在万米深马里亚纳海沟闪耀着智慧的光芒。

海洋是人类生命的起源，其蕴含的丰富资源是支持人类持续发展的宝贵财富。在占地球表面积 49%、总面积达 2.517 亿平方千米的国际海底区域进行资源勘探，一直是大国的目标。从 1964 年“阿尔文”号载人潜水器研制以来，全球发达国家开始致力于载人潜水器的研究，取得了重大成果。

中国载人潜水器起步晚，但后来者居上，从 20 世纪 80 年代开始，从“蛟龙”号再到“奋斗者”号，以载人深潜为代表的中国海洋研究一步步走进深海，向着世界一流水平大步迈进，在这中间，沈自所起到了非常重要的作用。

“奋斗者”号沈自所研发团队赵诗雨、赵洋、赵兵、孟兆旭（从左至右）参加了万米海试

2002年，科技部将深海载人潜水器研制列为863计划重大专项，启动“蛟龙”号载人深潜器的自行设计、自主集成研制工作，吹响了中华民族进军深海的号角。2009年至2012年，“蛟龙”号接连取得1000米级、3000米级、5000米级和7000米级海试成功。2012年6月，在马里亚纳海沟创造了下潜7062米的中国乃至世界的载人深潜纪录。至此，中国成为继美、法、俄、日之后第五个掌握6000米以上大深度载人深潜技术的国家，能够深潜到世界上99.8%的海洋区域。

“蛟龙”号控制系统被誉为“龙脑”。“龙脑”是由沈自所自主设计、自主研制而成的。

“蛟龙”号副总设计师、控制系统课题负责人王晓辉带领控制系统团队创造性地将自主水下机器人（AUV）的自主控制功能与遥控水下机器人（ROV）的人在回路的控制理念相结合，构建了大深度载人潜水器控制系统的体系结构。同时，沈自所团队研制了潜水器的航行控制系统、导航定位系统、综合信息显控系统和水面监控系统等工作系统，以及数据分析平台和半物理仿真平台等辅助系统。

从 2009 年至 2012 年，沈自所控制系统团队共 19 人次参加了 50 米、300 米、1000 米、3000 米、5000 米、7000 米水深“蛟龙”号各个深度级别的海上试验。

2012 年 6 月 24 日，“蛟龙”号历史性地完成了超过 7000 米的深潜之旅。作为第四次海试的试航员，沈自所研究员刘开周成为突破 7000 大关里程碑时刻的亲历者。

值得一提的是，“奋斗者”号是中国研发的万米载人潜水器，于 2016 年

|“奋斗者”号控制系统出自沈自所|

立项。沈自所水下机器人研究室承担了“奋斗者”号智能化控制系统、电动观测云台以及主从伺服液压机械手等全海深技术装备。

如果把“奋斗者”号比作一个人的话，那么智能化控制系统就相当于人的大脑，两台全海深主从伺服液压机械手就相当于人的双手。“沈阳智造”在研制中作出突出贡献。

“沈阳智造”提高“奋斗者”号的“智力水平”：针对深渊复杂环境下大惯量载体多自由度航行操控、系统安全可靠运行等技术难题，沈自所提供的“奋斗者”号控制系统，实现了基于数据与模型预测的在线智能故障诊断、基于在线控制分配的容错控制以及海底自主避碰等功能，提高了潜水器的智能程度和安全性。同时，沈自所采用基于神经网络优化的算法，实现了大惯量载体贴海底自动匹配地形巡航、定点航行及悬停定位等高精度控制功能。

“沈阳智造”大幅度提高了“奋斗者”号的“动手能力”：“奋斗者”号的两套主从伺服液压机械手均具有 7 个关节，可实现 6 自由度运动控制，持重能力超过60公斤，能够覆盖采样篮及前部作业区域，作业能力十分强大。沈自所突破了超高压密封技术及超高压油液环境驱动与控制等技术，使机械手在深渊海底顺利完成了岩石、生物抓取及沉积物取样器操作等精准作业任务，填补了我国应用全海深液压机械手开展万米作业的空白。另外，两部电动观测云台，运用超高压环境下高精度传动控制、高紧凑度一体化设计等技术，能够搭载多部科考设备实现全向水下观测，为深渊科学研究提供了全场景观测资料。全深海电动机械手开展了万米科考作业任务，填补了我国万米级作业型无人潜水器的空白。

“沈阳智造”保障了“奋斗者”号成功：“奋斗者”号在万米海试阶段，沈自所派出了赵洋、赵兵、孟兆旭和赵诗雨 4 名科研人员参与。赵洋作为“奋斗者”号副总设计师、控制系统负责人，执行了创纪录的万米深潜任务。赵兵是“奋斗者”号控制软件负责人，担任主驾驶试航员承担了多个关键潜次试验。孟兆旭是“奋斗者”号监控软件设计师，赵诗雨则担任控制硬件设计师。他们用自己的智慧保证了“奋斗者”号顺利下潜万米深海。

2020年10月27日，“奋斗者”号在马里亚纳海沟成功下潜突破10000米，达到10058米，创造了中国载人深潜的新纪录。11月10日8时12分，“奋斗者”号在马里亚纳海沟成功坐底，坐底深度10909米，刷新中国载人深潜的新纪录。11月13日8时04分，“奋斗者”号载人潜水器在马里亚纳海沟再次成功下潜突破10000米。11月17日7时44分，“奋斗者”号再次下潜突破10000米。11月19日，“奋斗者”号再次突破10000米海深复核科考作业能力。11月28日，习近平总书记致信祝贺“奋斗者”号全海深载人潜水器成功完成万米海试并胜利返航。

过去的几十年，沈自所创造了中国机器人事业发展史上的20多个“第一”，使机器人处于“机器”到“生命体”的过渡。从这里诞生的机器人不仅可上九天揽月，更可下五洋探宝，它们正在代替人类踏足环境险恶之地。圆梦星辰大海，沈自所的征途永不止步。

# 沈阳制造护航 载人飞天逐梦 星辰

2023 年 5 月 30 日，神舟十六号成功发射，中国人探索星辰大海再迈一大步。代表着世界航天最新成果的神舟十六号，有许多“沈阳元素”，伴随着神舟翱翔宇宙，科技沈阳闪耀着迷人的光芒。

航天员的生命线是什么？通俗来讲，就是航天服的供氧通风管以及 26 种橡胶软管和部件，而这些橡胶部件就是由沈阳第四橡胶（厂）有限公司研发而成的。

据悉，航天服上的 26 种橡胶软管和橡胶部件主要包含供氧通风软管 5 种、特种输液管 5 种、液路铠装胶管 2 种、充气软管组件 1 种以及航天服橡胶密封件 13 种。供氧通风管为航天员提供氧气，实现空气流通平衡，在航天服的内外均有分布，外面两条相对明显，就在航天服的腰间，一条为供氧软管，一条为通风软管。

从 1992 年起，沈阳第四橡胶（厂）有限公司就承担着我国航天用橡胶制品的研发任务。在没有技术积累，又没有国外参照标准的情况下，临危受命，担负起神舟一号飞船用橡胶产品的研制工作。研发团队在材料选择和软管结构设计等方面进行了大量的技术攻关，经过不断的验证，成功研制出橡

| 航天新光厂门 |

胶密封件、通风供氧橡胶管和波纹管、特种输液管、返回舱软管及橡胶保护套等 30 余种产品。

随着航天事业的发展，沈阳第四橡胶（厂）有限公司又相继为神舟系列飞船配套充气软管组件，提供了混炼胶及胶黏剂等原材料，为空间站配套多种规格的特种输液管。

沈阳第四橡胶（厂）有限公司研制的十余种橡胶密封件，具有质量轻、耐环境能力强、可靠性高等特点。橡胶软管具有耐多种介质、密封性强、耐压性高等特点，保障了航天员的生命系统。自神舟五号载人飞天起至今已有 20 年，产品随着神舟系列飞船的发射不断进行技术升级，获得了中国航天员科研训练中心和中国航天科技集团的充分肯定。

沈阳航天新光集团有限公司（下称航天新光）研制的 6 种连接分离机构产品再次以稳定可靠的工作状态，为飞船开启了护航之旅。

从神舟一号到神舟十六号，航天新光承制的连接分离机构不断优化升级，以高品质高可靠性的产品在历次载人航天工程任务中屡立战功。升空时连接要坚强有力，分开时要干脆利落，这项精准要求关乎航天员的生命安全。连接分离机构在飞行器发射和在轨运行时，需要克服空中气流等外力因素影响，保障航天器主体及各舱段的牢固连接，并在返回时确保快速分离，保障任务的顺利进行。

从 1997 年到 2023 年，航天新光持之以恒追求卓越，从填补空白到技术水平大幅度地提高，每一点进步都离不开团队成员刻苦钻研。细致雕琢产品加工工艺，高标准完成产品各项指标，确保万无一失是他们唯一的追求。

刚柔并济护神舟。此次发射任务的成功再次验证了航天新光连接分离机构的高可靠性，它们也将持续发挥刚性连接作用，在返回时实现精准分离，全程护航航天员平安回家。

中航工业沈阳兴华航空电器有限责任公司（以下简称“航空工业兴华”）自主研发的舱外航天服电源保护装置，在空间站建设任务中也起到关键作用。

该产品应用在“飞天”舱外航天服上，是航天服电源总开关，具有正常供电时为整套服装供电，故障过流状态时自动断开电路的功能，能够避免航天服电流过大造成损坏，成功保证了整套服装的正常运行，为航天员圆满完成出舱任务提供强有力的保障。

2005 年，航空工业兴华接到任务，为舱外航天服研制电源保护装置。公司成立研发团队，在结构设计和控制电路方面进行了大量的技术攻关，形成了 3 项发明专利及 8 项实用新型专利，产品累计试验时间超过 3 万小时，成功研制出第一代航天服电源保护装置，并应用在我国首次太空出舱任务的舱外航天服上（神舟七号）。

在突破“卡脖子”的技术垄断上，研发团队对第二代航天服电源保护装置进行了升级改进，成功实现了控制电路的 100% 国产化，使控制精度更高，产品稳定性更强，多次经历了航天员出舱活动的考验，中国载人航天工程办

| 兴华电器技术人员正在研讨技术 |

公室和航天员科研训练中心为该产品对航天事业作出的贡献多次提出表扬。

雄厚的制造业基础、丰富的技术人才储备、强大的科技研发力量，沈阳，这座曾经承载着无限光荣与梦想的城市，正在默默地为国家航天事业注入新动力。曾经，多少人将青春甚至生命献给共和国工业建设；如今，又一代年轻人把满腔热情献给祖国的航天事业。

# 航空航天产业在沈阳

航空航天产业具有高产出、高附加值、知识和技术高度密集、人才密集、资金密集和劳动力密集的特点，包含众多的高新技术和前沿科技，可以说是集现代尖端科技之大成，是高新技术发展的引擎。航空航天产业是一个国家综合国力的集中体现，也是反映一个地区制造业能力与水平的最显著标志。

近年来，沈阳航空产业获得快速发展，沈阳是国家四大航空制造业基地之一，是 ARJ21、C919 等项目重要部件的主要供应商。与波音、空客、庞巴迪等世界知名航空企业成功合作已近 30 年，军用飞机、民用飞机、通航飞机、航空发动机研发制造能力以及整机配套能力居国内领先水平。

一架波音 737 飞机是由 450 万个零部件组装成的，是由 6 个国家、2600 家企业，其中 1100 家大企业，1500 家小企业协作生产的。目前波音公司生产的新一代 737 飞机中，每 10 架就有 7 架的水平尾翼是由中国生产的；近 2900 架空中客车飞机在世界上 180 家航空公司运营，其中四分之一安装了中国生产的零部件。

沈阳已形成发展航空航天产业强大支撑能力，以沈飞和黎明等航空航天企业为基础，以航空航天技术为核心，集研发、设计、制造、实验、试飞、返航为一体的系统产业群正在形成。这正是沈阳航空航天产业借助杠杆腾飞的支点。

航空航天产业具有极大的辐射和带动作用，可带动冶金、新材料、化工、电子、机械制造等产业的发展。航空航天产业已经成为全面维护国家安全的战略基石，推动科学技术进步、服务经济社会发展的重要力量。不仅是国家意志和综合国力的集中体现，更是大国博弈的战略高地。

近年来，我国航天发射次数蝉联世界第一，进入空间能力跃居世界前列。众多航天重大工程取得决定性成果：2020 年长征五号 B 运载火箭首飞成功；我国全球卫星导航系统北斗三号建设完毕，并正式开通；行星探测任务“天问系列”中的第一枚火星探测器“天问一号”成功发射，高分专项、探月工程三步走计划均进入收官阶段，天宫空间站完成建设。我们认为，一个中国航空航天产业的新时代即将来临，在这个征途是星辰大海的航天新时代中，航空航天产业需求必将出现高速增长。我国航空航天科技产业将会有爆发式发展，对国民经济的带动作用会越来越大。

而拥有良好航空航天产业基础的沈阳一定会大有作为。沈阳拥有被誉为“中国歼击机摇篮”的沈飞；拥有被誉为中国航空发动机摇篮的黎明航空；拥有被誉为培养中国飞机、航空发动机设计师摇篮的沈阳飞机研究所、航空发动机研究所；拥有被誉为我国航空航天人才培养的摇篮，建校以来共为国家培养航空航天人才超过 3 万多名的沈阳航空航天大学。

站在“十四五”规划承上启下的关键节点，沈阳正在全力加速发展航空航天产业，推进沈阳航空航天城建设。

从规划看，沈阳制定《沈阳市航空航天产业中长期发展规划（2023—2030 年）》《沈阳市航空航天产业发展三年行动计划（2023—2025 年）》《沈阳市支持航空产业高质量发展的若干政策措施》，推进沈阳临空经济区、沈阳航空航天城和法库通航产业基地建设，形成特色鲜明、重点突出、差异定

| 沈飞民机机身段制造 |

位、互补发展的空间布局，推动航空航天产业专业化、集群化、规模化发展。

从基础看，沈阳是新中国航空工业诞生的摇篮，是国家重要的航空航天产业基地，拥有601所、606所、626所等航空科研院所，沈飞公司、黎明飞机发动机公司、新华电器等众多知名企业，拥有沈阳航空航天大学航空宇航馆、风洞、激光燃油雾化实验室、发动机结构实验室等，发展航空产业具有得天独厚的竞争优势。沈阳构建了以沈阳北部航空航天城和南部临空经济区为两核、法库通航产业基地为重点的“两核一基地”发展格局。

从机遇看，党的二十大报告提出“加快建设制造强国、质量强国、航天强国、交通强国、网络强国、数字中国”。航空强国作为强国战略之一，将给沈阳航空航天产业带来新的、更大的发展机遇。依托多年来持续推进的产业布局和对接合作，沈阳承接了A320、C919等主流机型的部件研制和生产任务，未来市场空间将更为广阔。

“十四五”期间沈阳航空制造业在保证尖端军用飞机生产的基础上，民用航空发动机、整机电器电缆、飞机大部件及零部件、小型民用飞机等生产规模居全国重要地位，同时沈阳航空航天制造业在地区经济发展中的作用日益增大。沈阳将建成国内最大规模的航空产业基地，飞机发动机、公务通用飞机、大部件和零部件生产和转包、服务维修、航空物流、教育培训等产业居国内领先地位。沈阳民用航空国家高技术产业基地重点开展新型发动机与机身研发，积极争取承担我国大型飞机发动机、支线、公务和通用飞机发动机的研制任务，开展新型商用支线飞机的主机身、尾锥、机舱前后门等大部件的研发；推进基地内航空企业与庞巴迪、波音、空客等世界著名飞机或发动机制造公司的研发与生产合作项目。不断增加波音 737 尾段及其部件，波音 747、757、767 改装配套件和波音 787 垂尾前缘的生产批量， 基本形成产业化体系和批量装配生产线，建设国内民用大型和支线飞机机身段制造基地。

沈阳正在加快推进建设沈阳航空航天城，项目规划面积约 80 平方公里，总投资约 1500 亿元，将以航空、航天、空天衍生三大主导产业为主，重点发展飞机总装、飞机发动机、飞机关键零部件、航空材料、机载系统、航天产业等领域，配套发展商贸、文旅、科技服务、制造服务等服务业。预计到 2025 年，围绕航空航天头部企业将构建起完整产业链，本地配套率达到 65% 以上；到 2035 年，头部企业本地配套率达到 80% 以上，航空航天产业产值超 2000 亿元，建成一个国际一流、国内领先、充满活力的航空航天城。

逐梦空天，聚“星”成“链”，沈阳的航空航天产业正在努力擘画多元蓝图，在追高尚远的空天探行之路上持续攀登跃升。

# 新兴战略产业孵化平台：国际软件园

2023 年 1 月，沈阳国际软件园又获两项大奖。一是在“第六届中国行业数字化年度风云榜”评选中，沈阳国际软件园凭借创新的产品设计、层次丰富的配套设施、全要素产业服务平台、十余年活力运营获评 2022 年中国行业数字化年度示范产业园区。二是在 1 月 11 日，沈阳国际软件园荣膺中国“高质量发展园区”的殊荣，基于多年来对地方产业经济卓越的推动力、引领性、影响力，以及高质量的园区发展与数字产业聚集成果获得认可和嘉奖。

回顾过往，沈阳国际软件园各项殊荣硕果累累。多年来获评：中国骨干软件园区（位列全国第六名，东北地区第一名，中国民营软件园区第一名）、中国首批试点智慧园区、中国工业软件研发与服务领军园区、国家火炬计划软件产业基地、国家小型微型企业创业创新示范基地、“沈阳市国家级科技企业孵化器”“中国十大特色软件园区”“中国最具活力软件园”“2022 中国科协‘科创中国’软件与数字产业创新基地”“中国科协‘科技工作者之家’组织建设项目单位”等。

是什么样的成果让一个民营科技园区获得这么多殊荣？

沈阳国际软件园作为沈阳重要的战略性新兴产业孵化载体，是辽沈数字经济发展的参与者、建设者。园区自 2003 年建设伊始，即以集聚工业软件企业发展为特色，经过 20 年的发展，现已成为国内一流、东北领先的软件园和新一代信息技术产业园区。

沈阳国际软件园定位于以软件和新一代信息技术产业为主导的数字经济产业集群，致力于集聚产业、培育企业、发展产业，已成为东北地区规模和影响力最大、科技创新产业集聚程度最高、发展态势最好的开放式科技园区，具有完备的产业服务体系、显著的品牌优势及较大的区域经济和社会贡献，已启动科技园公募 REITs 发行筹备工作。

园区始终坚持“外引内育”和“抓两头带中间”的核心发展策略，大力引进和培育行业领军企业和高成长性科技企业。截至 2023 年第一季度末，沈阳国际软件园投入使用产业办公楼宇约 80 万平方米，从业人员超过 4 万人；园区入驻企业 1535 家，其中世界 500 强企业 48 家，中国软件百强企业 23 家，上市公司及子公司 106 家；本地国家高新技术企业 284 家，限上、规上入库企业 88 家，高级人才（科学家）创业团队 50 余个，国际顶尖人才创办企业 2 家，省新型研发机构 7 家，省瞪羚企业 11 家和种子独角兽企业 1 家，全国细分市场领军企业 30 余家，省上市后备企业 22 家，其中美行、向日葵、宏图创展、风驰、共兴达等 7 家企业计划于近三年登陆资本市场。园区内企业主要从事工业软件与工业互联网、大数据、云计算、物联网、人工智能、互联网、移动互联网等产品研发与技术服务，业务涵盖工业、能源、交通、教育、医疗等 30 多个领域。

沈阳国际软件园怀揣打造“改变世界的创新社区”愿景，秉承“实现企业办公理想，建设产业生态、助力客户成长”的使命，坚持长期价值主义，通过全要素资源集聚、全方位企业育成、专业化产业运营、多元化金融服务，形成促进企业加速发展并分享企业成长的商业模式，打造企业发展理想平台和产业创新发展新生态，从而实现区域、产业、企业、园区协同共赢发展，助力辽沈乃至东北地区新兴战略产业发展壮大。

坚持“三生融合”和“共享经济”理念。

“生产”——沈阳国际软件园基于科技企业客户的研发及办公需求提供专属定制化解决方案。园区依照“共享经济”模式，打造优美、整洁、安全、友好的园区环境，提供 IDC、云计算中心、双回路供电、三备份数据线路接入、国际互联网数据专用通道、24 小时智能监控、地上地下停车位等完善的公共基础设施和智慧园区服务，并配套免费的共享会议室、室内外公共区域 WiFi 及 5G 信号全覆盖。

“生活”——从人本理念出发，园区为科技工作者在餐饮、通勤、运动、健康等多维度提供便利的生活配套设施。进驻园区的餐饮主体达到数十家，为科技工作者提供了齐全、多样化的餐饮配套；提供通勤车、免费摆渡车以及智能停车系统；将健身和办公空间有机融合，建设篮球场、乒乓球馆、羽毛球馆、有氧器械区等免费的运动场所；同时还引进中西医门诊、连锁药房等医疗配套。

“生态”——沈阳国际软件园以打造环境优、品质高、低容积率、高绿化率的“花园式研发办公空间”为产品定位，园区内自然景观与人文楼宇相互映衬，绿化率近 40%，周边还规划有绿地公园等生态配套，在高质量发展经济的同时，打造优美的生态环境，展现自然和谐的城市景观。

沈阳国际软件园持续集聚科技企业发展所需要的各类要素资源，打造成熟的产业创新生态。从满足“人、企业、产业”三大维度的实际需求出发，园区逐步构建了较为完备的产业创新服务体系，围绕人才、资本、技术等创新主体发展的核心要素，在园区集聚大量高端创新资源，开展全方位的资源整合和链接，形成了体系完备、要素齐全，涵盖“政产学研金创服”全链条产业要素，可以辐射沈阳乃至全国范围的产业创新发展服务平台，主要包括科技成果转化与创新研发平台、孵化加速服务平台、人才服务平台、投融资

| 基于“三生融合”“共享经济”理念，打造企业发展理想服务平台示例图 |

服务平台等，为企业提供全要素全生命周期服务，助力企业成长。

近三年累计为园区科技企业直接、间接融资超 10 亿元，人才招聘近 3300 人，提供政策咨询服务超 200 家次，举办创业沙龙、企业家业务交流

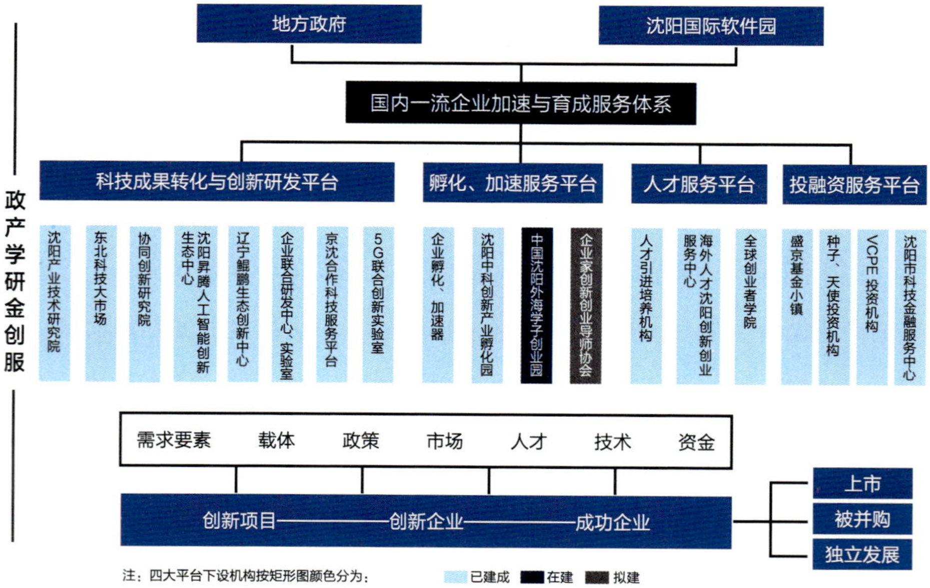


| 搭建全要素、全周期产业服务体系 |

会等产业活动近 200 场，有效助力企业加速成长，并不断吸引工业互联网、大数据、云计算、物联网、人工智能、5G、虚拟现实等新兴软件信息技术和相关融合产业以及创新资源在园区加速集聚与发展。

沈阳国际软件园作为区域领先的科技园区，将以全生命周期和全方位服务的企业育成体系，构筑园区与企业、企业与企业相互赋能、协同成长的产业发展生态系统，吸引带动更多数字经济企业不断在园区集聚、发展，并依托高端创新资源的建设、引进与集聚，将园区产业生态圈外延不断扩展，持续为辽沈创新驱动发展、新动能培育贡献力量。

沈阳国际软件园二期（沈阳数字经济产业园）聚焦数字经济产业，以改造升级“老字号”，培育壮大“新字号”为使命，以建成辽沈科技创新和新兴产业的策源地为目标，加速发展沈阳市数字经济创新产业集群。项目规划用地面积近 1100 亩，建设面积 150 万平方米，总投资 80 亿元人民币，已于 2022 年启动建设并逐步交付入驻。园区建设将围绕大数据、云计算、物联网、区块链、人工智能、5G 通信、网络安全、数字孪生等数字经济新兴技术及

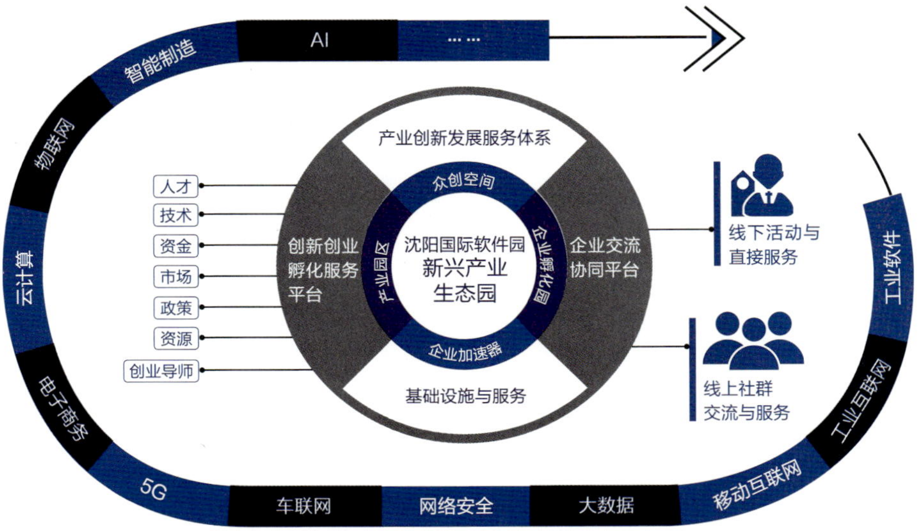


| 构筑数字经济产业创新发展生态图 |

未来信息技术领域引入和培育优质创新企业，建设全国领先的数字经济产业集聚区。项目全部建成后，沈阳国际软件园整体产业建筑面积将达260余万平方米，入驻企业3000家以上，年产值2000亿元以上，从业人员近10万人，培育100家本土细分领域隐形冠军企业、15至20家本土上市公司，成为东北区域发展数字经济的核心平台，加快传统产业数字化、智能化改造升级，为区域经济高质量发展作出重要贡献，为沈阳建设“东北数字经济第一城”做出重要支撑，助力“数字辽宁、智造强省”目标建设，加速实现东北全面振兴、全方位振兴。

# 沈变：支撑起中国电力高速公路网

能源安全是关系国家经济社会发展的全局性、战略性问题，能源的饭碗必须端在自己手里。我国三分之二的煤炭资源都集中在陕西、山西和内蒙古三省区，80% 的水电资源集中在西南地区，光伏、风能资源则主要集中在西北、内蒙古等地。与之对应的是，我国 70% 以上的能源消费集中在东中部地区，用电大户都在东部，像珠三角、长三角、渤海湾。中国的东西部距离在 1200 公里以上，发展特高压电网，是解决能源基地与负荷中心之间远距离、大规模、大容量电力输送难题的有效途径。

特高压电网指的是 ±800 千伏及以上的直流电网和 1000 千伏及以上交流电网。与普通线路相比，特高压输电线路输送容量更大、输电效率更高、运行损耗更小、输送距离更远，可以达到 2000 公里甚至 3000 公里以上，能覆盖我国所有的大型能源基地和用电负荷中心。

在国际上“无标准、无经验、无设备”的情况下，我国特高压成功实现从“白手起家”到形成“大国重器”，从“中国创造”到“中国引领”，从“装备中国”到“装备世界”，是我国电力发展史上艰难而又极具创新性、挑战性的重大成就，更是中国乃至世界电力行业发展的重要里程碑。掌握了特高压核心技术的特变电工沈阳变压器集团有限公司（以下简称“特变电工沈变”）在装备中国电力高速公路网中发挥了关键作用。

在中国输变电行业里，特变电工沈变有个充满荣誉感的名字：“首台首套之家”。特变电工沈变为中国电网长距离输送能源提供特高压电网装备。作为中国重大装备制造业的核心骨干企业，为三峡工程、西电东送、1000千伏特高压示范工程等国家重大项目工程提供了国产首台套产品技术和服务。沈变众多首台首套产品的问世，标志着我国已经掌握了特高压核心技术，在远距离、大容量、低损耗设备国产化上取得重大突破，为保障国家能源安全和电力可靠供应提供保障。

特变电工沈变拥有特高压核心技术，得益于公司一直坚持了几十年的自主研发。公司一直把销售收入的6%用于特高压变压器等产品的研制，同时打造了一支由院士、学科带头人及中青年研发人员组成的研发团队。沈变公司的自主研发能力还来自其全球化视野，与清华大学、乌克兰扎布罗热变压器研究所等10余家科研院所和大学建立了合作关系。凭借持续的自主研发，近些年沈变公司平均不到两个月便有一种产品问世，现已有近30余种新产品达到国际先进水平，企业累计取得专利技术超过百件。国家发改委将“特高压变电技术国家工程实验室”牌匾授予沈变公司。这是我国变压器行业唯一的国家工程实验室，标志着沈变公司打破了中国特高压输电设备长期依赖进口的局面，向世界宣告中国作为一个输变电大国的崛起。

十几年来，特变电工沈变不断刷新世界纪录。被称为世界电网建设的“珠穆朗玛峰”——国家晋东南—南阳—荆门特高压交流试验示范工程，作为世界上首条特高压试验示范工程，成为世界上运行电压最高、输送能力最强的工程。2009年2月，特变电工沈变研制的世界首组特高压1000兆伏安、1000千伏变压器成功实现带电运行，在整个工程所用产品试验全过程中，这是唯一没有出现任何问题的产品。“这是不可思议的奇迹！能够见证世界首台百万伏高压变压器的诞生，我感到非常高兴！”意大利CESI公司的专家飞抵沈阳，只是为了见证这台机器的诞生。怀有这种敬佩之心的还有德国西门子、日本东芝和三菱、乌克兰扎布罗热等一系列国际输变电设备制造的“豪门”。他们都曾积极介入相应国家的特高压发展计划，但受市场的制约，未能形成相对的技术优势。可以说，百万伏变压器的成功运行，标志着沈变公司已经建成特高压产品自主研发体系，自主研发能力已经站上世界行业的高峰。通过1000千伏晋东南—南阳—荆门特高压交流试验示范工程的建设，我国全面掌握了特高压核心技术和全套设备制造能力，研制成功了特高压串补、大容量特高压开关、双柱特高压变压器等代表世界最高水平的特高压交流新设备，刷新了主要输变电设备的世界纪录，形成了一系列国际标准和国家标准，验证了发展特高压的可行性、安全性、经济性和环保性，实现了“中国创造”和“中国引领”。

2021年12月14日，“沈阳制造”大国重器在特变电工沈变诞生，首台用于白鹤滩—江苏±800kV特高压直流输电工程的高端变压器产品在货车鸣笛后启动发运。这项产品的研制成功标志着特变电工沈变公司在特高压领域跃居国际领先水平，同时，也为“沈阳创造”参与更多国家工程增添了重要砝码。

特变电工沈变制造的服务于白鹤滩—江苏±800kV特高压直流输电工程所需的高端变压器，是在满足国网公司提出的最新指标基础之上，首次研发网侧电压提升5%的±800kV换流变压器。该产品的研发成功，为后续±800kV直流工程提供了重要的依据和参考。由于该工程所需的变压器所应用的地区是2500米高的高海拔地区，海拔高度超过以往的特高压工程，所以外绝缘距离、温升等关键参数都与以往变压器有所不同，这就加大了产品研发的难度。公司集中人力物力就新产品展开科研攻关。相比原有的高端换流变压器，新产品的电网出线装置需按电网套管绝缘水平进行设计和单独试

| 特变电工沈变造“大国重器”：特高压变压器设备“王中王”在沈发运 |

验，网侧电压首次提升了 5%，并满足了该变压器需要 1.1 倍长期过负荷的要求，有效保证了产品的安全可靠性，是国产化特高压变压器设备中的“王中王”。

2022 年 7 月 1 日，白鹤滩—江苏 ±800 千伏特高压直流工程竣工投产。同年 11 月 15 日，国家电网白鹤滩至浙江 ±800 千伏特高压直流输电工程四川段最后一个架线区段导线展放顺利完成，实现全线贯通，标志着白浙工程全线贯通。作为我国“西电东送”工程的战略大动脉，这项跨五个省市、全长达 2080 公里的工程，只需要 7 毫秒就可以把水电从四川送至江苏、浙江。7 毫秒运送电力速度背后，正是中国领跑世界的特高压技术。每年数万亿千瓦时的电能通过长度超过 4.8 万公里的特高压输电线路，跨越祖国山河湖海，送往经济发展的第一线。

2023 年 3 月，特变电工沈变厂区内一个专门为攻克特高压套管“卡脖子”

| 特变电工沈变制造的特高压 ±800kV 干式直流套管 |

难题而完成的项目、国家“西电东输”重点项目——白鹤滩至浙江特高压直流输电工程和自主研制的变压器重要组部件产品——±800kV 干式直流套管顺利通过验收，标志着沈变公司成功攻克了特高压直流装备关键组配件的“卡脖子”难题。高端直流套管的技术难关攻克后，借助即将投产的套管研发基地，可以实现高端直流套管的批量生产。此外，还将开展 ±800kV 穿墙直流套管、±1100kV 特高压直流套管和特高压 1100kV 干式交流套管的开发、试验工作，为我国实现高水平科技自立自强贡献特变电工沈变力量。

经过十余年的探索实践，我国特高压输电技术已实现从跟跑到领跑的跨越，成为一张中国制造的金色名片。2020 年，有“电力高速公路”之称的“特高压”作为新基建七大领域之一，已然成为世界瞩目的焦点。

截至 2020 年底，中国已经建成了“14 交 16 直”，在建“2 交 3 直”，共35个特高压工程，在运在建特高压线路总长度4.8万公里。“十四五”期间，国网规划建设特高压线路“24交14直”，涉及线路3万余公里，变电换流容量3.4亿千伏安，总投资3800亿元。

汽笛声声鸣响，大国重器启程。特变电工沈变将持续加大科技创新投入力度，推动重大技术攻关产品的产学研用，打造多个闪耀特高压领域的精品工程、示范工程，为国家实现“双碳”目标提供有力支撑，在装备中国电力高速公路网中发挥更重要的作用。

# 沈阳摘取『工业皇冠上的明珠』

燃气轮机是继蒸汽轮机和内燃机之后的新一代能源动力系统中的核心装置，代表着国家工业制造产业发展的最高水准，也是国家安全和大国地位的重要战略保障。燃气轮机应用广泛，除用于工业装备、国防装备、舰船动力外，在国民经济的电力、能源开采和输送等领域具有广阔的市场发展前景。世界上能够独立研制高性能燃气轮机的国家只有美、俄、英、中等少数几个国家，民用领域则由美、英两国垄断。我国燃气轮机生产制造曾一度落后西方发达国家20年，特别是重型燃气轮机被称为“世界上最难制造的机械设备”之一。其高温部件——燃烧器等长期运行在金属熔点以上，同时承受着极强的应力，设计制造难度极大。燃气轮机因技术工艺门槛极高，被誉为“世界工业装备制造领域皇冠上的明珠”。沈阳市拥有深厚飞机发动机研制、制造，人才、技术等比较优势。从21世纪初开始，沈阳紧盯国家发展战略，加大力度加强燃气轮机的研制生产，二十年磨一剑终于摘取了世界工业装备制造领域的“皇冠上的明珠”。

2002年10月，落实国家“十五”规划，确定863计划能源技术领域燃气轮机重大专项“R0110重型燃气轮机设计与研制”和“R0110重型燃气轮机研制与调试”两个连续性课题正式立项。项目的目标是：以中央、地方、企业、高校及科研院所联合开发方式，整合科技力量，进行燃气轮机研发，提升我国燃气轮机关键核心技术的自主开发能力，最终实现国产化。沈阳市支持中航工业黎明航空发动机（集团）有限责任公司（简称黎明公司）牵头，加上中航沈阳发动机设计研究所、沈阳重型机器有限责任公司、沈阳鼓风机股份有限公司与清华大学、中国科学院工程热物理研究所、上海交通大学、中国燃气涡轮研究院、中国船舶重工业集团公司第 703 研究所、上海汽轮机厂九家单位共同组成的科研联合体作为课题承担单位。经过十多年努力，铸就大国重器燃气轮机项目攻关研究取得实质性突破。2012 年 12 月，沈阳黎明公司与中海油深圳电力有限公司达成协议，用研发团队研制的 R0110 重型燃气轮机在中海油深圳电厂代替原来的一台西门子 V94.2 燃气轮机，在原燃机的工位上建立 R0110 重型燃气轮机试验平台，同时承担发电任务。2014 年 6 月，专项第二部分“R0110 重型燃气轮机研制与调试”顺利通过国家验收。截至 2014 年 12 月 22 日，R0110 重型燃气轮机在中海油深圳电厂累计并网发电运行 1026 小时，圆满完成 1000 小时发电长试目标。在 R0110 母型机研究成果基础上，又突破了 60MW、160MW 与 200MW 以上系列燃气轮机试制。

来到“十三五”规划期间，我国进一步全面启动实施航空发动机和燃气轮机重大专项，目标是突破“两机”关键技术。国家能源局《能源技术革命创新行动计划（2016—2030）》中明确指出：研究具有自主知识产权、性能达到国际先进水平的工业燃气轮机设备。这推动了我国燃气轮机研制进入新阶段。2016 年 8 月，国家成立了中国航空发动机集团并启动了“航空发动机及燃气轮机”国家重大专项。2019 年 4 月，中国航发燃气轮机有限公司落户沈阳。新成立的燃机公司下设产品研发、市场销售、制造装试、工程服务和维修保障五个中心，将整合中国航发现有民用燃气轮机产业资源，重点发展“三轻一重”等燃气轮机产品及业务，为加快国产燃气轮机产业自主发展奠定基础，努力为用户提供优质高效的燃气轮机产品，助力绿色高效能源产业发展，打造世界一流燃气轮机装备。2019 年 12 月，沈阳市推动国内燃气轮机行业和能源产业占有龙头地位的两家企业，联手沈阳市装备制造业聚集区铁西区，建设国产燃气轮机科研试验电站。推进辽宁省燃气轮机创新中心和燃气轮机运维基地项目建设，加快实现燃气轮机自主研发、生产制造和推广应用，完成燃气轮机产业发展成熟的“最后一公里路”，为沈阳打造国家燃气轮机创新中心、建设一流燃气轮机产业基地、促进军民融合产业深度发展持续注入新动力，不断释放新动能。2020 年，114 兆瓦的国产 R0110 重型燃气轮机定型发布成功，并在中海油电装备运行，实现并网发电。“三轻一重”中的“一重”R0110 重型燃气轮机横空出世。真正意义上的“中国造”重型燃气轮机，终于修成了正果，开始正式走向应用市场。R0110 是目前一款完全中国自主知识产权的重型燃气轮机。2020 年 12 月 21 日，国内首套具有完全自主知识产权的 E+ 级重型工业燃气轮机 AGT-110 在沈阳总装下线，标志着我国燃气轮机自主创新又迈出坚实的一步。AGT-110 重型燃气轮机采取单轴、双支承、前输出结构，主要用于工业发电。

进入“十四五”规划期间，2021 年 3 月 31 日，沈阳市“福鞍中俄燃机产业园”项目举办开工仪式。中俄产业园燃气轮机产品定位功率在 50MW 以下，不仅适用于中国分布式能源领域，也适合国外市场需求。中俄燃机产业园是基于俄罗斯团队及燃机技术引进，以中俄双边合作政策为依托，以沈阳发达的重工业为产业基础，以燃气轮机产业为纽带，以丰富的国外智力和技术资源为支撑，加快轻型燃气轮机研发制造。2021 年 9 月 28 日—10 月 3 日，中国航发燃气轮机有限公司研制生产的轻型 AGT-7 燃气轮机模型亮相第十三届中国航展。中国航发公司此次带来的轻型燃机“沈阳制造”——AGT-7 燃气轮机，具有体积小、启动快、运行维护方便、便于集中控制、适宜燃用多种燃料等特点，可广泛应用于工业发电、备用电源、机械驱动和

| 中国航发燃气轮机有限公司研制生产的 AGT-7 燃气轮机模型亮相珠海航展 |

海上平台等领域。此后“沈阳制造”又推出多款轻型燃气轮机，AGT-7 系列燃气轮机是 7 兆瓦级燃气轮机，可应用于船舶动力、工业发电和机械驱动等领域。其中 AGT-7A 用于分布式能源，AGT-7B 用于海上平台。我们自主研发的 7 兆瓦 AGT-7B 燃气轮机交付使用，从此，我国上天入海有了具有自主知识产权、性能达到国际先进水平的工业燃气轮机设备，拥有了高性价比的中国心！

至此，中国发展“三轻一重”燃气轮机的目标任务在沈阳得到落实，“工业皇冠”上的又一颗“明珠”由沈阳摘取。

# 协同创新研发应用的『沈阳模式』

盾构机是开挖隧道的神器，主轴承是盾构机刀盘驱动系统的核心关键部件，被称为“盾构机的心脏”。长久以来，“盾构机的心脏”却是国产盾构机中唯一未国产化的核心部件，不仅在技术上被“卡脖子”，在产品价格、供货周期、后续服务等诸多方面，也受制于国外企业。

2023年5月，中国科学院战略性先导科技专项“高端轴承自主可控制造”（以下简称先导专项）盾构机大型主轴承示范应用标段贯通仪式在中国科学院金属研究所（以下简称金属所）举行。我国首台利用自主研发3米级主轴承的盾构机圆满完成沈阳地铁一号线东延线示范应用标段施工任务，为科技成果转化应用树立了标杆，创造了我国重大装备关键基础零部件研发应用的“沈阳模式”。

2020年，中国科学院先导专项启动，面向三类高端轴承开展自主研发，打通高端轴承自主可控制造的“最后一公里”。中科院金属所勇担重任、勇毅前行，承担起先导专项领军牵头的职责，成立先导专项大型主轴承联合创新研制应用团队。先导专项汇聚了7家中科院科研单位，联合全国范围的高校、院所和企业开展协同攻关，参研单位包括金属所、兰化所、中交集团、

| 金属所科研团队推进国产盾构机大型主轴承研发 |

洛阳新强联、罕王集团、力星股份、伊莱特重工、建龙特钢、西王特钢、北方重工集团、沈阳工业大学等40余家单位。仅用三年时间就解决了三类典型轴承严重依赖进口的“卡脖子”问题，取得了多项重大创新成果。对新型举国体制下科技攻关高效组织模式开展了有益探索，摸索出了以高端轴承为代表的关键基础零部件的技术攻关“沈阳模式”。

先导专项领军牵头单位金属所组成了由12个不同科研单元、200余名科研人员组成的科研团队。三年来，研究团队冲破重重困难，突破盾构机完全国产化道路上最关键、最重要、难度最大的环节，实现了我国盾构机百分之百自主化制造。

材料是高端轴承自主可控制造的基础，由先导专项首席科学家、金属所研究员李殿中和中国科学院院士李依依牵头，从材料源头入手破解关键技术难题。科研团队深刻意识到，开发国产高端轴承，必须要走出自己的技术路线，充分利用金属所已研发的稀土轴承钢技术。金属所有着 60 多年的稀土钢研究历史，历经四代科研人员。李殿中团队发现，造成稀土钢性能不稳定的原因在于材料中存在着颗粒较大的夹杂物，而这些夹杂物是稀土原料加入后形成的。科研团队跑遍全国主要稀土生产企业，深入到稀土生产车间，找到稀土材料中氧含量超标的原因。随后，科研团队开发出低氧稀土钢关键技术，制备出性能优越、稳定性好的低氧稀土钢。用低氧稀土钢制备轴承，其拉压疲劳性能提高 40 多倍，滚动接触疲劳性能提升 40%。

从高端材料到高端轴承，其间要经过锻造、机加工、热处理等 100 多道工序，设计、评价、应用……哪一个也不能少。在国内轴承产业链上，科研团队、科研机构、制造企业能够承担哪项工作等基本情况，项目团队也并不完全掌握。面对时间紧、任务重、基础弱的现状，作为先导专项盾构机主轴承研制技术总师，金属所研究员胡小强带领团队成员从立项开始，就往来奔波于科研、加工、生产、应用一线，从查找文献资料起步，深入全国各地开展广泛的调查研究。在三个多月的时间里，辗转 16 个省市，组建完成了一支甘于奉献、特别能战斗的建制化攻关团队。

罕王精密与金属所在风电设备轴承研制领域保持着紧密的合作关系。罕王精密在轴承设计、加工、制造等方面的优势能力，获得了先导专项盾构机大型主轴承项目团队的认可。面对从来没有达到过的一级精密加工要求，攻关团队深入骨干企业生产一线，成功攻克大型主轴承高精度加工和精度保持性难题，突破大型滚子一级精密加工技术。8 米级直径主轴承的加工精度要求更高，但以往国内生产企业受限于进口的设备，加工精度只能达到二级。900 多粒滚子的尺寸规格不同，最大直径达到了 130 毫米，若无法通过精密加工，达到形性标准要求，大型主轴承研制就会功亏一篑。经过反复试验，科研团队在保持加工环境一致性的基础上，对加工过程进行高精密调控，终于实现了滚子的尺寸稳定性、精度保持性。大型滚子一级精密加工技术在罕王精密“诞生”。在近三年的时间里，项目团队研制出 10 套盾构机大型主轴承。其中，8 米级主轴承重达 41 吨，是目前我国制造的首台直径最大、单重最大的盾构机主轴承。盾构机大型主轴承研制成功，解决了高端轴承“卡脖子”问题，实现了进口替代。项目的推进和落地，让产业链相关参研单位获益匪浅。罕王精密就在国产主轴承研制过程中，进行了技术、设备升级，形成了一级精密加工工艺，极大地提升了企业的技术能力。参与先导专项研究使罕王精密能够承接更多其他领域的高精度精密加工业务。

重大装备关键基础零部件研制，全链条中最难的是首次应用，其中蕴藏

我国首台利用自主研发主轴承的盾构机圆满完成沈阳地铁一号线东延线示范应用标段施工任务

的风险不言而喻。但如果没有第一次实际应用，新技术、新产品、新装备就是空中楼阁，还会造成巨大的科研浪费。国产大型主轴承的首次应用，风险之大、难度之大可想而知。沈阳地铁集团是3米级主轴承的项目业主单位，中铁一局是施工单位，北方重工集团是盾构机生产企业，面对大型主轴承的首次示范应用，分别都担负着巨大的压力和风险。沈阳地铁集团将“支持大型主轴承国产化创新应用”写入示范应用标段招标文件中，全力支持国产化主轴承示范应用。中铁一局在接收盾构机时，向北方重工集团和金属所详细了解使用时的注意事项。施工过程中，在遇到岩石层时，按照要求，适当调整刀盘扭矩；全程监控主轴承工作状态，做好国产主轴承应用的“保姆”。盾构机由于安装使用全新的主轴承改买为租，北方重工集团毫无怨言。他们配合金属所，在盾构机上预留接口，安装传感器，采集主轴承运行数据。此次沈阳地铁施工示范应用国产主轴承，起点比较高，主要原因在于项目地层条件相对复杂，存在一段岩石层。在这种工况下成功完成施工任务，说明国产大型主轴承可以在一些工况相对复杂的场情下使用。

盾构机大型主轴承加工制造、装配调试、检测评价等全流程自主可控是一项具有共性的研发体系，不但提高了盾构机大型主轴承的自主研发能力，而且可以带动其他国产重大装备关键基础零部件的自主研发。同时，通过贯通各个链条，形成了盾构机大型主轴承产业化能力，为重大装备关键基础零部件的产业化提供了样本。国产大型主轴承顺利应用，全面体现了政府引领下产学研用深度融合的张力。3米级主轴承的示范应用，为我国国产大型主轴承乃至其他重大装备关键基础零部件研制推广提供了非常宝贵的应用经验，形成的突破“卡脖子”协同创新研发应用“沈阳模式”极具推广价值。

# 沈阳微控：潜力无限的『独角兽』

2023年我国“独角兽”企业整体规模突破13万亿，较2022年的9.4万亿增长38.2%，“独角兽”企业数量超过500家，同比增长42%以上。“独角兽”企业能够构建起新产业链，带动城市转型和创造新机遇。“独角兽”企业是新兴产业发展的生力军，是具有颠覆式创新、爆发式成长、竞争优势突出、未来价值较大的创新型企业，包括独角兽企业、潜在独角兽企业、种子独角兽企业。“独角兽”企业还应具有平台、跨界等属性，是获得过较大数额私募投资的未上市企业。

2022年底，辽宁省雏鹰瞪羚独角兽企业名单发布，沈阳市两家企业入选潜在独角兽企业名单，其中沈阳微控新能源技术有限公司（以下简称“沈阳微控”）榜上有名。沈阳微控是国家高新技术企业，掌握了先进的磁悬浮轴承、高速永磁电动机/发电机及电力电子技术，拥有国内、国际专利50余项，公司开展的磁悬浮飞轮储能技术研究解决了行业内一系列“卡脖子”关键问题。

沈阳微控成立于2018年3月，企业注册资本5605.3276万人民币，实缴资本5468.1442万人民币，并已于2022年完成了A轮融资，是专业从事磁悬浮飞轮储能产品研发、设计、生产制造、销售及委托研发技术服务的企业。该企业拥有填补国内空白的核心技术，总部位于中德（沈阳）高端装备制造产业园，在美国洛杉矶、深圳、武汉、北京等多地设有研发及销售中心。

大自然中忽强忽弱的风、阴晴不定的光，要想把风能、光能变成稳定输出的“绿电”，储能技术十分关键。沈阳微控的磁悬浮飞轮储能技术处于国际领先、填补国内空白地位，领先于国内飞轮企业5—8年。沈阳微控新能源技术有限公司凭借磁悬浮飞轮储能技术，解决了行业内一系列“卡脖子”问题。公司现有近3000台飞轮储能设备安全运行在美国、加拿大、英国、法国、瑞士、巴西等国，稳定运行时间超过10万小时，已成为全球技术领先，并在中国量产的飞轮公司。前不久，沈阳微控又斩获国家山西电力调频辅助市场10亿元大单。

微控磁悬浮储能飞轮产品采用五轴联动磁悬浮的轴承体系，飞轮在密闭的真空容器中处于无接触的完全磁悬浮状态，以每分钟高达41000转的转速高速旋转，拥有业界较高的功率密度。产品充放电循环次数超过200万次，使用寿命长达20年。微控飞轮储能技术可广泛应用于电力、数据中心、工业、电信、医疗、交通运输等行业公司，产品全球部署规模近3000台，稳定运行时间超过10万小时，验证了微控产品具备业界最佳的性能及品质。

微控飞轮关键技术主要包括：五轴联动磁悬浮轴承及控制技术、双向功率变换及变频驱动技术、合金钢飞轮材料及工艺技术、无刷式永磁同步电机技术、真空腔体及散热技术、多重化的安全保障技术。公司拥有一支以多位知名院校博士为核心的高水平研发团队，开展了多项产学研合作，现拥有国内专利65项，其中发明专利41项、实用新型专利22项、外观专利2项，软件著作权40项，并参与了多项行业内标准和技术规范的制定。公司先后被认定为科技型中小企业、国家高新技术企业、沈阳市诚信示范企业、辽宁省雏鹰企业、辽宁省潜在独角兽企业，并获得国家级绿色工厂称号。

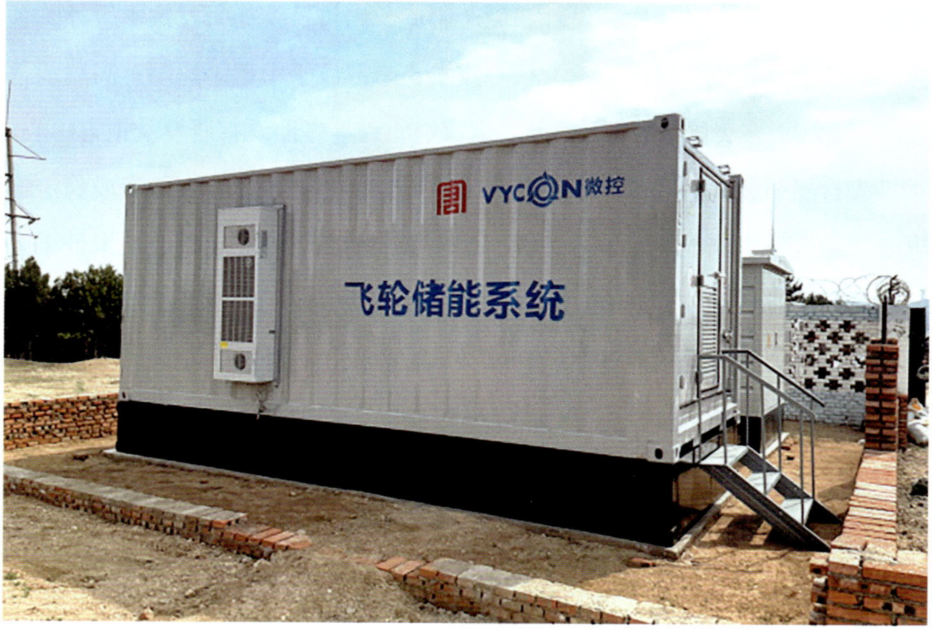


| 沈阳微控制造的飞轮储能系统 |

沈阳微控成立以来，一直十分注重创新能力建设，致力突破“卡脖子”。公司拥有辽宁省工程研究中心、辽宁省专业技术创新中心、辽宁省产业技术研究院微控新能源联合创新中心、沈阳市新型研发机构、沈阳市企业技术创新中心、沈阳市专家工作站等多个创新平台，并计划筹建能源领域国家能源研发创新平台。

微控飞轮主要应用于电力新能源调频领域、不间断电源关键电力保障领域、城市轨道交通领域。沈阳微控的产品已广泛应用于美国数据中心、医院等关键电力保障项目及城市地铁轨道交通项目。2020 年，沈阳微控在国内实现全球首例“风电联合调频项目”，并完成了“中印边境飞轮 UPS 应急电源保障”“2022 年北京冬奥会应急电源车”等具有代表性的应用项目。2021 年，在大唐阜新风场开展了全球首个风电场站一次调频 + 惯量响应飞轮储能应用项目，在乌兰察布开展了“源网荷储一体化”示范应用项目，在大庆油田开展钻机飞轮储能混合动力微电网应用项目。目前，沈阳微控的产品已荣获国家能源局能源领域首台（套）重大技术装备项目，入选国家通信业节能技术产品推荐目录、全国工业领域电力需求侧管理第四批参考产品目录、辽宁省首台套目录、辽宁省应急产品目录、辽宁省工业高质量发展推荐产品目录等。

沈阳微控人遵奉“规格严格、功夫到家”的工匠精神。坚持以市场为导向，始终遵奉“以客为尊”“以质为荣”“持续改进”的经营理念；拥有成熟的管理团队及业界公认的质量管理能力，确保为用户提供高质量的产品及服务。沈阳微控技术力量雄厚，在中国、美国分别建有研发中心，掌握了磁悬浮轴承、高速永磁电机/电动机领域的多项国际专利技术，有强大的产品研发及行业解决方案定制能力。相信坚持以市场为核心，为用户创造更大的价值，以技术为核心，以产业报国为己任的沈阳微控由潜在独角兽企业会尽快转为真正的独角兽企业，为辽宁沈阳构建新产业链，带动城市转型带来示范和引领。

# 沈阳『芯』高地

芯片是半导体集成电路（IC）的简称，它是电子信息产品的核心器件，承担着运算和存储的功能。在经济、社会、国防建设等领域应用广泛，被誉为现代工业的“粮食”。电脑、电视、车载导航，甚至一个不起眼的U盘等，人们日常生活中使用的电子产品里几乎都藏着一枚芯片。作为新一代信息技术产业的核心，集成电路是支撑经济社会发展的战略性、基础性和先导性产业，其产业规模和技术水平已成为一个国家综合实力的重要标志。

IC装备是指生产半导体器件、集成电路芯片和平板显示器的专用生产设备。芯片是计算机业、数字家电业、通信等行业的“心脏”。而生产“心脏”部件的设备——IC装备业，因占据了科技的制高点，被称为制造业的“珠穆朗玛峰”。要建设具有国际竞争力的世界装备制造业基地，没有高端技术的支撑引领是不行的。

沈阳二十年磨一剑，始终向制造业的“珠穆朗玛峰”持续攀登。

沈阳于2004年率先建立了全国第一个IC装备制造产业基地，2005年建设了沈阳IC装备创新产业园，并编制了发展IC装备产业的“十一五”规划。作为当时国内唯一的IC装备专业孵化器，沈阳IC装备产业（孵化）园千方百计为IC装备企业的孵化、发展提供完善的服务体系和技术支撑，建立了市场开发和公共技术研发两大中心和零部件公共检测、公共洁净环境装配以及零部件加工三大平台，为沈阳IC装备产业园区内企业提供必需的公共技术服务，解决企业成长、发展的共性问题。并投资2亿元启动建设了沈阳IC装备制造基地，其中沈阳IC装备制造真空零部件加工基地和沈阳IC装备制造业零部件清洗线两个项目具备承接和生产IC装备的服务能力。园区企业在公共技术研发和攻关上互相支持，开展一系列项目合作，使园区内的企业得以迅速发展壮大。公共平台的建立，为IC产业的快速发展打下了坚实的基础。

依靠科技优势提升自主创新能力发展IC装备制造产业。沈阳拥有我国唯一的国家真空仪器仪表装置工程技术研究中心、唯一的真空专业博士点，拥有我国机器人研究开发的顶尖机构（中科院沈阳自动化所），拥有较早研制生产半导体器件和集成电路的研究所（东北微电子研究所），同时还拥有IC装备应用材料的技术支撑机构——中科院沈阳金属研究所。这些科研实力为沈阳发展IC装备制造业提供了原动力。背靠科研院所的大树，沈阳IC装备企业与中国科学院沈阳自动化所、金属所等4个国家级科研机构在重大技术攻关上展开协作创新，使沈阳IC装备制造业的自主创新能力迅速提高。沈阳芯源公司、沈阳科仪公司与博微公司联合研发IC装备公共控制软件平台，沈阳新松公司与沈阳芯源公司联合开发真空机械手，沈阳先进制造技术产业发展公司与中科院沈阳自动化所联合开发SRP系统，AMT公司与沈阳科仪公司联合攻关完成了美国AKT公司委托的IC装备大型精密零部件加工项目等。2010年，沈阳被科技部认定为“国家集成电路装备国信技术产业化基地”，建成5个IC装备领域的国家工程（技术）研究中心、工程实验室。

经过20年推动IC装备产业自主创新发展，沈阳集聚和培育出了一批优势骨干企业，在薄膜沉积、涂胶显影、湿法刻蚀、清洗机等整机装备和罗茨干泵、真空机械手等关键单元部件等方面均形成了独具特色的产业体系和批量生产能力，产品种类覆盖沉积、光刻、刻蚀、封装多个工艺领域，建立起完整的IC装备产业链条，具备了进入国际赛道争夺一定技术制高点的能力。产业链上游拥有富创、新松、中科仪、硅基、中科博微等企业，能够供应反应腔、真空干泵、机械手、SOI材料等零部件和控制系统；产业链中游为整机装备制造商，拥有芯源微、拓荆、仪表院等企业，可以进行薄膜沉积设备、陶瓷层喷涂和沉积技术、涂胶显影机、划片机等IC整机制造和系统集成；产业链下游拥有中电科第47所和仪表院等企业，从事集成电路制造和封测。

沈阳建立IC装备产业基地，聚集了沈阳科仪公司、沈阳芯源半导体公司、沈阳新松机器人公司、博微公司等涵盖IC装备产业链上多数环节的30多家IC装备厂商。产业园区内各企业之间优势互补、通力合作，在超真空获得

| 沈阳芯源半导体 |

系统、成膜设备、匀胶显影机、真空洁净机器人、超洁净真空泵和高精度零部件加工等方面取得了重要突破，其中匀胶显影设备使国内技术水平提升了3个产品代，达到国际先进水平，另有多项产品填补国内空白。

经过多年培育，沈阳集成电路产业规模逐步壮大，产业类型日渐丰富，迅速进入发展快车道。“十三五”期间，沈阳IC装备产业实现连续五年稳定快速增长，年均增长率达到10.1%，已经形成了“一项控制系统技术、八类重要整机装备、一批关键单元部件和一个精密零部件支撑平台”的配套体系和批量生产能力。

进入“十四五”时期，沈阳作为与北京、上海两地并列的国内集成电路装备产业三大重点地区之一，集成电路产业集群企业正形成蓬勃发展之势，为城市提升竞争力持续输送“芯”动能。2021年，沈阳市集成电路装备产业产值40亿元，同比增长70%。芯源微电子、沈阳富创精密、沈阳拓荆科技、沈阳科仪四家代表性企业2021年增速均超50%，产值均超过5亿元。2022年三家企业发展又有好消息，根据上市公司年报显示，芯源微2022年实现营收达13.85亿元，同比增长67.12%，归母净利润为2.002亿元，同比增长158.77%；拓荆科技实现营收达17.06亿元，同比增长158.77%，归母净利润为3.685亿元，同比增长438.09%；富创精密实现营收达15.44亿元，同比增长83.18%，归母净利润为2.456亿元，同比增长94.19%。亮眼的数字，显示“沈阳制造”芯片装备产业发展进入新阶段；快速的增长，传递出沈阳芯片装备产业高质量发展的积极信号。

IC装备产业发展为沈阳产业转型增添“芯”动能，作为老工业基地，沈阳的工业加工基础非常雄厚，为高端设备的生产提供了技术积累；同时，受国际形势影响，国内半导体产业链迎来黄金发展期，国产替代市场空间巨大，行业景气度持续向好。当前，锁定“创新”和“产业”转型的沈阳，正要抢抓新一轮发展“芯”机遇，聚力创“芯”、聚势发展，加快集成电路产

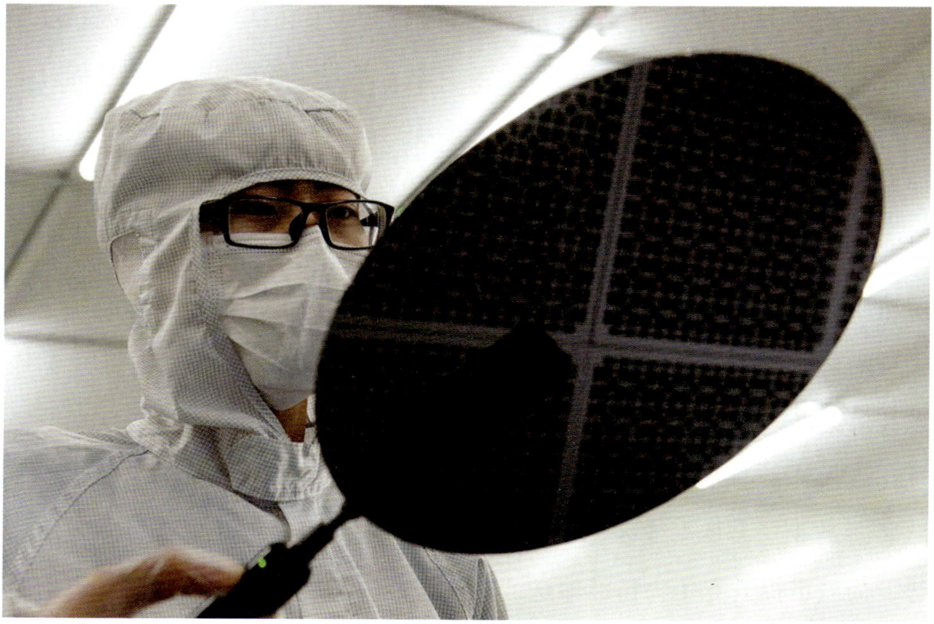

| 沈阳拓荆科技 |

业延链补链强链，全力打造中国集成电路装备产业“芯”高地。

决胜“芯”时代，沈阳将不遗余力提供最专业的载体支撑、最完备的要素保障、最优质的营商环境，推动企业携手科研界深化合作、协同创新，共同突破“卡脖子”关键核心技术，携手开拓更多“针尖”领域，推动沈阳IC装备产业发展闯出一条强“芯”之路。

# 数字赋能实现 制造蝶变

进入21世纪，经济发展进入数字经济时代。数字经济是以数字技术为基础，以互联网为主要支撑，以数字化和网络化技术为关键，以数据为核心，以创新服务、产品、体验为重点，以构建数字经济为核心的全新经济模式为目标的一种新的经济形态。如何利用好数字化技术为生产制造赋能，是当前装备制造企业转型升级共同面临的课题。沈阳的产业数字化应用场景和数字产业化的数据优势非常明显，拥有巨大发展潜力，这是数字经济时代沈阳“老字号”“原字号”企业持续发展的底气所在！

沈阳实施制造业“数字赋能”工程，打造“东北数字经济第一城”，建设东北数字经济创新高地。推动数字经济与实体经济深度融合，加快推进智能升级项目，加快培育形成一批可复制可推广的数字化管理典型和应用场景，培育网络化协同新业态，培育智能化制造新模式，大力发展软件产业，积极建设智能车间和智能工厂，支持重点企业“上云用数赋智”，完善5G、算力中心、数据中心等新型数字基础设施，全面提高制造业智能化水平。实现数字赋能、制造蝶变开花结果，加快推进沈阳装备制造产业升级。我们可以通过沈阳铁西区一批典型样板企业应用场景的成果展示，为更多企业加快数

|2022 年全球工业互联网大会在沈阳召开|

字赋能实现制造蝶变提供示范。

沈鼓集团正处于迈向高质量发展的关键时期，数字化转型是实现其高质量发展的必由之路。数字化转型可从根本上改变企业运营管理和创新发展的方式和模式，从而使要素配置效率更高、成本更低、附加值更高。沈鼓集团启动生产力增长的“数字引擎”，开发使用数字化运营管理系统，形成企业的智慧大脑。聚焦车间生产管理、设备管理和绩效管理的核心业务需求，构建起了以 MES 为核心的生产运营管理平台，建设完成了 DNC 数控加工程序网络化管理系统、MDC 设备网络化接入与大数据采集应用系统、EAM 设备维修与综合绩效管理系统、产品成套与装配管理系统、生产异常管理系统和数字化车间运营系统，实现了系统全面集成、信息充分共享和生产业务流程全方位管理。在沈鼓集团各个车间，一台台工位机就像一个个资源库，承载着各类生产数据，涉及加工任务、图纸、工艺文件、数控加工程序等。操作工人打开工位机，即可获取当天的加工任务和所需的各类数据文件。同时，设备也实时向各级管理者传输生产动态信息。建立数字化生产车间，实现车间里人、机、料网络化接入，工作流程执行更有效率，生产过程和设备执行效率也更加透明。同时，降本增效的作用开始显现，透平公司数字车间全覆盖后，每年仅投放车间的图纸和打印文件就会减少 200 多万张，加工环节和设计环节图纸校核的时间成本也会大幅降低。数字化转型为沈鼓集团打开了新场景，以新一代数字化技术支撑的智能制造，将为生产型企业强“基”添“花”。通过持续推动企业内部人、机、料的广泛网络化接入和大数据采集应用，企业的物流效率、机器效率、生产管理效率和资源利用效率得到不断提升，企业运营和管理成本实现有效降低。同时，探索和提升数据驱动能力，为企业实现精准管理、科学决策提供可靠的数据支撑。在营销服务管理方面，推出“沈鼓云”数字服务平台，通过数据驱动、智慧服务，打造中国流程工业设备“云医院”，为石化等行业提供五大类机组预知性维修和诊断服务，可有效保障用户的机组安全和经济利益。在平台上可实时查看企业销往各地的设备的运行情况，实现与客户的实时“零距离”交流。目前，这一平台线上服务用户近 400 家，监测机组总数达 4000 余台，平台已在线消除故障 82 台次，指导用户立即停机避免更大损失 41 台次，有效保障了用户的机组安全和经济利益。数字化的转型，让企业为客户提供的服务更精准，改变了企业的运营管理和发展方式，进而促进企业实现高质量发展。

东北制药始建于 1946 年，是沈阳“老字号”企业的知名代表。2018 年，经过混合所有制改革成为辽宁方大集团旗下企业后，“混”出了增长动力，“改”出了发展活力，通过打造“数字东药”，用大数据擦亮了“老字号”品牌。辽宁方大集团东北制药 102 分厂智能化生产车间，小容量制剂生产线 A 的生产节奏快到毫秒级。制药生产线，每支药剂出厂前都要经过 15 台相机、290 余张照片进行可见异物比对；每盒药品称重时，即便少了一张巴掌大的说明书都能被检测到并拦截。这都得益于医药“制造”变“智造”。东药 203 分厂的吡拉西坦智能化生产线是全球最大的吡拉西坦智能化生产线之一。智能化改造实施后，各项生产工艺数据完全公开透明可追溯，实现了自动控制。这条生产线接受了省级监督检查、国内外客户多次审查，均顺利通过。医药“制造”变“智造”，带来了生产的新模式、精细化管理的新方式，更为企业带来了看得见的经济效益。该公司 2022 年实现营业收入 80.09 亿元，同比增长 8.15%；归属于上市公司股东的净利润 3.501 亿元，同比增长 253.58%。信息化、智能化、数字化为企业提高产品质量、控制运营成本、确保药品安全提供了重要保障，企业的产品市场竞争力更强了。

特变电工沈变公司是全国电力传输重大装备制造业企业，2021 年起，公司通过采用“5G+ 工业互联网”技术，实现了各类数据在“云”系统整合，一“屏”呈现。工作人员通过智能云运维平台就可以实时查看企业销往各地设备的运行情况，实现与客户的“零距离”交流。目前，这一平台已经接入了位于新疆、山西等 20 多个省份的新能源风电及光伏变电站。有了这个平台，就可以让专家的团队进行远程的诊断，不必每一个变电站都配备相应的专家团队。

三一重型装备有限公司建立了企业级工业互联网平台，将企业全部的设备数据采集起来，生产运营数据、设备运行数据以及全方位的视频数据、能源数据实时反馈至各大管控平台，并最终汇聚至三一数据中台。基于三一数据中台，结合 5G 技术，实现设备 100% 在线管理，车间内全部设备接入互联网。共建设自动化生产线 13 条，自动下达到数字化设备的作业指令占全部作业指令的比例达 80% 以上。

赛轮沈阳轮胎有限公司通过“橡链云”工业互联网平台，已打通 2000 余家经销商以及近 60000 家门店，并连接了主机厂和车队。通过行业首个投入使用的工业互联网平台——“橡链云”的助力，客户可以直接下单到生产机台，并对整个制造过程可视、可控，大大提高了生产效率，产量相比传统工厂提升 30%，成本降低 25%，生产能耗降低 20% 以上。

| 铁西区承接"星火 · 链网"超级节点（沈阳）试运行启动仪式 |

沈阳金杯李尔汽车座椅有限公司布局智能工厂建设。如今，4S 店将客户定制化选择的座椅颜色和型号上传至云服务器，经过分析后，就会向工厂的各个环节下达生产任务。借助智能化平台，目前，公司生产效率提高 60% 以上，产能提高 20% 以上。

以上利用数字化技术助力企业发展的成功案例，是沈阳老工业基地铁西区服务区域内企业产业转型，区域内企业依托工业互联网开展数字赋能的应用场景及成果展示。铁西区有效承接"星火 · 链网"超级节点，累计建设 5G 基站 4000 个，建设中德园"双千兆"示范园区。全区重点规上工业企业互联网接入率达 75%，位列全市第一。打造工业领域 5G 应用场景 35 个，占全市 70% 以上。通过产业数字化改造，企业降本增效幅度在 20% 以上。探索出不断强化技术赋能增效，拓展产业转型空间，推动制造业走向产业链、价值链高端迈进的成功之路。

# 中国先进重工业城市第一方阵里的沈阳

在当今世界经济发展中，一个国家拥有的先进重工业程度，标志着国家综合实力的强弱和在世界经济发展中的竞争力。先进重工业是指具有高科技含量和高精尖端技术，如数控机床、工业机器人、航空发动机、大科学装置、芯片装备、飞机、军舰、高铁、飞船、卫星、关键材料等重工业，不仅技术水平极高，而且技术被少数国家垄断，用来获得超高利润，或是关系国家安全、关乎国家科技进步的全局。中国先进重工业城市就是国之重器和工业脊梁。

中国先进重工业城市排名榜是一个含金量很高的榜单。2022 年底发布的榜单，全国 33 个先进重工业城市代表了目前我国先进装备制造业发展的布局和水平。上海，作为我国最大的城市，各方面的实力出众，特别是商用大飞机更是位列世界前沿，排名第一；西安以军工、航天、材料领域的优势排名第二；成都以汽轮机、电动机及军工整体实力位列第三；沈阳，作为东北地区中心城市，素有“共和国工业长子”之称，在国家核心竞争力上有不可替代的作用，其在航空发动机、集成电路、新材料、军工等领域有着强劲的核心竞争力，排名第四。

# 中国先进重工业城市排名

| 排名 | 城市 | 航空发动机 | 集成电路设备 | 气轮机 | 柴油发动机 | 造船 | 商用飞机 | 轨道列车 | 宇宙航天 | 大型发电机 | 军工 | 工程机械 | 新能源装备 | 材料 | 电动机 | 总分 |
|---|---|---|---|---|---|---|---|---|---|---|---|---|---|---|---|---|
| 1 | 上海 | 8 | 10 | 10 | 6 | 10 | 10 | 3 | 8 | 10 | 10 |  | 6 | 10 | 8 | 109 |
| 2 | 西安 | 10 | 4 | 8 | 4 |  | 10 | 2 | 10 |  | 10 |  | 8 | 10 | 7 | 83 |
| 3 | 成都 | 8 | 3 | 10 |  |  | 6 | 2 | 7 | 8 | 10 |  | 6 | 8 | 10 | 78 |
| 4 | 沈阳 | 10 | 1 | 4 | 3 |  | 6 | 2 | 3 |  | 10 | 6 | 2 | 10 | 6 | 63 |
| 5 | 天津 | 2 | 7 |  | 2 | 5 | 6 | 5 | 6 |  | 6 |  | 8 | 8 | 4 | 59 |
| 6 | 无锡 |  | 8 |  | 6 | 6 |  | 3 | 5 |  | 5 |  | 10 | 4 | 5 | 52 |
| 7 | 南京 | 3 | 5 | 5 | 2 |  |  | 6 | 5 |  | 6 |  | 4 | 8 | 2 | 46 |
| 8 | 哈尔滨 | 6 | 2 | 7 |  |  | 5 | 1 | 4 | 6 | 6 |  | 1 | 5 | 2 | 45 |
| 9 | 长沙 |  | 2 |  |  |  | 4 | 5 | 3 |  | 6 | 10 | 5 | 6 |  | 41 |
| 10 | 武汉 |  | 3 | 2 |  | 2 |  | 4 | 5 |  | 10 |  | 6 | 8 |  | 40 |
| 11 | 广州 |  | 4 |  |  | 8 |  |  | 5 |  | 6 |  | 5 | 6 | 5 | 39 |
| 12 | 苏州 |  | 7 | 5 |  |  |  | 2 | 2 | 2 | 3 | 4 | 8 | 5 | 5 | 38 |
| 13 | 杭州 |  | 7 |  |  |  |  | 2 | 4 |  | 5 | 3 | 5 | 5 |  | 36 |
| 14 | 南昌 | 4 | 2 |  |  |  | 6 |  | 4 |  | 8 |  | 5 | 6 |  | 35 |
| 15 | 常州 |  | 4 |  | 6 |  |  | 2 |  |  | 4 | 6 | 5 | 7 |  | 34 |
| 16 | 青岛 |  |  |  |  | 4 |  | 10 | 2 |  | 6 |  | 5 | 6 |  | 33 |
| 17 | 重庆 | 2 |  |  | 2 | 2 |  |  | 4 |  | 8 |  | 4 | 8 | 2 | 32 |
| 18 | 潍坊 |  |  |  | 10 |  |  |  |  |  | 4 | 6 | 3 | 3 | 3 | 29 |
| 19 | 大连 |  | 3 |  |  | 8 |  | 5 |  |  | 5 |  | 4 | 3 |  | 28 |

续表

| 排名 | 城市 | 航空发动机 | 集成电路设备 | 气轮机 | 柴油发动机 | 造船 | 商用飞机 | 轨道列车 | 宇宙航天 | 大型发电机 | 军工 | 工程机械 | 新能源装备 | 材料 | 电动机 | 总分 |
|---|---|---|---|---|---|---|---|---|---|---|---|---|---|---|---|---|
| 20 | 株洲 | 6 | | | | | | 10 | | | 5 | | 1 | 2 | | 24 |
| 21 | 南通 | | 4 | | | 6 | | | | | 5 | | 4 | 2 | 3 | 24 |
| 22 | 宁波 | | 2 | | | 4 | | | | | 5 | | 4 | 5 | 4 | 24 |
| 23 | 济南 | | 2 | | 4 | | | 2 | 2 | | 5 | | 5 | 4 | | 24 |
| 24 | 长春 | | 6 | | | | | 7 | 3 | | 4 | | 2 | 2 | | 24 |
| 25 | 洛阳 | | | | | | 3 | 2 | | | 5 | 4 | 4 | 5 | | 23 |
| 26 | 徐州 | | 2 | | | | | | | | 4 | 8 | 2 | 4 | | 20 |
| 27 | 郑州 | | | | | | | 2 | | | 3 | 6 | 2 | 5 | | 18 |
| 28 | 柳州 | | | | 2 | | | | | | 2 | 6 | 2 | 3 | 2 | 17 |
| 29 | 福州 | | 3 | | | 4 | | | | | 3 | | 3 | 4 | | 17 |
| 30 | 临沂 | | | | | | | | | | 1 | 6 | 3 | 3 | | 13 |
| 31 | 昆明 | | | | 5 | | | | | | 1 | | 1 | 6 | | 13 |
| 32 | 贵阳 | 1 | | | | | 3 | | | | 3 | | 1 | 2 | | 13 |
| 33 | 济宁 | | | | | | | | | | 1 | 5 | 2 | 4 | | 12 |

沈阳拥有大国重器方面的比较优势毋庸置疑：

航空发动机。航空发动机被称为“工业皇冠”，是技术含量非常高的大型设备，包含机械学、动力学、电磁学、材料学、数控机床、软件技术、精密仪器等几十个学科，称得上是人类目前工业技术之集大成者。全球能够独立设计制造航空发动机的国家非常少，只有美国、英国、法国、俄罗斯、中国五国。中国航空发动机整机企业主要有：沈阳黎明、贵州黎阳、成都发动机、航发商用发动机（上海）、东安动力（哈尔滨）、南京轻型航空发动机等。从城市比较来看，航空发动机产业实力最强的是西安和沈阳，其次是成都和上海。

集成电路设备。用来制造芯片的精密设备，比较核心的设备有光刻机、蚀刻机、离子注入机、单晶炉、晶圆切割机、晶片减薄机、气相外延炉、低压化学气相淀积系统等数十种。目前集成电路设备实力最强的国家是荷兰、美国和日本。中国只在蚀刻机等少数设备上达到世界领先水平，整体技术水平依然是世界二流，但从产业链完整度来看仅次于美国。从城市比较看，上海的集成电路设备产业最强，拥有中微公司、上海微电子等中国顶级半导体设备公司，其次是北京和无锡，再其次则是杭州、苏州、天津、长春、沈阳等城市。沈阳近年来集成电路产业有较快发展。沈阳已与北京、上海成为全国三大集成电路装备产业基地。

燃汽轮机。燃汽轮机是以蒸汽为动力源的超大型动力设备，人类几乎所有超大型设备，如船舶、火力发电机都以燃汽轮机为动力来源。燃汽轮机实力最强的是美国通用、德国西门子，以及日本的日立和东芝，法国的 CMR 等，中国燃汽轮机目前在世界处于 1.5 线水平，与西方发达国家的差距越来越小，俄罗斯军舰已经开始使用中国燃汽轮机。中国燃汽轮机实力最强的四大企业分别是上海电气、成都的东方电气、西安的航发动力和哈尔滨汽轮机厂。近年来，沈阳打造国家燃气轮机创新中心，成立中国航发燃气轮机有限公司，重点发展“三轻一重”等燃气轮机产品及业务。国产首套完全自主知识产权的重型工业燃气轮机 AGT-110 在沈阳总装下线，R0110 重型燃气轮机研制与调试顺利通过国家验收，圆满完成 1000 小时发电长试的目标。燃气轮机 AGT-2（功率 2MW 级）、AGT-12（功率 12MW 级）以及 AGT-25（功率 25MW 级）等多型产品已实现扩散燃烧方式的富氢燃料应用。燃气轮机产业将会成为沈阳一个有发展前景的重要产业。

商用飞机。中国正在突破短板，目前主要有中国商飞的 ARJ 系列、C919 大飞机和西飞的新舟系列，从产业链来看，中国早已经是世界飞机制造业的重要一环。商用飞机方面，美国和法国（欧盟）最强，其次是俄罗斯、加拿大和巴西，中国位居第六。从城市来看，商用飞机产业链最强的城市是上海和西安，沈阳与成都、天津、南昌等城市处于第二梯队。

宇宙航天。宇航技术承载人类未来，近年全球宇宙探索迅速升温，资本大鳄纷纷入局，马斯克的 spacex 捷足先登，贝索斯的蓝色起源、布兰森的

| 中国航发燃气轮机有限公司研制生产的 AGT-7 燃气轮机模型亮相航展 |

维珍银河迅速跟进。未来，宇宙航天有可能成为人类最庞大的产业之一，也是地球列强竞争的最前沿！城市横向比较，西安是中国宇航产业的核心城市，聚集了最多的企业和人才，其次是上海、北京、天津、广州等。沈阳在发展航天宇航技术方面也具有比较优势。

军工产业。上海、成都、西安、沈阳、武汉五座城市军工产业最强，其次是哈尔滨和重庆。

工程机械。作为传统的工业分类，中国在工程机械方面的实力一直较强。长沙拥有三一重工、中联重科、山河智能、铁建重工等顶级工程机械企业，实力最强；徐州其次，徐工集团世界第三；常州、沈阳、柳州、潍坊、临沂、郑州、西安、济宁等的实力也不错。

关键材料。材料是万物之基，是非常普遍但又至关重要的产业，航空发动机、半导体、汽车、造船、无人机等很多产业都需要新材料的突破。材料的发展方向是更高的硬度、韧性、耐高温、耐低温、耐湿、耐腐蚀、超轻等

| 沈阳装备制造业聚集区鸟瞰 |

特性，需要大量的实验和时间积累，很能反映一个国家的工业底蕴。中国的材料工业，与日美德俄等工业强国虽有差距，但正在奋起直追。拥有中科院金属所、东北大学等科研院所的沈阳在材料工业发展方面拥有比较优势。

电动机。电动机是电动汽车的核心部件之一，从长远来看，未来人类进入太空，太阳能和电磁能是比较容易获得的能源，所以电动机可能会成为太空动力。目前我国大型电机主要是上海、沈阳、西安的一些企业在做。

根据上述大国重器代表产品的生产能力和生产水平，相关部门对中国先进重工业城市进行排名，主要城市重工业实力进行分级：

沈阳与上海、西安、成都跻身第一方阵。

作为东北地区重要的中心城市和先进装备制造基地，沈阳肩负着维护国家“五大安全”的战略使命。只有大国重器才能挺起国家工业脊梁确保国家产业安全，“英雄之城”沈阳已有很好的基础并发挥了重要作用。新时代的沈阳正自我加压，疾行在振兴之路上，面对承接国家“五大安全”的责任奋力争先。

# 做强沈阳高端装备制造业的新实践

高端装备制造业是国家经济命脉所系，是事关国家产业安全的重要支撑。一个国家拥有先进高端装备制造的程度，标志着国家综合实力和在世界经济发展中的竞争力。2013 年 8 月，中共中央总书记习近平考察沈阳鼓风机集团等企业时指出，要发展集战略性新兴产业和先进制造业于一身的高端装备制造业，加快培育新兴装备制造产业集群。国家“十四五”规划纲要把“深入实施制造强国战略”单独成章，党的二十大报告提出“推动制造业高端化、智能化、绿色化发展”，国家聚焦制造强国建设，围绕建设现代化产业体系，做出全面战略部署。

沈阳是我国重要装备制造基地，拥有一批事关国民经济命脉和国家安全的战略性产业。牢记习近平总书记的殷殷嘱托，沈阳以维护国家产业安全为己任，着力做好结构调整“三篇大文章”，在发展先进装备制造业上不断实现新突破。聚焦做强高端装备制造业，推进自主创新实现高水平科技自立自强；深化改革做强支撑高端装备制造业发展的“四梁八柱”；扩大开放、搭建平台，加快培育高端装备制造业产业集群。

抓好自主创新，推动高水平科技自立自强。2023 年 3 月，辽东湾畔的营口港迎来了一批大件重货，在起重机吊装下，19 个装有主机和底座等配件的巨型包装箱完成装船，起锚发往山东。这些巨型装备，是由沈鼓集团股份有限公司为山东裕龙石化有限公司设计制造的中国首台套 150 万吨 / 年乙烯“三机”（丙烯压缩机、乙烯压缩机和裂解气压缩机三套机组）。过去十年，沈鼓在这一领域先后完成了 100 万吨级、120 万吨级、140 万吨级和 150 万吨级的研发生产任务，打破了国外相关高端装备制造产品的技术垄断。2023 年 2 月，4 台重达 36 吨，16 米长、2.4 米宽、3.6 米高的核主泵变频器在沈阳远大企业集团装箱发运。这一设备称为核电装置的“冠状动脉”，要求可靠性达到 99.9999%，意味着 10 年内不能有非计划停机。此前，我国的这一装置一直受制于海外。历经十年潜心研发，集团实现了产业化应用，首批产品交付使用。中科院沈阳自动化所研发成功的“海斗”“潜龙”等系列水下机器人，构建起我国水下机器人谱系化技术装备体系。特变电工沈变公司承

| 沈阳自动化所创新研制的“潜龙三号”水下机器人 |

担的昌吉—古泉 ±1100kV 特高压直流工程，代表当今世界高压直流输电技术最高水平。2022 年 10 月 26 日，中国工业联合会发布“2022 年第七批国家制造业单项冠军企业（产品）名单”，特变电工沈变公司生产的“±1100kV 特高压换流变压器”、沈阳铁路信号有限公司生产的“铁路信号继电器”荣获“单项冠军产品”，沈阳市机器人及智能制造产业集群入选先进制造业集群“国家队”。沈阳市高端装备制造业取得了许许多多新突破，都源自一系列核心企业自主创新带来的创新成果。

深化改革，做强支撑高端装备制造业发展的“四梁八柱”。机床被称为“工业母机”，是做强高端装备制造业的根基所在。“央地重组”蹚出新路，2019 年，央企通用技术集团入主沈阳机床，实施央地重组。依靠改革重获新生的沈阳机床发展目标更加明确。机床集团成立了机床工程研究院，聚焦重大技术装备攻关，近年来在核心重点领域的产品研发生产方面也频频取得突破。经过重组，沈阳机床的经营状况开始好转。2021 年，沈阳机床的营业收入同比增长 33%，新签订单同比增长 54%。2022 年，通用技术沈阳机床一款卧式柔性自动线经国家机床质量监督检验中心检验，顺利通过新产品评价；创新推出立式五轴加工中心自动化生产线，获 2022 年通用技术集团科技进步优秀奖。沈阳机床营业收入稳步增长，经济效益扭亏为盈。中国通用技术集团接盘沈阳机床实现央地重组，做强高端装备制造业的改革新模式在沈阳开花结果。

加快混改释放企业发展活力。成立于 1921 年的北方重工，是中国重工企业第一个百年企业，为新中国建设、改革开放作出重要贡献，在中国重工业历史上占有十分重要的地位。发展过程中因企业体制机制等原因，北方重工一度陷入困境。2019 年 4 月 30 日，北方重工顺利完成司法破产重整和混合所有制改革，作为第一大股东的方大集团为沈阳北方重工带来成熟先进、灵活高效、完全市场化的体制机制、管理模式、商业模式和创效模式，以及

| 通用技术沈阳机床制造的“立式五轴加工中心生产线” |

雄厚的资本资源优势，开启北方重工新的发展阶段。2021 年全年实现营业收入 65 亿元，同比增长 442.8%，新增订货 74.8 亿元，同比增长 427.1%。2021 年 11 月，用于沈阳地铁一号线东延线项目施工的盾构机，在北方重工下线。这台盾构机配备 6 台主电机，单机功率 210 千瓦，总驱动功率高达 1260 千瓦，是目前世界同类型同级别盾构机中功率最大的产品。该盾构机国产化率达到了 100%，实现了中国在高端制造业的一个新跨越。此外，国内已装备最大螺旋立式磨机、无人值守堆取料智能平台、国内最长的高温熟料水泥运输线、自行研发的全新一代永磁直驱球磨机，一批高新产品不断涌现。2021 年北方重工完成新产品立项 11 项，产品升级改造项目达到 13 项。

2022 年，国有招商投资管理有限公司管理的先进制造产业投资战略基金正式增资沈鼓集团。沈阳国企改革进一步加快推进，为高端制造业的“四梁八柱”转型升级注入新的活力。

扩大开放加强国际合作，沈阳建立起一批对外开放合作平台。其中，中德（沈阳）高端装备制造产业园引入了采埃孚等 420 余家企业，包括德资企业72家。2023年新年伊始，服务华晨宝马全新动力电池项目的工作专班倒排工期进行清单化办理，帮助项目解决落地过程中遇到的各种问题，确保这一百亿元项目如期开工建设。中国（辽宁）自由贸易试验区自成立以来，完成了123项改革试点任务，148项经验在全省复制推广，为外商企业进入沈阳创造更好的营商环境。拓展项目承载空间，培育壮大战略性新兴产业集群。重点培育发展航空、新材料、机器人、生物医药、新能源汽车、集成电路、节能环保等战略性新兴产业集群，依托沈阳软件园、浑南科技城、沈北科教融合园等园区，以及材料国家实验室沈阳基地、辽宁辽河实验室等创新平台，加大高新技术企业培育力度，构建多点支撑、多业并举、多元发展的现代化产业发展新格局。

进入新时代，作为国家装备制造基地的沈阳全力做强高端装备制造业，加快提速发展的举措还体现在着力做好结构调整“三篇大文章”。在改造升级“老字号”、深度开发“原字号”、培育壮大“新字号”方面，聚焦“卡脖子”关键领域取得突破性进展。“老字号”“原字号”企业代表，沈鼓集团、通用技术沈阳机床、特变电工等“老字号”“原字号”企业，通过强化自主创新和深化改革生机活力再现。培育壮大“新字号”方面，沈阳IC装备企业及产业集群正逐步形成，与北京、上海构成国内集成电路装备三大重点地区。沈阳新型机器人综合市场占有率全国第一。

如今，沈阳重大技术装备项目研发走在全国前列，有效服务国家重大工程，机械装备领域、国防领域等一批大国重器，如航母舰载机、跨音速风动主压缩机等大国重器接连问世，充分展现着“工业长子”的担当。沈阳正在发展战略性新兴产业和高端装备制造业，在加快培育新兴装备制造产业集群的使命担当中快马加鞭、一路前行。

# 建设国家先进装备制造中心，沈阳再起航

使命呼唤担当，责任引领未来。面对百年未有之大变局，展望全面建设社会主义现代化国家、向第二个百年奋斗目标进军的新征程，沈阳蓄势待发。已规划“十四五”期间打造国家先进制造中心，建设具有国际竞争力的先进装备制造业基地；实施“工业立市、制造强市”战略，着力做好改造升级“老字号”、深度开发“原字号”、培育壮大“新字号”三篇大文章；建设国家先进装备制造中心，构建高端装备制造业产业链，提升产业基础高级化和产业链现代化水平，着力构建现代产业体系，实现制造业突破万亿规模。

着力提升沈阳制造业核心竞争力，做好制造业“三篇大文章”。围绕产业链图谱，以建链、补链、延链、强链为重点，培育壮大 20（“5+3+7+5”）个产业链。其中：改造升级“老字号”，重点推进汽车及零部件、通用机械装备、石化重矿轨道交通及专用装备、机床及功能部件、电力装备 5 个传统产业发展，提升“老字号”智能化水平，打造具有国际影响力的先进装备制造业基地；深度开发“原字号”，重点发展冶金建材、石油化工和农产品深加工 3 个产业，提升精深加工水平，加快产业转型步伐；培育壮大“新字号”，发展壮大新能源及新能源汽车、集成电路、航空、生物医药及医疗装备、机

器人、新材料、节能环保 7 个新动能产业，提升“新字号”产业对经济发展的支撑作用；坚持用新一代信息技术为装备制造业赋能增效，加快推进网络信息安全、5G 基础设施及应用、人工智能、智能终端制造和智能传感器 5 个产业发展，通过培育壮大 20 个重点产业链实现沈阳先进装备制造业核心竞争力显著提升。

培育壮大龙头企业，提升沈阳市工业头部企业本地配套率。强化龙头企业引领，依托沈飞、沈鼓、北方重工、机床、特变电工沈变、新松机器人、华晨宝马、仪表院公司等龙头骨干企业，谋划建设一批重点制造业新型配套园区，形成上中下游产业链集群。培育形成资本规模大、产业竞争力强、辐射带动能力明显的企业集团。实施一批重点新产品产业化项目，促进新产品尽快投产达效形成规模，加快补齐产业链断点。聚焦国际国内 500 强企业、行业龙头企业、隐形冠军企业，策划储备一批产业链招商项目，通过龙头企业招商、园区建设主体招商、产业投资基金招商等市场化手段招引重大项目，形成大项目带头、大中小融通、上下游联动的格局，保证沈阳制造业产业链和供应链配套稳定。

全力打造一批“大国重器”，重振沈阳制造业优势地位。以实现重大产品和成套装备智能化为突破口，培育认定填补国内空白、首次实现产业化的重大技术装备首台套产品，实现从无到有、从有到优。重点研制 150 万吨乙烯三机、10 万等级以上空分压缩机组、大功率集成式压缩机组，五坐标双龙门数控加工中心、叶盘铣五轴复合专用加工中心、高速落地铣镗加工中心等战略核心产品，持续加强“三轻一重”燃汽轮机产品研发投入，提升特种机器人技术水平，打造更多“大国重器”，夯实装备制造业基础，维护国家产业安全，重振沈阳制造业国际地位。

优化城市空间布局，推进制造业集聚发展。创新发展南部片区，围绕机器人和智能装备、IC 装备、民用航空维修和服务、新材料、健康医疗、生

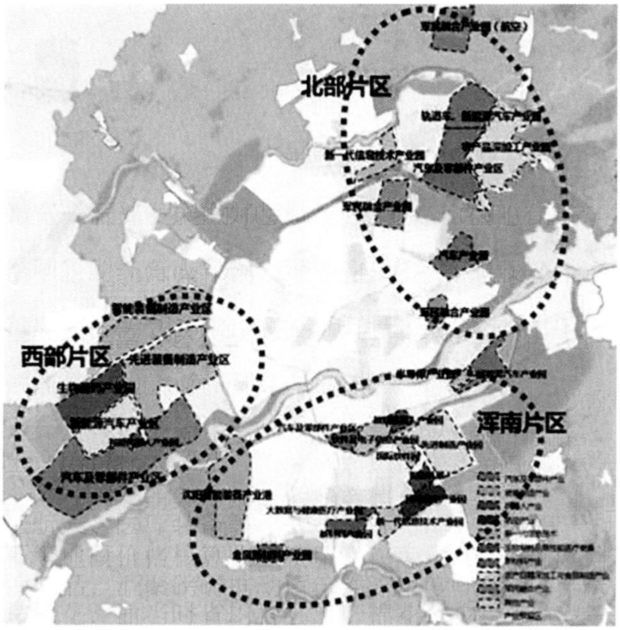


沈阳建设国家先进装备制造中心产业布局示意图

物制药、智能家居等产业，发展壮大浑南软件及电子信息、苏家屯汽车零部件、金属新材料、家电制造等产业集群；巩固提升西部片区，围绕高端数控机床、智能网联和新能源汽车及专用汽车制造、电力装备、通用石化重矿装备等先进装备制造业，推进铁西装备制造和医药化工、于洪智能制造和特种机床、辽中铸锻造及深加工、新民药业和造纸包装印刷等产业集群转型升级；优化布局北部片区，积极布局航空产业园，串联法库通航产业园、沈北航空产业园、大东航空研发制造园、浑南航空产业园，打造国内具有影响力的航空产业基地；依托大东汽车城建设，重点发展新能源汽车、智能网联汽车等产业，培育汽车后市场服务功能，打造汽车产业创新高地；依托农产品深加工产业园，推动“生产 + 加工 + 科技 + 营销”全产业链开发。

加快智造强市建设，实现新一代信息技术产业领域新突破。以信息技术应用创新为核心，积极培育“鲲鹏 + 昇腾”产业生态。依托沈阳新一代人工智能创新基础、产业特点和人才优势，“聚焦机器人 +”、智能制造、智慧医疗、智慧城市、智能语言、新基建等领域，建设沈阳国家新一代人工智能创新发展试验区。积极培育自动驾驶算法、车载内容服务等软件信息产业，引入感知设备、通信模组等关键元器件制造，加快推动智能网联汽车产业发展。发展面向移动互联网、云计算、大数据等新型移动智能终端和可穿戴设备，推动智能终端产业多元化发展。依托仪器仪表及关键元器件智能制造产业园建设，推动新型传感器、智能控制、物联网芯片等新技术集成应用。

推动制造业数字化、网络化、智能化改造。加快推进产业数字化和数字产业化，实施企业“上云用数赋智”行动，建设一批数字化车间、智能工厂项目，促进企业研发设计、生产加工、经营管理、销售服务等业务数字化转型。推动行业龙头企业核心业务系统云化改造，带动产业链上下游中小企业业务系统云端迁移，实现业务、数据和设备上云上平台。培育智能制造新模式应用场景，积极谋划实施5G+智能制造等300个工业应用场景，使沈阳成为数字化场景应用东北第一城。建立重大技术改造项目库，每年滚动实施100个亿元以上重大技术改造项目，推动工业企业采用智能装备、先进工艺和信息化管理系统。推进“互联网+先进制造业”融合发展。加快工业互联网创新发展，建设并运营一批企业级、行业级、跨行业跨领域的工业互联网平台，推动企业开展“5G+工业互联网”工厂建设。推进国家工业互联网标识解析二级节点在装备制造、汽车、航空、医药等重点领域布局。加快推进LED、VR制造业创新中心建设，谋划布局人工智能产业园等新兴产业发展平台。培育具有较强影响力的数字产业集群。提级扩容沈阳国际软件园，积极争取一批世界500强企业地区总部、研发基地、技术支持中心和外包服务中心等落户，争创“中国软件名园”。加快推进数字经济产业园建设，围绕大数据、云计算、物联网、区块链、人工智能、5G通信、数字孪生等数字经济新兴技术及未来信息技术领域引入和培育优质创新企业，形成集聚全市科技成果的转移转化基地。

沈阳，将以新姿态、新形象，建设国家先进装备制造中心，打造东北地区战略性新兴产业和装备制造产业新高地。实现百年铁流新的脉动，在建设中国式现代化的进程中，发挥好共和国工业长子的新作为。

# 后记

《铁流百年》是沈阳市委决定系统梳理和阐释沈阳文化特色，深度挖掘沈阳文化资源，为振兴发展释放“文化+”新动能，由市政协牵头编纂的全新“沈阳文化丛书”（以下简称“丛书”）10卷本之一的工业文化卷。《铁流百年》以时间为序，从清末与民国时期沈阳民族工业的发轫与肇兴；新中国成立，沈阳作为“共和国工业长子”为国家实现工业化作出巨大贡献；改革开放以来沈阳工业实现涅槃重生；进入新时代沈阳肩负维护国家“五大安全”责任，为建设中国式现代化履行做强高端装备制造业战略使命。力求利用翔实的资料、精准的亮点和重点把握，较为全面系统呈现百年来沈阳铁流的源流与脉动，为新时代沈阳装备制造业实现高质量发展给予文化助力。

非常荣幸！由市政协主要领导及文史专委会提名，我们有机会参与《铁流百年》编撰工作。本书由沈阳市档案馆（沈阳市文史研究馆）馆长张春风领衔，全书总计60篇。由沈阳市政协文史馆副秘书长吴占刚完成1—20篇，沈阳日报高级记者刘国栋完成30—49篇，其他20篇及引言、后记由张春风完成。编撰过程中我们广泛查阅收集沈阳市档案馆等馆藏资料，从《沈阳通史》《沈阳工业史》《沈阳工业发展70年》《沈阳日报》《沈阳欧盟经济开发区通讯》（2010年册）等书籍、报纸获得相关史料，力求全面准确呈现沈阳工业发展的轨迹，让读者充分了解沈阳百年铁流脉动对共和国工业化、现代化的贡献，在回望的欣喜中增强对沈阳装备制造业未来发展的信心与豪情。

在本书的编撰过程中，我们力求把握好“记忆”“活化”“传承”的原则。市政协主要领导、文史委负责同志和主编初国卿多次召开会议协调调度丛书编纂工作，对《铁流百年》的编写大纲及写作给予具体指导，沈阳出版社领导对本书成稿给予大力支持，总编室主任王颖负责本书的编辑工作，在此一并表示感谢。

在编撰过程中，我们在感受沈阳工业百年来经历辉煌而骄傲的同时，也为沈阳百年工业发展的艰难曲折、波澜壮阔的历程所震撼，也对进入新时代沈阳百年铁流形成的新脉动而骄傲，更对实现中国式现代化与东北振兴的奋斗征程中沈阳装备制造业的未来发展充满信心。在长达百年的时空中，在浩如烟海的资料里，理出一条清晰的沈阳工业发展脉络，选准代表百年铁流的重要节点并阐释清楚，是一件非常不容易的事情。由于编者经验、水平、时间及篇幅所限，疏漏和不足在所难免，敬请广大读者批评指正。